庫

荷風さんの昭和

半藤一利

筑摩書房

目次

荷風さんの昭和

扉カット　著者

序章　一筋縄ではいかぬ人

●小さすぎた棺

「死ぬ時は、出来ることならぽっくり死にたいね」

永井荷風は昭和二十五年三月号「改造」の「放談」でそう語っていたが、その願いどおりに急死した。人の世話にも金の世話にもならず、千葉県市川の自宅の書斎兼寝室の六畳間で、ひとりぽっくりと逝った。死因は胃潰瘍の吐血による窒息死であった。昭和三十四年四月三十日未明三時ごろという。

死後、その追悼記事や死に方の是非についての論評などが新聞雑誌にのって、しばしマスコミは賑わった。いくつかの週刊誌もまた派手派手しくそれに参画している。その年の四月八日創刊号発売の、いわば出来たてのホヤホヤの「週刊文春」は八ページもの特集を組んで、なぜか大いに気を吐いた（五月十八日号）。題して「荷風における女と金の研究」。その書きだしのところを長々と引用してみる。

「荷風はうっすらと口をあけていた。骨太なだけに、胸やろっ骨がむごたらしく浮きだし、細長い指の白さが気味わるかった。

『もう、いいンですかい』

葬儀屋がそういったが、誰も返事をしなかった。面にあった白いきれを静かにのけるとき、人々の輪はぐっと寄って、せばまったが、その姿勢でみんな立っていた。手を合わせるものもなかった。

『いいんだね』

もう一度そういうと、葬儀屋は二人の人夫にあごで指示し、くるくるッと荷風のなきがらをシーツで包んだ。よいしょッとばかり、頭と足と胴の三カ所からもちあげ、棺の中に入れた。

棺は市川署が葬儀屋に手配してとどけさせた二千五百円のものという。色あせたタオルねまきのなきがらが横たわるには、小さすぎたようだった。

『もう少し、下げなきゃ』

『じゃ脚をまげろ』

葬儀屋の手で荷風の脚は折れんばかりにまげられた。死後二十時間たった脚は、硬直して、容易なことではまがらなかった。死臭のしみた手が、ぐいぐいと力まかせに脚をねじた。頭が、ごつごつと、棺にうち当って音をたてた。地獄の鬼さながらの、むごい扱いようである。悲惨眼をおおいたいばかりであった。小さな棺に、その長身を静かに横たえたなきがらは、まるで荷風にして荷風でなき、もののようであった。眼のまわり、こめかみ、頬、口の辺。そう、口もとにカミソリの剃りきずか、血が赤くこびりついている。

だが、荷風のデスマスクは安らかであった。面のどこにも苦もんの色をみせていず、臨終のままの安らかさがあった。いつもの顔をしていた。そして人のじろじろ見るにまかせられた。

花一つおさめられるでもなかった。愛用のベレエも、時計も最後の最後まで読んでいた洋書も、なに一つ身についていたものを、なきがらはたずさえていなかった。ゆかたが一枚さかさまにかぶせられ、三文銭をいれた袋が胸のうえにそっとおかれた。そして、ふたがあっさりとかぶせられた。

文豪の最後としては、さびしすぎる一瞬であった」

いまさら名乗るもおこがましいが、これはわたくしが書いたものなのである。創刊にともなう人事異動で週刊誌編集部に配属され、毎週毎週いわゆるトップ記事を書きなぐった。渋々というのもあったが、これはみずからいいだして勇んで書いたもの。というより、その日ずいぶん早く荷風死すの第一報が入ったとき、それッといってすぐ飛びだせるものがいなかった。いや、かんじんの荷風の家を知っている編集者がひとりもいなかった。前々から荷風さんを崇拝するわたくしだけがとくと存じていた。晩年の荷風さんをそれとなくお送りしたことがあったからである。

もう大分記憶も薄れてきたが、市川のお宅にかけつけたのは、のちに大勢むらがった人びとのなかでもはじめの五本の指に入るくらい早かった。警察の検視がどうやらすんだばかりのころで、荷風さんは洋服のまま万年床から南向きに半身をのりだし、うつ伏せに横たわっていた。あわてて社を飛びだしてきたので取材用のノートブックを忘れ、やむなく文藝手帖の余白に散らかった書斎兼寝室のさまをスケッチした。

のぞいた部屋の入口のすぐ右手に、先生愛用のよれよれのレインコートが、釘にひっかけられてさがっている。主を失ったいまは無用のものと化す、形見に頂戴するか、と一瞬頭をかすめるものがあったが、やめた。いまは、たとえコソ泥の汚名をうけようとも、あのとき……と少なからず残念に思っている。

と懐旧の情にひたっていてもキリがない。書かねばならないのはコソ泥のほうでなく、ジャーナリストの〝仕事〟にかんすることであった。実はこの「週刊文春」の遺骸納棺の記事は当時すこぶる評判が悪かったのである。大袈裟だよ、これを書いたやつはいったい何を見ていたのか、にはじまって、ある出版社の社長が「まったくのでたらめだ」と全否定した、とも聞かされた。あの日オレは一日中永井邸にいて、一部始終を見とどけた、オレはこの目で見たとおりの事実を書いたんだと、断々乎として頑張りたかったものの、いまだ週刊誌の信用が確立していないとき、「どうせ週刊誌なんてものは」と一笑されるのがオチで、なにより相手の社長の権威がものをいった。

わたくしの勤める社のお偉方までが、

「あんまり舞文曲筆しないようにな」

とおごそかにのたもうたのには、かなり釈然としないものが残った。しかし血気の〝青年将校〟たらんには分別がありすぎたし、それに週刊誌記者という仕事が、鉄砲水のような時間に追われてつぎからつぎへ、ぐじぐじと停滞していることを許してくれなかったのである。

ところで最近、元東京新聞記者頼尊《よりたか》清隆氏の著書を読んでいて、面白い記述にぶつかりいっぺんに頰の筋肉がゆるんだ。頼尊さんも当日現場にいたらしい。「その午後の荷風邸はごった返していた。……ごった返した原因は親戚や文壇人がきびすを接して弔問に来たというのではなく、新聞、ラジオ、テレビ関係のジャーナリスト達がほとんど」とまず書いている（わたくしが駈けつけたのは午前中、念のため）。注目すべきはつぎのところ。

「玄関に立っていた僕らの耳に入って来たのは、家の中ではもっぱら遺産や著作権の問題が話し合われている、ということだった」

それから氏はおもむろに当時の東京新聞の記事を引用する。多分ご自分が執筆されたものなのであろう。

「荷風老の居間から発見された現金二十八万円と、定期預金八百万円、普通預金二千万円の通帳（いずれも概算）は令弟威三郎氏の名儀で三菱銀行八幡支店に預けられた。同八時半には棺が運びこまれ、つましい納棺式が行なわれた。この棺は市川署から葬儀社に手配して届けさした二千五百円の質素なもの。色あせたタオルのねまきのヒザを折ってやっと棺に納めたが、……（以下略）」

　自己正当化のために長々と引用したのではない。学びたいのは、およそ〝事実〟とは本質的にそのようなもの、ということ。家の中にいた人びとにいわせれば、話し合われたのは遺産や著作権の問題なんかじゃない、というかもしれない。棺だって金のかかった立派なものであった、といまも出版社の社長は主張するにちがいない。しかし、棺がやっと運びこまれたのは夜の八時半なのである。いったいそれまで何をぐずぐずしていたのか。

　そんなことをいまさらのように考えているうちに、ふと想いだされてきた古典的な話がある。アメリカの名ジャーナリストのウォルター・リップマン著『世論』のなかにでているもので、よく引用される話にこんなのがある。

　ある市で心理学会がひらかれていた。そこへ突然ひとりの男が血相をかえて飛びこんできた。つづいてもうひとり、ピストルを手にした男が……何事ならんと一同が立上って見守るなかで、二人の男の取っ組み合いがはじまり、先なる男は組み敷かれ、後なる男がピストルを乱射した、かと思うとそのまま二人はそそくさと会場の外へ出てしまった。この間ものの二十秒とかからない瞬間の出来事であった。

　騒ぎがおさまったとき、議長がおもむろに出席者に、目撃されたありのままを書いて出して下さい、といった。取っ組み合いはあらかじめ用意された演出であったのである。

その結果が面白い。提出された四十通のうち、重要な事実について誤りが二割以下ですんだものは、わずかに一通。二割以上四割以下というのが十四通。四割以上五割以下が十二通。あとの十三通はなんと誤報率が五割を超えていたのである。

もっとびっくりするのは、事実を自分流につくりあげていた、つまり捏造《ねつぞう》一割に達するものが二十四通。一割以下のものは六通にすぎなかったという。残りは捏造が一割以上。これをあっさりいってしまえば、やや信じるに足るものはわずか六通しかなく、少なくとも十八人（二割五分）はかなりの部分でウソか勘違いを書いているということになる。まったくウソのような話であるが、権威ある著者がでたらめを書くとは思えない。

目撃者にしてこのとおり。目撃者や体験者の証言はいちばん信用できる、というのが世の常識なるが、はたしていつでも絶対的に確実か。そこに根本的な問題が残ってしまう。〝事実〟をこれが事実だとして伝えることのむつかしさ、それである。

——以上、これから荷風さんとつき合って〝昭和という時代〟をあちこち散歩するにさいしての、長すぎる前口上なのである。三十数年も前に「語らざる荷風」を書いたとき、何たるデタラメを、とやられた。それがこんどは生きている荷風をとり扱うとなると、これはもう大事業。なにしろ相手は一筋縄はもちろん十本の荒縄でやっても、正しくつかまえることができそうもない怪物なのである。

●同行二人

　もう十年も前になるか。亡き文芸評論家の磯田光一君はわたくしの大学同級生、そのかれから荷風日記について思いがけない話を聞かされたことがあった。それは荷風が生前に公刊した日記（たとえば『荷風日暦』『罹災日録』〈ともに扶桑書房刊〉）と、死後刊行の岩波書店の『全集』とでは、削除があったり書き改められたり、微妙に違っているということ。短いが、その顕著な一例。

《五月三日。雨。日本新憲法今日より実施の由なり》

　この生前の、荷風の手が入って発表された記述にたいして、死後の岩波刊のそれは、

《五月初三。雨。米人の作りし日本新憲法今日より実施の由。笑う可《べ》し》

と別の記載になっている。このあっぱれな文明批評！

　こればかりでなく、わたくしが思わず眼をみはったのは、昭和十六年六月十五日の、荷風みずからが自分の日記について綴ったところである。

《……余は万々一の場合を憂慮し、一夜深更に起きて日誌中悲憤慷慨（不平憤惻）の文字を切去りたり。又外出の際には日誌を下駄箱の中にかくしたり。今翁草《おきなぐさ》の文をよみて慚愧すること甚し。今日以後余の思うところは寸毫も憚り恐るる事なく之を筆にし後世

史家の資料に供すべし》（丸カッコ内は岩波刊）

生前発表はここまでで打切り。なにやら荷風の覚悟らしきものは伝わってくるが、こっちが官憲当局であってもどうのと目くじらを立てるほどのこともない。しかし事実は、このあとに荷風は、太平洋戦争直前というあの時代に、なんとつぎのような大胆なことを書いていた。

《日支今回の戦争は日本軍の張作霖暗殺及び満洲侵略に始まる。日本軍は暴支膺懲《ぼうしようちよう》と称して支那の領土を侵略し始めしが、長期戦争に窮し果て俄に名目を変じて聖戦と称する無意味の語を用い出したり。欧州戦乱以後英軍振わざるに乗じ、日本政府は独伊の旗下に随従し南洋進出を企図するに至れるなり。然れどもこれは無智の軍人等及猛悪なる壮士等の企るところにして一般人民のよろこぶところに非らず。国民一般の政府の命令に服従して南京米を喰いて不平を言わざるは恐怖の結果なり。麻布連隊叛乱の状を見て恐怖せし結果なり……（以下略）》

磯田君は「戦後になって、あえて公開しようとしなかったところに、敗戦によって失われた何ものかにたいする荷風の真情があったんじゃないかな」という。

わたくしは「忠誠心というやつかね。それは思いすぎだよ」と答える。たいして、「でもね、祖国が敗亡に瀕し、国民が占領軍への安易な礼讃者になってしまったとき、荷風は多くの言論人に和して自分の国の過去を裁くことをためらったんだと思う」

と磯田君はいい、「それが荷風のダンディズムというやつさ」とも語った。なるほど、ダンディズムか、とナゾは解けたような気にもなるし、なんとなくそんなことではなかったのじゃあるまいか、という気もした。

そしていまは、そのことを問うよりも、戯作者をもって自任する明治の文人の、端倪《たんげい》すべからざる確かな歴史眼がどこからきたのか、をむしろ知りたい気になっている。張作霖爆殺→満州事変→二・二六事件→日中戦争→三国同盟→仏印進駐という今日ではイロハのようになっている〝太平洋戦争への道〟が、昭和十六年六月の時点で、荷風さんの眼にはっきりと見えていたのである。当時の国民的熱狂に流されていれば見えるはずのないことであった。

昭和という時代を生きて、荷風さんはついに日本人ではなかったのではないか。始終かりそめの世に生きていた。日本にいながら、日本からの亡命者でありつづけた。一言でいえば、戦前の「皇国」観念とも、戦後「解放」意識とも縁なき存在で終始した。首尾一貫して、政治や社会の変容の背後の不気味な闇だけをみつめていた。それで歴史の裏がよく見えた。

それはまた、亡命者だからよく見えた、と端的にいいかえていいかもしれない。「昭和」を歩くのに、思えば大変な人を相棒にえらんだものよ。同行二人と書いた笠に当るしぐれの雨は、かなり冷たいようであるが、ともかく歩きだそうと思う。

●日記と日記の間

もうひとつ、荷風日記について書いておきたいことがある。

いずれ公表を承知して書かれたものとされているのに、『断腸亭日乗』を読んでいると、ときどき、どうしようもないほど欲求不満を感じるときがある。書くに値いしない、書くべきでない、あるいは書きたくない、書くのが面倒、といった理由があるのであろうけれど、読者心理に斟酌なく極端に省筆されている場合のあることである。

たとえば森銑三が荷風の住まいである偏奇館を訪問する。さぞや近世文芸・近世文人をめぐっての清談がかわされたことであろう、とこっちは想像する。いかなる内容なるかと知りたく思う。荷風日記はそれにかならずしも応えてくれない。日中戦争下の昭和十三年には二度の対面がある。

《七月十五日。陰《くもり》。午後森銑三君来訪。その所著大雅堂遺聞、野呂介石伝の研究、碧斎画話の三部を贈らる。夜八時家を出て銀座に至らむとするに驟雨《しゅうう》襲来る。……》

《十二月廿九日。晴。午後森銑三君来話。大日本人名辞書所載岡千仞《ちはや》の忌日は誤にて大正三年歿歳八十三が正しきなりと云う。又近著十六羅漢の彫刻のある丹羽長恒の墓の一小冊を示さる。燈刻土州橋より玉の井を過ぎてオペラ館に至れば夜は既に初更を過ぎた

り……》

　といった具合。荷風の森銑三にたいする信頼はかなり篤く、とうてい通りいっぺんのつきあいであるはずはなく、どちらの歓談もかなり長く、と考えられるが、学のないこっちには想像をとどかせるのはとても無理。しかし、片一方のほうからこれをさぐることはできる。しかも思いもかけず古書店で森銑三『読書日記』を手にいれることができた。これには胸躍るところがあって、さっそく同年同月同日のところを——、

《十五日。久々にて永井荷風氏を訪問して、種々新しき話を聴く。浅草のオペラ館の俳優達、殆ど全部が欧洲大戦後の出生にて、僅かに西洋音楽と映画とは知れども、わが国の伝統的芸術に就きては全然解するところなく、羽左衛門も知らず、歌舞伎座も知らず。而して観客もまた然るが如し。現代の日本の姿もまたかくの如きにやなどいわる。旧き伝統を無視せる新しき芸術の生れんとするは愉快なれど、全くそれらの人々の時代となりなん時、わが国はいかなる姿をか呈すべき、寒心に堪えざるものなしとせず》

　ご両者の寒心どおり、今日の日本は伝統無視のかかる国になりはてたり、という次第。

《二十九日。午後永井荷風氏を訪いて閑談す。明治の風俗を調ぶるに風俗画報の最も参考になるあり。山下重民翁の功績大なりというべしと。……》

　荷風が山下松谷の『風俗画報』や『東京近郊名所図会』を評価していることが知れる。ま、日記というものはそもそもがメモであろうし、簡略が当然。くわしく書くほうが

面白いという註文を意識したら、一日じゅう日記を書いていることを日記に書かなければならなくなる。でも他人の日記好きとしては、具体的であればあるほど読書が楽しくなる。それともう一つ、さきの荷風と森銑三の例のように、同時代人の日記をつき合わせてのぞき見るという娯しみのためにも、うんとあからさまのほうがよろしく思われる（ちなみにわたくしは日記を一行も書いたことがない）。

そこで同様な、のぞきのスリルをもう一つ。『日乗』の昭和七年十一月のところ、荷風はこのころ不眠症に悩まされて苦しんでいる。かかりつけの医師大石冬牆博士にずっと診てもらっているけれど、はかばかしくない。そこで知人を介して斎藤茂吉の診断を仰ぐことになった。《十一月八日、青山脳病院に往き斎藤博士の診察を請う》とあって、それから三日後の十一日に検査の結果を聞きにまた訪れる。そこが噴きだすほど愉快な記となっている。

《曇りて風なし。朝十時頃青山南町の病院に斎藤博士（名茂吉号不詳）を訪うて治を請う。過日採血の結果を示さる。其の証文左の如し。

血清反応検査証

貴下血清ニ就キ黴毒反応ヲ撿スルニ左ノ如シ

一ワッセルマン氏反応　陰性（－－）

一沈降反応　陰性（－－）

右撿査候也

……………………番地

昭和七年十一月十一日　………青山脳病院㊞

…………電話

是に由って見るに、去昭和三年五月大石博士の診察にて其時は血清撿査をなすに及ばず直に駆黴の注射をなしたることありしが、今日より思返せば実に無益の事なりしなり》

いったいこれはいかなることにや。主治医の大石博士にたいするいまさらながらの不信の念もほほ笑ましいが、それ以上におかしいのは不眠症の診療に行って黴《ばい》毒の検査とは、これいかに。マイナスであったことは心よりの慶賀に値いするが、これがプラスだと不眠症に影響するのであろうか。これまた幸いなことに、斎藤茂吉全集第三十巻にこの年の茂吉日記がある。さっそくのぞいてみる。

《十一月八日　火曜、晴、／午前中診察ニ従事ス。改造社ノ大橋君、松本（患者）ノ親類ノ人。犬丸氏、柴生田君来ル。柴生田君ト午食ヲ共ニス。ソレヨリ一寸午睡シテ勉強セントシタルニソコニ大熊長次郎君来ル。一寸下リテ行キテカエッテモライタリ。ソレヨリ不愉快デ勉強ガ出来ズニグズグズシテシマッタ。夜ハ山形県医師会ニ松本楼ニ行ク。

ハヤク帰ル、永井荷風氏診察ニ来ル　年賀状残リヲ調ベル》

これが全文。句読点を加味して検討すると、荷風が診察に訪れたのは、松本楼から帰宅したあとのようにも読めるが、荷風日記では明らかに午前中。とすると、患者荷風先生は医師茂吉大先生によってあやうく忘れられるくらい軽く見られていたようである。

そしていよいよ十一日。

《午前中診察ニ従事ス。日仏画廊ノ佐藤氏、（平福画伯ノ絵ノコト）春陽堂ノ沢野武馬氏万葉集講義ノコトニツイテ来ル。午後二時ゴロヨリ輝子ト三越ニ行キ、画ヲ買ウ。(百穂門下、島田柏樹）本店ニモ行キ、国元ヘノ買物ヲナス。夜、広野三郎氏ノ歌ヲ閲ス》

と、患者荷風のカの字も記されていない。ナガイサーンと看護婦によばれて検査証を渡されただけ、とは思えないが、どうも荷風は茂吉にすげなく扱われている気味がある。医師としては、患者にたいして守秘義務があるとはいえ、せっかくの荷風・茂吉の大一番、もう少しなんとかならなかったものかと、野次馬としては残念この上ない。それに不眠症と黴毒の関係については、ついにわからずじまいであるのにも、たっぷりと心残りがある。わたくしは不眠症でないので検黴の必要はないが……。

そうだ、書き忘れるところであった。茂吉日記の完全無視にたいして、荷風日記は小字で「名茂吉、号不詳」とわざわざ記して、少しばかりの反撃を試みている。互いにウマが合わぬ点で、有無相通じるところがあったのかもしれない。

第一章　この憐れむべき狂愚の世

——昭和三年〜七年——

●乱世にありて

荷風さんと一緒に「昭和」という時代を歩こうとして、肩をならべたとたんにびっくりさせられるのは、開幕早々にして昭和の御代を〝乱世〟ときめつけていることである。明治維新このかた、欧米の文明をどんどんとり入れ、夏目漱石の言葉を借りれば「あらゆる方面に向って、奥行を削って、一等国だけの間口を張っちまった」「虚偽である、軽薄である」日本。その国で明治・大正を生きてきて荷風が、昭和改元を迎えたのが満四十七歳。もうそろそろ「気に入らぬ風もあろうに柳かな」の心境で、うけ流して生きることもできる齢にさしかかって、なお時代に背を向けて毒づいている。これはなかなかできることではない。

佐伯彰一氏の指摘するように、「その間には、左翼文学の大波も押しよせれば、極端な国粋主義、思想統制の時期もあった。しかし、荷風の経歴には一つの便乗の事実もなければ転向もなく、荷風全集には、いわゆる時勢の変化のため抹殺さるべき一つの小品すらない」のである。この凄まじいばかりの一貫性。しかも乱世にたいして頑強におのれを守りぬくばかりではなく、ときに戦闘的であったところに文明批評家としての荷風がある。

荷風が『断腸亭日乗』で「昭和」を乱世と観じたのは、昭和三年六月二十六日が最初ではなかったか。右翼の一団体が松竹本社を相手どり、歌舞伎のソ連公演は国辱であると厳重抗議、かつ拾万円の寄附を強要した、これにたいして警察はまったく取締ろうとせず、マスコミもまた沈黙という話を聞き、そのことをくわしく記したあとでこう書いている。

《名を忠君愛国に借りて掠奪を専業となす結社今の世には甚多し、而して其巨魁《きよかい》を目して憂国の志士となすもの亦世間に尠《すくな》からず、今の世は実に乱世と云うべし》

いらい『日乗』には、乱世への思いをより深くする荷風の心が刻まれていく。拾いだした全部をならべるとなると、とてものこと量が多すぎて無理なので、例は一つ二つにとどめたい。昭和九年二月二十四日の『日乗』には、古本屋の広告文が写されている。

《我等の連合軍は満を持すこと茲《ここ》に数旬、戦機熟して神楽坂の陣地に新蒐珍品の砲列を布き、文献資料の巨弾を擁して一大展覧の肉弾戦を開催す、勝利は一に顧客の応援如何にあり、振《ふるつ》て御観戦あらんことを（以下書店の名は略す）》（原文片カナ、かっこ内原文）

広告文にすら、民衆にまで浸透した軍国主義の謳歌が垣間《かいま》見られる。荷風は欄外に朱筆でこれを大いにくさして慨嘆する。

《乱世の状況この広告を見て思知る可し、可嘆可嘆》

さらに五月二十四日の記――。

《午後暗雲次第に天を蔽い雷鳴り雨来りしが、老鶯依然として鳴く音を止めず。……竊《ひそか》に思うに乱世にありては可憐の小禽も雷鳴を恐れざるもの歟《か》》

そして荷風の昭和乱世論のクライマックスは昭和十六年一月一日、満六十一歳のときの遁世の感懐ということになろうか。

《去年の秋ごろより軍人政府の専横一層甚しく世の中遂に一変せし今日になりて見れば、むさくるしく又不便なる自炊の生活その折々の感概《ママ》に適応し今はなかなか改めがたきまで嬉しき心地のせらるる事多くなり行けり。時雨ふる夕、古下駄のゆるみし鼻緒切れはせぬかと気遣いながら崖道づたい谷町の横町に行き葱醬油など買うて帰る折など、何とも言えぬ思のすることあり。哀愁の美感に酔うことあり。此の如き心の自由空想の自由のみはいかに暴悪なる政府の権力とても之を束縛すること能わず。人の命のあるかぎり自由は滅びざるなり》

歴史探偵として昭和史のさまざまな資料を調べ、それにもとづいて思いをいたしていくと、荷風の尻馬に乗るわけじゃないが、昭和開幕から昭和二十年の敗戦にいたるまでの日本人は、とてものこと上等な民族とは思えない。軍部がナチス・ドイツの直伝で宣伝上手になったし、マスコミが商売上から大いに着色修正拡大して戦勝を報じたのもたしかであるけれど、国民みずからが軍国主義で踊り狂った点も大いにある。決して家畜の群れのように従順に戦場へ駆りたてられたのではなかった。

なけなしの国力で中国大陸を席捲できるという過信、好戦性。国際政治状況や国際世論にたいする無知。アジア諸民族を蔑視しつづけた独善性、優越感、夜郎自大性。偏狭な愛国心。ともかく日本じゅうが戦争気分で浮き浮きしていた。もちろん国の前途を憂慮する人びともいることはいた。それらはごくごく少数で、発言を封じられたり、重要な地位から遠ざけられていた。そういう少数の声が、熱狂した多数によってはね飛ばされ、圧殺されたのが、非常時日本の滔々たる世論というものであったのである。

わたくしはこれを「衆愚」とよぶ。昨今でも、世論が正しいとか世論にしたがってとか、さも多数意見が常に正しいかのように説く人がいる。昭和一ケタ生まれは悲観的で、とても信じられぬ。あの時代の日本人が示した熱狂と熱情。それにかられ動揺しつづけた国民性を思うと、いつだって日本の国論は集団ヒステリーとなり、常に衆愚となって現われると考えている。

フランスの社会心理学者ル・ボンは『群衆《ママ》心理』という名著を、十九世紀末に書いている。かれはいう。

「群衆の最も大きな特色はつぎの点にある。それを構成する個々の人の種類を問わず、また、かれらの生活様式や職業や性格や知能の異同を問わず、その個人個人が集まって群衆になったというだけで集団精神をもつようになり、そのおかげで、個人でいるのとはまったく別の感じ方や考え方で行動する」

そして群衆の特色を、かれは鋭く定義している――衝動的で、動揺しやすく、昂奮しやすく、暗示を受けやすく、物事を軽々しく信じる。さらに群衆は欲求不満が起ると、かならず大なり小なり攻撃的な行動がともなうことになる。粗暴になり凶暴になる、云々。

昭和十年代の、つぎつぎと戦争を期待する日本人の国民感情の流れとは、ル・ボンの説そのままのプリントといっていい。それもときの政府や軍部が冷静な計算で操作していった、というようなものではなかった。日本にはヒトラーやスターリンのような独裁者もいなかったし、強力で狡猾なファシストもいなかった。民衆と不可分の形で指導者も群衆のひとりとなり、民衆のうちにある感情を受容し反映した。それが一致した場合にのみ、指導者はどうやら民衆を動かせたのである。

非常時日本の物語は、すべてが日本人の国家的熱狂と愚かさを物語っていて、その総和がすなわち、日本における歴史の必然性であった。

さて、荷風さんであるが、この人ひとりはそのなかにあって正気であった。その〝乱世〟観の基底には、昭和日本人の熱狂と凶暴さにたいする嫌忌があった。日本人の精神がすさみ、自分の正義感の上にあぐらをかき、「断乎撃つべし」の好戦的な気分が、日本じゅうのあらゆる町角にみなぎっている。それに冷ややかな眼を向けた。

《現代人の凶暴無礼なる事言語道断なるを知るべし》（昭和2・8・1）にはじまって、

野球の早慶戦に勝った慶大生の銀座街頭で乱舞放歌闖入《ちんにゅう》の姿をみては、《其の狂愚は憐れむべく、其凶暴は憎むべき限なり》(昭和3・10・22)となり、日本魂あるいは忠君愛国のたすきをかけた青年団の行列と遭遇すると《近年此の種類の示威運動大に流行す、外見は国家主義旺盛を極《きわむ》るが如くに思わるるなれど、実は卻《かえつ》て邦家の基礎日に日に危くなれることを示すものなるべし》(昭和4・2・11)と憂えている。

以下、くどくなるので少々すっとばして昭和十一年、二・二六事件のあとの『日乗』から拾うと、まず四月十日の新聞の雑報欄にみる日本人の残忍さへの憎悪がある。他人の娘を嫁にするといいはり、断られたからといって親元へ劇薬と短刀をもって乱入した小学校教師について、

《乱暴残忍実にこれより甚しきはなし。現代の日本人は自分の気に入らぬ事あり、また自分の思うようにならぬ事あれば、直に兇器を振って人を殺しおのれも死する事を名誉となせるが如し》

また、借金がもとで《妻と其子三、四人を死出の旅の道づれ》にした銀行の支配人について、

《邦人の残忍いよいよ甚しく其尽る処を知らず。此世はさながら地獄の如くになれり》

と記し、人心のすさみと時代そのものの凶暴性を指摘する。

さらに四月十三日。十歳にみたない日本人の子供たちが、朝鮮人の子供に泥棒の疑い

をかけ、《さかさに吊して打ちたたきし後、布団に包み其上より大勢にて踏み殺した》記事を読んで、荷風は恐怖を感じている。

《彼等は警察署にて刑事が為す如き拷問の方法を知りて、之を実行するは如何《いか》なる故にや。又布団に包みて踏殺す事は、江戸時代伝馬町の牢屋にて囚徒の間に行われたる事なり。之を今、昭和の小児の知り居るは如何なる故なるや。人間自然の残忍なる性情は古今ともにおのずから符合するものにや。怖るべし。怖るべし。嗚呼怖るべきなり》

二・二六事件のあと昭和は乱世の相貌をますます露骨にしていく。熱狂と凶暴さは社会の隅々にまで完璧に行きわたった。昭和十五年ともなれば文学も芸術も伝統もあったものではない。乱世の狂瀾怒濤にあっては、ついに荷風も覚悟をきめざるをえなくなる。

《余は生前全集のみならず著作を刊行することは此の際断念するに若《し》かずと思えるなり。余は現代の日本人より文学者芸術家などと目せらるることを好まず。余は現代の社会より忘却せらるる事を願うて止まざるなり》

昭和十五年九月二十六日の記である。荷風は完全に日本を見捨ててしまった。

●陰謀の機密費

永井荷風がよく使う言葉をもってすれば、昭和史を学んで〝悵然《ちょうぜん》〟たる想いをさせられるのは、その開幕から、謀略また謀略をもって歴史が形づくられていることである。昭和三年六月の張作霖爆殺にはじまって、六年の満洲事変、七年の上海事変とつづくあたりのことを調べていくと、昭和の陸軍はほんとうに陰謀好きの連中ばかり、と慨嘆を久しゅうする。そして陸軍機密費を主とする秘密の金が、それも莫大な金額が、そのつどきまって動いている。謀略とか陰謀に狂奔する輩は、実はその金が目的なんじゃないかと疑いたくなる。

張作霖爆殺では、現場にころがっていた二人の中国人の死体から、この二人が犯人と関東軍は主張した。ところが戦後、この二つの死体は首謀者河本大作大佐の頼みで、工藤鉄三郎・安達隆成らが反張作霖派の劉戴明から提供させたものであった、と判明する。当然のことこの殺された二人の中国人（ともにアヘン中毒者）の家族へ渡す金や、仲介した劉戴明を大連から逃亡させるための資金が必要になってくる。この金はのち鉄道大臣になった小川平吉が調達している。実に金五千円ナリ。

『小川平吉関係文書』（みすず書房）を読んでみると、このかんの事情が薄皮をはぐように明らかになってくる。しかもこの金の大半がなんと陸軍中央から出ている。昭和四年七月二十三日付の白川義則大将の小川宛書簡が、それの証明になる。

「拝啓、今朝御電話之件に付漸《ようや》く参千丈　調《これをととのえ》　之候間、可然《しかるべく》御取計被下度《くだされたく》候。申す迄もなく既に交代後に付《つき》今後は小生の手にて最早《もはや》処置致《いたしかね》　兼候次第御諒承被下度候。敬具」

そしてつづいて、七月三十日付の工藤・安達の小川宛電報。

「御好意謝す。三〇確かに受取った。工藤、安達」

白川大将は、昭和四年七月一日まで田中義一内閣の陸相であったが、七月二日に内閣が総辞職して宇垣一成大将と交代している。書簡にある「既に交代後」はそのことをさす。しかし爆殺当時は陸相。

書簡によると、陸相その人がもみ消し工作のための資金三千円を機密費から出している、ということは、陰謀が単に関東軍によるものだけでなく、陸軍中央ぐるみと解しても、それほど誤りではない。なにしろ総理大臣の月給八百円、日雇労働者の賃金一日一円六十銭ぐらいのときの三千円なのである。

そういえばそのころのわが荷風のふところ具合はいかがか、と日記を見てあれば、昭和元年十月に改造社が企画した「現代日本文学全集」が大当りして、昭和二年の出版界はいわゆる円本ブーム。書籍のマスプロ・マスアド・マスセールの道がひらかれ、荷風さんも大いにうるおっている。三年六月二十四日の記にこうある。

《幸橋税務署より本年の所得金額金二万六千五百八拾円との通知書来る。夜深に至り大いに雨ふる、三番町に往きて宿す》

ふところは暖かいからと、好きな女のもとへ。稼ぎたる所得を寝物語かな、といったところか。文筆家もまたよきものよ。

閑話はさておき、つぎの満洲事変では、中野雅夫『橋本大佐の手記』（みすず書房）が面白い。参謀本部第二部（情報）ロシア班長の橋本欣五郎大佐が、こんな手記を残している。

「昭和六年七月頃（？）花谷少佐、関東軍少壮派の満洲処理方針を携え、上京す。同案の骨子とする処は某事件を満洲に惹起せしめ、軍の行動を起こすにありて、之に要する費用約五万円」

ここにある某事件とは、中野氏の解説によると、満洲浪人を満洲人に変装させ、満洲人を指揮させ、武器弾薬をもたせ、「日本領事館、関東軍守備隊、日本人居留民会、大和ホテル、鴨緑江鉄橋など」を爆破する計画とのこと。とくに領事館では多くの日本人を殺害する予定になっていた。このために満洲浪人ならびに満洲人に与える成功報酬などの予算が、金五万円ナリという次第なのである。

中野氏はこの五万円を「今日の三千万円以上」と書いているが、それはこの本が発行された当時のこと、で、いまに直すために『値段史年表』（朝日新聞社）で、昭和六年ごろの主な物価をあげてみると――ダイヤモンド（一カラット）四百円、たいやき二銭、新聞購読料九十銭、小学校教員の初任給四十五〜五十五円、総理大臣の月給八百円。すなわち現在の一億円近くに当ろうか。

この大金を出したのが政界の黒幕藤田勇で、大川周明・土肥原賢二らのルートをへて、関東軍の先任参謀の板垣征四郎大佐に手交された、とこの本には書かれている。しかして書かれたような「某事件」が幸いに大々的に起こらなかったかわりに、柳条湖付近の鉄道を関東軍みずからが爆破、満洲事変がひき起こされたのは歴史の示すとおり。そしてそのあとにさまざまな「治安の破壊」状況がつくられ、戦闘は拡大していく。そこにどれほどの工作資金が費消されたかは、歴史の裏面に埋没していって明らかではない。

橋本欣五郎大佐の手記は不気味なことを伝えている。

「関東軍に軍事行動を一任し、余は必要なる軍資金、および政府において追従せざるにおいては〈クーデタ〉を決行すべく……」

金を出さなきゃクーデタ、これは脅迫以外のなにものでもない。

昭和七年の上海事変は〝陸軍の妖怪〟田中隆吉少佐が仕組んだものであった。私家版『田中隆吉著作集』に子息田中稔氏が書いた「父のことども」があり、仰天するような事実を明らかにしている。

昭和七年一月十日、板垣征四郎の名義で長文の電報が、上海の公使館付武官補佐官をしていた田中隆吉にとどき、いっしょに上海の正金銀行に二万円の金が送金されてきた、という。電文の内容は、満洲事変は予定どおり進展しているが世界列強の目もうるさく、日本政府も弱腰で満洲国独立の実現が困難になっている、そこで――、

「貴官におかれては上海における日支間の険悪なる情勢を利用し、上海において日支間

に事を起し世界列強の目を上海に集中させ、満洲国独立の早期実現を容易ならしむべし」

というものであった。行動派の田中は勇躍した。その愛人でもある〝東洋のマタハリ〟川島芳子を使い、一月十八日に上海市内で、買収した中国人の手で日本人僧侶三人を殺す。さらに犯人グループが勤務している三友実業公司の工場を、報復措置の意味で、待ちかまえていた日本青年同志会員が襲いこれを炎焼せしめた。どちらも川島芳子が田中から渡された資金で、うまく工作したもの。

こうやって一触即発の状況がつくられ、一月二十八日に日本海軍陸戦隊と中国正規軍第十八路軍とが北四川路で正面衝突、戦闘は、ひそかに計画されたとおりに全面的に拡大していった。第一次上海事変である。

荷風日記には一月三十日に事件のことが初出する。

《……号外売の声きこゆ、満洲或は上海辺の事なるべし》

これが二月一日の記になるとハッキリする。

《……浅草雷門に来るに号外売鈴を鳴らして上海の戦況を報ず。英米二国も兵を出したりという》

などということよりも、満洲事変の起きた昭和六年の荷風日記にある経済的な面の記載に注目したい――。

《……母上のはなしに此頃の子供の教育費尋常中学通学のころ早くも月々五十円にては足らず、野球活動写真などの観覧料を加うればまず七八十円ほどを要すべしと、これを聞くにつけても余は妻子なきことを身の一徳と思わざるを得ず》（昭和6・4・12）
《晴、本年より郵船会社再び配当金を送来らず、官吏は月俸を減少せられし由、世の不景気知るべきなり》（昭和6・5・30）
《……税務署より前年度所得額の通知書来る。金参千参百六拾円の由》（昭和6・6・19）

この昭和六年という年は珍しくハッスルして『つゆのあとさき』を書きあげ、荷風は中央公論社より小切手をうけとっている。

《……金千四百八拾壱円余落手、蓋去々月《けだし》出版せし拙著小説集九千九百九拾部の印税金なり》（昭和6・12・1）

ところでこのあと、かの円本ブームも夢のまた夢となり、出版界は過当競争のあとのゾッキ本の醜骸を露店にさらす、というみじめさになる。

それはともかく、昭和五年度の荷風の年収が三千三百六十円。謀略のための五万円とくらべて、何とも悲しくてやがておかしき金額ということになろうか。げに筆は一本箸は二本、やっぱりすまじきものは文筆業である。

●刺客ヲ論ズル

昭和五年十一月十四日の朝日新聞の夕刊の見出しから。

「今朝、浜口総理大臣／東京駅頭で要撃さる／犯人は現場で直に捕縛」「弾丸は下腹部深く留まる／令息の輸血で体力を回復」「『男子の本懐』と語る／応急手当をした平田医師談」……といちいちあげれば、大小この倍くらいの見出しが拾える。いまでも東京駅ホーム内を叮嚀に探せば、浜口首相遭難の跡の碑を目にすることができる。現場で逮捕された犯人は佐郷屋留雄。そして、これが昭和七年の前蔵相井上準之助射殺、三井合名理事長の団琢磨射殺、そして五・一五事件と、政治的暗殺事件がうちつづく暗い世相への幕あけとなった。


ロンドン海軍軍縮条約の調印をめぐって、軍備をどうするかは統帥（軍令）事項であり、政府が勝手にきめられることではない、というい わゆる統帥権干犯問題を、佐郷屋は暗殺の理由にあげている。屈辱的な条約を締結したのは政府が統帥権を干犯したことだ、といい張るのに、取調官が「じゃあ、統帥権干犯とはどんなことだ」と問うと、

「統帥権干犯は、要は不敬罪であります」

と佐郷屋は答えたという。この言葉は、まことによく、昭和史をあらぬほうへ動かした〝統帥権〟という名の〝怪物〟（司馬遼太郎氏の言葉）を象徴している。統帥権を侵

害するものは、つまり大元帥命令にそむくことになる。なによりもおっかない天皇にたいしての不敬罪にそのままつながっていく。法的に正確な意味での統帥権が確定されぬまま、それぞれの勝手な解釈によりこうして以後は怪物がひとり歩きしはじめる。この言葉の魔力に気づきそれをいいだしたのは北一輝。軍部はそれにとびついた。まったく「昭和の魔王」のあだ名にふさわしい目のつけどころであった。

歴史探偵としては、新聞の見出しにあった「男子の本懐」が、秘書官または新聞記者の創作ではないかともいわれている、という点で、ずっとむかしに調べたことがあった。浜口雄幸『随感録』に「……内臓出血のためであろう、次第次第に容態が唯ならぬようになり、発声さえ、呼吸さえ困難になってきたので、茲に余はいよいよ死を決した。それでも『男子の本懐』と言った時には未だ多少の元気があり、言葉さえ明瞭であったが、……」とあり、浜口内閣の外相幣原《しではら》喜重郎も自分の耳で聞いたと証言している。まずは本人の言葉としておきたい。

いまはそれより『断腸亭日乗』である。十一月十四日の当日に荷風は書いている。

《晴れて風なし。午下中洲に赴かむとする電車中、乗客の手にする新聞を窺い見て、浜口総理大臣狙撃せられしことを知る》

ずいぶんと夕刊が早く街に出たものらしい。狙撃は午前九時ごろ、しかも多くの人の目にふれる東京駅頭。なるほど、新聞社はハッスルしたものか。

実は問題はそのあとで、荷風は暗殺事件と聞くとつぎの言葉を想い起こすとして、『必袁随園』の一文をあげている。『日乗』では漢文そのままの白文であるが、先輩の桜美林大学教授加藤道理氏（漢文学）の知恵をかりて、読み下してみたい。

「常ニ人ト刺客ヲ論ズルニ憮然タリ。凡ソマサニ刺スベカラズシテ刺ス者ハ、其ノ刺スヤ必ズ成ル。聶《じょう》政ノ韓傀《かんかい》ヲ刺シ、公孫述ノ岑彭《しんぽう》ヲ刺シ来タル、歙郭循《かんぽうじゅん》ノ費禕ヲ刺シ、李師道ノ武元衡ヲ刺スガ如キ是レ也。マサニ刺スベクシテ刺ス者ハ、其ノ刺スヤ必ズ成ラズ。荆軻ノ秦皇ヲ刺シ、伍孚ノ董卓ヲ刺シ、正先ノ趙高ヲ刺シ、丁全ノ秦檜ヲ刺スガ如キ是レ也」

（訳＝私はいつも人と刺客について論ずる時に空しい気持になる。（なぜなら）当然刺客を向けるべきでない者を刺した場合は、必ず成功するからである。それは……の如くである。（そして）当然刺殺すべき者を刺そうとした場合は、必ず不成功に終るからである。それは次の……の如くである」

さて、加藤教授と一問一答――。

「なるほど、よくわかります。とくに聶政が韓傀を殺って成功、荆軻が秦の始皇帝を、伍孚が董卓を、それぞれ刺そうとして失敗、これらはわたくしも『史記』や『三国志』で存じていますが、そのほかの連中は……？」

「岑彭は後漢の人、光武帝に従い舞陰侯となる。蜀を討って刺客に殺さる。この人を殺した公孫述ものちに殺されてるな。これはすぐにわかったが……あとわかるのは……」と加藤教授は人名辞典やら大漢和辞典やらをもちだしてきた。
・聶政＝戦国韓の人。韓の卿厳遂《げんすい》、聶政に相の韓傀を刺すことを命ず。政は母親がいるのですぐはせず、母の死後に傀を刺してのち自殺する。
・費禕＝三国蜀の人。字は文偉。益州刺史。魏の降人郭脩に刺殺さる。この郭脩が歙郭循なるか。
・李師道・武元衡＝ともに唐の人。李は武人、武は御史中丞。この関係は不明。李師道も殺されている。
・趙高＝秦の宦官《かんがん》。李斯を殺し丞相となる。のち秦王を殺し、子嬰を立つるも、子嬰に族誅さる。正先なるものについてはさっぱり。
・秦檜＝宋の人。御史中丞となり、位あること十九年にて卒す。性陰険、晩年は残忍。あるいは丁全なる者が刺さんとした事があったのか。丁全の伝不明。
加藤教授と苦心惨憺の末にわかったのはこれだけ。「風蕭々として易水寒し」の荊軻ぐらいならともかく、わたくしでも頭に浮かぶ。なのに、荷風が浜口首相遭難の報に、たちまちにこの一文を想起したということは、つとにこれらの歴史的事実を胸にとめ、『必袁随園』を読みこなしていたからなのであろう。脱帽せざるべけんや。

「いやあ、荷風の、いや明治の人の漢学にたいする知識の深さ、いまさらながら、ただに感服感服」

と加藤教授も自分にひきくらべてか、えらく嘆じていた。

悪逆無道のやからの場合は不成功、大事な人のときにはきまって成功、皮肉きわまるこの歴史的事実。歴史探偵としてはこれが面白い。浜口首相の場合はそのどちらを荷風は思い浮かべたものか。勝手な推断ながら、もちろん後者。手術後の経過も思わしくなく、浜口首相は翌六年三月傷をおして登院するが、結局八月に死去する。この後の昭和史において、政府が国政をリードし軍部の横車に屈しなかったのは、この浜口内閣での一例しかない。本人はまさに「男子の本懐」であったかもしれないが、死なしてはならない人を死なせてしまったの感がある。

●霞ヶ関の義挙

前項につづいて「暗殺」事件のことを書く。昭和七年の五・一五事件である。荷風はこの事件についても追跡の手をゆるめていない。よっぽど暗殺という行為にひっかかっているからか。

《此夕諸新聞の号外去年五月十五日犬飼《ママ》木堂射殺事件予審判決の事を報道す》（昭和8・5・17）

《此頃海軍軍法会議の事につき世論轟々たり》（昭和8・9・15）

《二重橋前の広場には巡査憲兵道をいましむる事 頗《すこぶる》 厳重なり。桜田門外裁判所に連日五月十五日事変の裁判開かるるが為なるべし》（昭和8・10・6）

《空霽《は》れて白雲揺曳。風また暖なり。此日木堂暗殺事件、海軍軍法会議判決ありしと云う》（昭和8・11・9）

『日乗』ばかりではなく『濹東綺譚』の「作後贅言」にも、うまくとりいれている。

「霞ケ関の義挙が世を震動させたのは柳まつりの翌月《あくる》であった。わたくしは丁度其夕《そのゆう》、銀座通を歩いていたので、この事を報道する号外の中では読売新聞のものが最も早く、朝日新聞がこれについだことを目撃した」

　事実『日乗』の五・一五事件当日の荷風は、銀座を歩き夕食をとっている。号外売りも眼にしている。そして犬養毅首相が首相官邸で射殺されたことを知り、こんな感想を書きつけている。

《近年頻に暗殺の行わるること維新前後の時に劣らず。然れども兇漢は大抵政党の壮士又は血気の書生等にして、今回の如く軍人の共謀によりしものは、明治十二（ママ）年竹橋騒動以後曾《かつ》て見ざりし珍事なり。或人曰く今回軍人の兇行は伊太利亜《イタリア》国に行わるるフワシズムの摸倣なり。我国現代の社会的事件は大小となく西洋摸倣に因らざるはなし。……或人又曰く。暗殺は我国民古来の特技にして摸倣にあらず。往古日本武尊《やまとたけるのみこと》の女子に扮して敵軍の猛将クマソを刺したる事を見れば、暗殺は支那思想侵入に先立ちて既に行われたるを知るべしと。この説或は正しかるべし》

長い引用となったが、荷風さんなかなかに愉快なことをいっている。《或人曰く》と老獪にとぼけてみせるけれど、両説とも自分の見解にきまっている。もともと血を見ることを好むのは日本人の悪しき特性、それに近来は欧米の模倣もあってより兇暴になった。それが荷風の時勢観なのである。

その荷風が昭和十一年の『濹東綺譚』執筆の段になって、突然に「霞ケ関の義挙」と五・一五事件のことを記していることは、とても興味深い。義挙だの快挙だのと人殺しをもてはやすべきではない、といっていた当のご本人の舌の根はどこへいったのか。

五・一五事件とは、陸海軍革新将校のひき起こしたテロリズムである。海軍側が中尉古賀清志、同三上卓、同山岸宏ら六人、陸軍側が士官候補生後藤映範ら十二人、民間から愛郷塾塾生を中心とする農民別動隊十人。その背後には愛郷塾塾長橘孝三郎、神武会会頭大川周明らの右翼指導者がいた。かれらは首相官邸、内大臣官邸、政友会本部、警視庁などを襲撃し、別動隊が変電所を襲って東京を暗黒にし、戒厳令を施行させて軍部政府をつくり、国家改造の端緒をひらこうとした。つまりテロリズムによって破壊的な衝撃をひき起こし、維新政府をつくる、自分たちは維新の捨て石になる、そこに目的をおいた。

それだけに、と書くのは妙ないい方になるが、青年将校たちの純潔性・志士的気概が世人の同情をよぶという奇妙なことになった。世はまったくの不景気であるがために、天皇と憂国の名においてなされる世直しに、人びとは共感したのである。暗殺を必要悪とする考え方がうまれ、さらに陸海軍のトップにある者たちの〝犯人〟擁護の弁が、それをあおる結果となった。たとえばときの海軍大臣大角岑生《おおすみみねお》はいう。

「何が彼ら純情の青年をしてこの誤りをなすに至らしめたかを考えるとき、粛然として三思すべきである」

こうして国民的同情心は不可思議なくらい盛り上った。判決の近い日、陸相のもとに小指九本をそえた減刑嘆願書が小包郵便で送られてきた。全国からの三十五万七千人もの減刑嘆願書が軍法会議の法廷につみあげられた。なかには裁判長あてに「どうぞこの判決によって真の大和魂のあるところを国民に知らせてやって下さい」という中年婦人の手紙もあった。

もう一つの面白い事実がある。『現代史資料』（みすず書房）の月報に、元陸軍大尉山口一太郎（二・二六事件で連座した青年将校運動の兄貴分）が書いていることである。それによると計画の大要はもう各方面に洩れていたという。憲兵隊も陸軍省も、恐らく警視庁も「相当程度知っていた」、五月十五日決行ということもわかっていた。陸軍としては、海軍がやるのはいいが陸軍が巻きこまれるのは避けたい、とまで考えていた。

山口が参謀本部第三部長小畑敏四郎少将に会うと、

「陸軍が巻きこまれることは絶対におさえてもらいたい。西田税《みつぐ》君とも相談してよろしく頼む」

と少将はいった。しかし、事件そのものを未然に制圧すべし、とはいわなかった。小畑は人も知る荒木貞夫陸相のブレーンの第一人者、そして荒木は事件後の維新内閣の首相に擬せられる有力候補であった。

政財界に軍部をまきこんで、どろどろとした権力争いが事件の背後で展開されていたのである。三上卓が作成したつぎの「日本国民に檄す」と題する檄文は、また当時の一般大衆の認識であったのかもしれない。

「日本国民よ！　刻下の祖国日本を直視せよ。何処に皇国日本の姿ありや。政権、党利に盲《めし》いたる政党と、之に結託し民衆の膏血《こうけつ》を搾る財閥と、更に之を擁護して圧制日に長ずる官憲と、軟弱外交と、堕落せる教育、腐敗せる軍部と、悪化せる思想と、塗炭に苦しむ農民、労働者階級と、而して群拠する口舌の徒と！　日本は今や斯くの如き錯綜せる堕落の淵に既に死なんとしている。（以下略）」

そうした日本のやりきれない現状が、捨て石となって改革しようとした暗殺者たちを〝純情〟〝純真〟な昭和維新の志士とまつりあげた、というほかはない。裁判の結果は、法廷はかれらを英雄扱いにして軽い刑にとどめ、しかも数年後には特赦で全員を釈放する。

荷風が日記とは違って昭和十一年執筆の小説のなかで、とことん毛嫌いしていた暗殺事件を「霞ケ関の義挙」としたのは、いくらかは世論におされての屁っぴり腰のためであったように思われる。ところが、そこはしたたかな爺さん、同じ昭和十一年二月十四日、二・二六事件直前の風雲急にして妖しげな雰囲気の世相のなかで、《日本現代の禍根は政党の腐敗と軍人の過激思想と国民の自覚なき事の三事なり》と『日乗』のなかではうそぶいている。荷風さんは承知して、多くの人の目にふれる小説では身を晦《くら》ましたが、日記のなかでは本音を記していたのである。

●肥満豚の如く

序章で引用したが、昭和十六年六月十五日の『日乗』で、荷風さんがいみじくも喝破している。《今回の戦争は日本軍の張作霖暗殺及び満洲侵略に始まる》と。それに間違いはない。しかも、この両方とも関東軍の謀略、大きくいえば、それを黙認していた全陸軍の謀略によるものであったことはすでに記した。

しかし、はたして陸軍中央だけを悪者にしてすましてしまってよいものか、となると、かなり疑問になってくる。軍が先に立っても、国民があとへつづかなかったら、軍は孤立してうまくいかないのは、世界史のあちこちに例をみることができる。当時の日本人は、中国側の執拗な排日、抗日運動にかなり苛立っていた。満洲の権益は、日清・日露の両戦争の結果として正当に取得したと主張する日本側にたいし、いや自国の無力と無防備につけこんで強奪したものだとする中国側とは、ことあるごとに満洲の各地で衝突をくり返していた。中国側の不法な挑発にたいし、日本外務省は口頭や文書で抗議するだけ。これには血の気の多い日本人は相当に頭にきていたのである。関東軍の尻を突ついて「腰の軍刀は竹光なるか」と無礼なことを犬の遠吠えでほざいたりした。

そこへ昭和六年九月十八日、奉天郊外の柳条湖に、鉄道爆破の不穏事件が起きた。関東軍は自衛のため立たざるをえない、となって、日本人の間にナショナリスティックな熱狂を呼びおこしたのである。満洲事変である。満蒙は日本の生命線と、ことあるごとに耳目にしていた日本民衆は、歓呼の声をもって「侵略」を支持した。新聞も大量販売につながると負けじと太鼓を叩いた。放送も躍起となった。というのが、昭和六年から七年にかけての日本の、ほんとうのところなのである。それに、震災不況につづくウォール街の大暴落による世界的不況のあおりをうけ、国民生活は青息吐息のありさま。この不景気をまた、この事変を突破口に、きっと振りはらうことができると人びとは信じたのである。

事実、日本の産業の基盤となった町の零細企業、というか、町工場ないしは内職に毛のはえたような下請け業は、満洲事変による軍需景気によって息を吹きかえし、昭和八年ごろになるとささやかながらも増設が可能なまでに発展したのである。工場の増加数を統計によってみると、昭和八年から十二年までの五年間に、機械工業では五千五百四十工場から一万二百五十工場に、金属工業は四千二十三工場から七千二百五十一工場に増加している。数にも入らぬ下請け工場が「雨後のたけのこ」のようにふえたことは書くまでもない。

結果はどんな時代が到来したか。文芸評論家杉山平助『文芸五十年史』がいみじくも書いている。

「本来賑かなもの好きの民衆はこれまでメーデーの行進にさえただ何となく喝采をおくっていたが、この時クルリと背中をめぐらして、満洲問題の成行に熱狂した。驚破《すわ》こそ帝国主義的侵略戦争というような紋切型の批難や、インテリゲンチャの冷静傍観などは、その民衆の熱狂の声に消されてその圧力を失っていった」

いってみれば、国民全体が熱いまなざしで、満洲事変から七年の上海事変、満洲国建国、八年の国際連盟脱退とつづく戦火のなりゆきを、じっと見守っていたのである。それは〝意気軒昂たる緊張のみなぎった時代〟といえるのかもしれない。

満洲事変にかんして、荷風日記はめずらしいほど丹念に、人心の動きや時世時節の流れを追っている。

《号外売屢《しばしば》門外を走り過ぐ、満洲の戦報なるべし》（昭和6・9・22）
《白木屋店頭に群衆雑遝《ざっとう》す、立寄りて見るに満洲出征軍人野営の状を活人形《いきにんぎょう》につくりたるなり。時に号外売声をからして街上を疾走す、天津居留地および錦洲城内戦闘の事を報ずるなり》（昭和6・11・27）
《浅草雷門に来るに号外売鈴を鳴らして上海の戦況を報ず、英米二国も兵を出したりという》（昭和7・2・1）

この当時、戦況の速報にかんしていえば、新聞はラジオの臨時ニュースにかなわなかった。新聞社はいきおい号外でこれに対抗、報道戦は号外戦となり、朝日・毎日の大資本による全国紙が地方紙や群小紙を圧倒した。報道戦はまた多くの飛行機、自動車、電送写真機など特殊通信器材、機動力と機械力の戦いとなった。事変はじまって六カ月間に朝日・毎日は臨時費それぞれ百万円を費消した。当時の総理大臣の月給八百円とくらべてほしい。

新聞は、戦争とともに繁栄し、黄金時代を迎える法則があると聞くが、それが見事に立証されている。そしてそこでは、ニュースの最重要特性である客観性が、センセーショナリズムに侵され、特大の活字でくり返され、軍部の選択したコースへ読者を誘導していく役割だけをはたすことになる。

荷風日記をつづける。

《銀座通商店の硝子《ガラス》戸には日本軍上海攻撃の写真を掲げし処多し。蓄音機販売店にては盛に軍歌を吹奏す。時に満街の燈火一斉に輝きはじめ全市挙って戦捷の光栄に酔わむとするものの如し。思うに吾国は永久に言論学芸の楽土には在らず、吾国民は今日に至るも猶往古の如く一番槍の功名を競い死を顧ざる特種の気風を有す、亦《また》奇なりと謂うべし》（昭和7・3・4）

《此度の戦争の人気を呼び集めたることは征露の役よりも却て盛なるが如し。軍隊の凱旋を迎る有様などは宛然《さながら》祭礼の賑《にぎわい》に異ならず。今や日本全国挙って戦捷の光栄に酔える が如し。世の風説をきくに日本の陸軍は満洲より進んで蒙古までをわが物となし露西亜《ロシア》を威圧する計略なりと云う。武力を張りて其極度に達したる暁、独逸《ドイツ》帝国の覆轍を践まざれば幸なるべし。百戦百勝は善の善なる者に非らず、戦わずして人の兵を屈するは善の善なる者とは孫子の金言なり。此の兵法の奥義は中華人能く心得ているようなり》（昭和7・4・9）

《夕刊の新聞紙を見るに……満洲外交問題の記事紙面をうずむ。余窃《ひそか》に思うに英国は世界到る処に領地を有す。然るに今日吾国が満洲占領の野心あるを喜ばざるは奇怪の至というべきなり。然りと雖《いえど》日本人の為す処も亦正しからず。二十年前日本人は既に朝鮮を其領地となし、今日更に満洲を併呑せんとするは隴を得て蜀を望むものなり、名を仁義に仮り、平和に托するは偽善の甚しきものなり》（昭和7・10・3）

《市内電車内の広告に、東京市主催多門中将依田少将凱旋歓迎会此夕日比谷公園にて執行せらるる由見ゆ。二三年来軍人その功績を誇ること甚しきものあり、古来征戦幾人《いくにんか》回《かえる》とはむかしの事なり、今は征人悉く肥満豚の如くなりて還る、笑う可きなり》（昭和8・1・26）

文中に『孫子』の兵法が出たり、『十八史略』の隴を得て蜀を望むが出てきたり、荷風さんも大いに憤《いきどお》るときは張り扇的になるらしいところが、すこぶるおかしい。葡萄美酒夜光杯／欲飲琵琶馬上催／酔臥沙場君莫笑／古来征戦幾人回と、唐詩人王翰《おうかん》の「涼州詩」までとびだしてきたのにはびっくりである。

そして征人ことごとく肥満豚の如くなりて還る、とあるのはほんとうに至言である。謀略により満洲事変をひき起こし、かつ「命令ヲ待タズ故ナク戦闘ヲ為シタル者ハ死刑又ハ無期……」とある陸軍刑法第三十八条を平気で犯した軍人たちは、死刑はおろかなんらの刑罰をうけることがなかった。ばかりではなく、戦功をたてたと逆にはえある勲章を授与されたのである。

昭和七年九月八日、関東軍司令官本庄繁大将以下の幕僚たちは東京に帰り、ただちに昭和天皇に状況の奏上を行った。かれらは宮中差しまわしの二頭立ての馬車にのり、無慮数万の群衆の歓呼の声に迎えられ、二重橋から宮中に入った。まさに勝てば官軍、肥満豚たちの凱旋であった。

天皇は尋ねた。「満洲事変は、一部のものの謀略との噂もあるがどうか」

本庄は答えた。「関東軍ならび本職としては、当時断じて謀略をやっておりません」

昭和がダメになったのはこの瞬間である。

●一人一殺

『濹東綺譚』の「作後贅言」にこんなことが書かれている。

「翁とわたくしとの漫歩は、一たび尾張町の角まで運び出されても、すぐさま裏通に移され、おのずから芝口の方へと導かれるのであった。土橋か難波《なにわ》橋かをわたって省線のガードをくぐると、暗い壁の面《おもて》に、血盟団を釈放せよなど、不穏な語をつらねたいろいろの紙が貼ってあった」

尾張町の角は銀座四丁目、芝口は新橋のことと、わざわざ説明するまでもあるまいが、土橋も難波橋もその下を流れていた汐留川が昭和三十六年に埋めたてられてなくなった。いまは新橋センター（現銀座ナイン）になっている、とこっちは註する必要があるかもしれない。省線のガードとはいまのＪＲの新橋のガード。

荷風は昭和七年の春につづいて起こった〝一人一殺〟の血盟団による暗殺事件に、おやッと思えるほどの関心をはらっている。二月九日に本郷区駒本小学校前で前蔵相井上準之助射殺さる（犯人小沼正）、三月五日に日本橋三井銀行前で三井財閥の代表団琢磨射殺さる（犯人菱沼五郎）。当時の新聞によれば、暗殺目標人物としては他に政友会の犬養毅、床次《とこなみ》竹二郎、鈴木喜三郎、民政党の若槻礼次郎、幣原喜重郎、財閥三井系の池田成彬、三菱系の岩崎久寿弥太、重臣の西園寺公望、牧野伸顕らがあげられている。この暗殺計画実行の指揮統制をとったのが井上日召である。三月十一日に自首し、全容が明らかになっていった。かれの下のテロリストは十三名。東大生三、京大生三、国学院大生一、建築技士一、ほかは無職の青年たちであったが、いわゆる「右翼ゴロ」はひとりもいなかった。

かれらは井上日召の説く革命的急進主義を信奉した。超越的な一種の宗教といってもよい。「政党・財閥ならび重臣たちは相結託して私利私欲に没頭し、国家を紊《みだ》り国家存立の大義を誤りいるもの」（「国民新聞」昭和8・2・3）とみなし、これら「諸悪の根源」ともいうべき人びとを「一人一殺」で全員を殺せば、世の中は良くなると信じたのである。つまり全員が狂信的確信犯となった。そこにこの事件のもつ一種の薄気味の悪さがあった。

荷風は昭和十一年に書いた『濹東綺譚』に片鱗をのぞかせただけではない。『日乗』では念をいれてこの事件を書いている。

《今朝十一時頃実業家団琢磨三井合名会社表入口にて銃殺せられし記事あり。短銃にて後より肺を打ち抜かれしと云う。下手人は常州水戸の人なる由。過日前大蔵大臣井上準を殺したる者も同じく水戸の者なる由。元来水戸の人の殺気を好むは安政年間桜田事変ありてよりめずらしからぬ事なり》(昭和7・3・5)

そして人殺しの理由は水戸儒学の余弊であるとし、桜田事変（大老井伊直弼暗殺）のことを義挙だの快挙だのとほめそやすべきではない、と論じ、当時の明治維新史観をやっつけている。この辺が荷風の昭和史観の面白いところといえようか。さらに荷風がこの事件の不気味さを深く心にとめたことは、『日乗』で、この事件についてのちのちまで書いていることでわかる。

《血盟団と称する殺人団の犯人終身懲役の言渡しあり》(昭和9・11・22)

《昭和七年暗殺団首魁井上（日召）橘（孝三郎）出獄》(昭和15・10・18)

ならべて書いてみると、終身懲役とはいい条、獄中六年にして娑婆に出てきている。荷風は何の感想も記していない。かわりにわたくしが感想を書きつけると、当時の日本人は暗殺という行為の非道さ卑劣さを憎む気持が薄かったのではあるまいか。私利私欲がない、目的のため生命を捨てる、荷風ではないが、それを〝義挙〟とみることが好きなんである。自分がそうでない連中が多いから、〝純粋〟という記号につい頭を下げてしまう。

●一番槍の功名

昭和七年一月末からはじまった第一次上海事変は、国際連盟の監視下もあり、昭和天皇の強い停戦希望と、それを至上と心得た上海派遣軍司令官白川義則大将の決断と指導とで三月三日に停戦命令が出された。拡大化の一歩手前で、ようやく前途に燭光をみることができた。

というのも、国民は戦勝に浮かれ、かなりやる気になっていたのである。翌四日の『日乗』に荷風さんはかなり思いきったことを書きつけている。すでにいっぺん引用したが、

《……銀座通商店の硝子戸には日本軍上海攻撃の写真を掲げし処多し。蓄音機販売店にては盛に軍歌を吹奏す。時に満街の燈火一斉に輝きはじめ全市挙って戦捷の光栄に酔わむとするものの如し。思うに吾国は永久に言論学芸の楽土には在らず、吾国民は今日に至るも猶往古の如く一番槍の功名を競い死を顧ざる特種の気風を有す、亦奇なりと謂うべし》

この荷風さんの言やすこぶるよし。文化国家を目標に出発した戦後日本も、なにやら経済大国という金の亡者ばかりの国となりはて、勝った負けたの競争場裡に腐敗がごろごろしている。言論学芸の楽土にあらざるは今日も同じ。で、荷風さんの〝永久に〟ダ

メとのご託宣を肯定したい気分になっている。

ただここで問題にしたいのはつぎの「一番槍の功名」「死を顧ざる特種の気風」。これを読みながらふと思い惑うことがあった。上海事変でこのような感慨を荷風に抱かせたものははたしてなんであったろうか。と考えるまでもなくたちまち爆弾三勇士が、つづいて〽廟行鎮の敵の陣／われの友隊すでに攻む……と歌が口をついて出てきたのには、さすが昭和戦中ッ子だよとわれながら驚いた。

二月二十二日の朝まだき、作江、北川、江下の久留米工兵隊の三人の一等兵が、長さ四メートルの火薬筒を抱いたまま中国軍鉄条網に突入、自分の生命もろともに爆発し、突破口をひらく。新聞は鉦《かね》や太鼓でこれを報じる。「〝帝国万歳〟を叫んで我身は木端微塵、三工兵点火せる爆弾を抱き、鉄条網に躍りこむ」（「東京朝日」）、以下同様。「軍人勅諭」にいう身は鴻毛の軽きと心得よ、である。忠勇美談は国民の熱狂をよび、これをうけて、陸軍はいっそう三人を軍神化。「日本精神の極致――三勇士の忠烈」という新聞社説まで出るに及んで、興奮は沸騰点に達した。

三人は二階級特進して伍長となった。陸軍省恩賞課はさらに許された範囲での最高の恩賞を与えることを決定する。「勲六等と金鵄勲章」と当時の新聞は報じている。これでは荷風さんならずとも「死を顧ざる特種の気風」が日本人にはあるように思いたくなる。いや、戦前の日本人には、と正確には書くべきか。

そして荷風さんがこれを「一番槍の功名」ととらえたところが、なかなかに面白い。しかも的を射ている。軍神というヒロイズム、また大和魂、肉弾散華に絶対的な価値をおいた日本人の聖なる戦いぶりは、太平洋戦争へとつながっていく。それは戦国の世に喧伝された一番槍の精神に基底をおくかのように思われる。

上海事変はどうやら拡大せずに終ったけれど、つづく昭和十二年七月に端を発した日中戦争が、やみくもに拡大推進されていったのは、ありていにいえば、軍の指導層が勲章を欲したためである。満洲事変での独断専行の拡大化が功績となり、本来罪人たるべき連中が英雄となって凱旋した、それがその後もくり返された、という見方ができる。作家の伊藤桂一氏の説くところの「もっともらしい大義名分を洗い去ってしまうと、意外に稚純で、生々しい人間の功名心が出てくる」。いや、それが理由のすべてであるようである。

この名誉心や勲章への期待が、形の上でもっとも鮮明となるのが一番槍、戦争中によくいわれた一番乗りの意識。それがたとえ個人の栄誉であろうとも、つまりは班の栄誉・小隊の栄誉・中隊から部隊、さらには師団の栄誉につながっていく。さらに軍隊ばかりでなく家族から郷党の栄誉につながり、銃後国民のあいだで〝軍神〟とたたえられる。これじゃ功名に駆られざるをえないのが人情。無理はないのである。

軍国歌謡があった。〽一番乗りをするんだと、笑って死んだ戦友の……。この戦友は金鵄勲章にかがやく功もなく戦死したのであろう。他を抜いて先んじようとしたに違いない。それが不幸を招いた。しかしその素朴な戦闘本能を笑うわけにはいかない。平時の、いまのわれわれのまわりにも、不幸不運をものともせず会社への忠誠に生きる、そんな〝戦友〟がわんさといる。

ついでに金鵄勲章をもらうにはどんな大功をたてねばならないか、きちんときめられていた。「金鵄勲章叙賜規定」の下士官兵の場合のそれを二つほど、昔を偲んで引用してみる。

「第六十六条　抜群ノ武功ヲ奏シタル将校ノ指揮下ニ在テ　能ク衆ニ擢《ぬき》ンデテ動作シ此将校ノ武功ヲ奏スル為メ　最モ力アリト認定セラレタル者」

「第七十条　戦闘中敵ノ将官或ハ上長官ヲ生擒《いけどり》シ　若シクハ我将校ヲ敵ノ生擒又ハ危険ノ中ヨリ奪還シタル者」

要は下ッぱのものは縁の下の力持で奮励努力、指揮官が功績をあげるのを強力に助けねばならないのであり、それも尋常一様の奮闘では金鵄勲章にありつけない。今日の会社組織もまた然り、すべては肩書や経歴や勲章を求めて競争、競争また競争。結果はたとえ一将功成りて万骨枯ろうとも、それが常識。荷風さんの言葉をかりていえば「亦奇なりと謂うべし」といわんか。

荷風さんは『濹東綺譚』の「作後贅言」で、現代日本人の優勝劣敗社会の愚を諷していた。

「個人めいめいに、他人よりも自分の方が優れているという事を人にも思わせ、また自分でもそう信じたいと思っている。……明治時代に成長したわたくしにはこの心持がない。……日曜日に物見遊山に出掛け汽車の中の空席を奪い取ろうがためには、プラットフォームから女子供を突落す事を辞さないのも、こういう人達である。戦場に於て一番槍の手柄をなすのもこういう人達である。乗客の少ない電車の中でも、こういう人達は五月人形のように股を八の字に開いて腰をかけ、取れるだけ場所を取ろうとしている」

荷風さんの一番槍嫌いは徹底している。

●ヤーットナー、ソレ

わたくしの生まれた向島が、東京府南葛飾郡から東京市に編入され向島区となったのは、昭和七年十月一日の市区改正のときであるそうな。このとき、十五区が三十五区にいっぺんに拡大して「市民五百万」「世界第二位の大都市」といわれるようになった。もちろん数え年三つのわたくしには知るはずのない話。

《いつもの如く食事せんとて銀座に往くに花電車今しがた通過したる後なる由。人出おびただし。商店の軒には大東京カアニバルなどという大文字を掲げたり》

と、生まれからずっと東京市民の荷風さんは、この日の盛時にごくごくそっけない。

そして翌八年夏、大都市誕生を祝するかのように突如として起こったのが『東京音頭』の大狂騒曲であったという。その人気は昭和十年に及んでもやまなかったらしい。なんて書くと、プロ野球のスワローズ応援団の一員を自負する身としては、それこそお前のほうがそっけないぞ、と叱られそうであるが、例の「踊りおどるなーら」であり、「ヤーットナー、ソレ、ヨイヨイヨイ」である。

そのそもそもは、日比谷公園にある松本楼の主人が朝風呂のなかで、この花の東京でも田舎の夏につきものの盆踊りができないものか、と考え、西条八十《やそ》に作詞を依頼したことに発するという。これが「丸の内音頭」で、日比谷公園の夏の風物詩のごとくにとりあえずささやかに踊られだした。これに目をつけたのがレコード会社のビクター、さっそく「東京音頭」にかえて……といった事情は、流行歌の歴史を扱った本には大てい書かれている。

問題は、なぜそれがこの時期に大流行したのか、である。安岡章太郎氏もそのころを「スリ切れかかったレコードが『ヤーットナー、ソレ、ヨイヨイヨイ』と、黄色い声をうるさくガナリ立てるのがきこえてくると、私はいいようのないイラ立たしさに捉われた。――この非常時に、何がヤーットナー、ソレなんだ」と回想している。まったくおっしゃるとおりで、昭和八年といえば、外には満洲国建国をめぐって国際連盟から脱退して日本は世界の孤児となり、内には京大の滝川事件があって学問の自由にたいする不当な干渉と弾圧の幕をあけたとき。その上に、関東地方防空大演習で関東平野が真っ暗になり、その後もしょっちゅう灯火管制あり防空演習あり。安岡氏のいう「非常時」で、ヨイヨイヨイなんてはやしているときではなかった。

それなのに「眼鏡あり、髭あり、お下げあり、断髪あり、三側四側になり、単純に手足を動かして、歌につれてぐるぐる廻り行く」（森銑三『読書日記』昭和八年八月三日）熱狂が、日本全国津々浦々にひろがったのは、探偵が推理するに、案外に当時の日本人が先行きに不安を感じだしたからかもしれない。「日本はこれから栄光ある孤立を守っていくのだ」と壇上からいくら獅子吼《ししく》されても、肌で感じられる一抹の寂しさや幻滅感を何かで適当にゴマ化さないわけにはいかなかった。

それをまたときの為政者も微妙に感じとっていた。日本をとりまく国際情勢の悪化への不安、それにともなう社会的緊張、これらを解消するためには、お祭りがいちばんなのである。それはいつの世だって変わらない。そういえば、倒幕の志士たちが計画的に扇動したといわれる幕末の「ええじゃないか」狂騒曲がある、あのテがあるじゃないか。そっくりいまに適用するにかぎる。ときの知恵者がそう考えたにちがいない。この巧妙な仕かけによる集団的乱舞の、しばしの現実逃避が、ヤーットナー、ソレ、ヨイヨイヨイであった。国家というものは、いつでもどこでも、祝祭によって人心をまとめ挙国一致体制をつくっていく。

そしてなんとも通俗で、浮薄で、ナンセンスで、やたら威勢いいだけの歌（ヤクルト・ファンよ怒るなかれ）を、荷風が好ましく思うわけがないことは書く必要もない。『日乗』ではほとんど無視しきったこの狂騒乱舞を、『濹東綺譚』の「作後贅言」で、一流の洞察力を駆使して、荷風は見事に国家のヤラセとしてあばいている。

「東京市内の公園で若い男女の舞踏をなすことは、これまで一たびも許可せられた前例がない。……東京では江戸のむかし山の手の屋敷町に限って、田舎から出て来た奉公人が盆踊をする事を許されていたが、町民一般は氏神の祭礼に狂奔するばかりで盆に踊る習慣はなかったのである」（傍点は筆者）

歴史的事実をもってかく証明するあたり、荷風をわが歴史探偵団の一員に加えて、ソレ、ヨイヨイヨイヨイとやりたくなってくる。

第二章　女は慎むべし慎むべし

●プラトニック・ラヴ

この章は、時局をちょっと離れて、荷風さんをめぐる何人かの女について書く。

といっても、荷風と女性とくると、すでに多くの人が山ほど書いているので、遅れてきた執筆者であるわたくしの出番はあんまりない。ただ前にも書いたように昭和三十四年四月、荷風が亡くなったときわたくしは週刊誌の記者をしており、多くの関係者に取材し、特集記事をものしている。実はタイトルが「荷風における女と金の研究」というものものしさ。その記事の一部を、またまた長く引用する。

「ゆきずりの女は別として、このほか（註＝藤蔭静樹や関根歌のほかの意）荷風の生涯をあらゆる意味でかがやかしいものにした女性は、次々に登場する。

築地の芸者八重福がいる。『情交日を追うに従ってますます濃なり。多年の孤独の身辺俄かに春の来れるが如し』（大正八年）

新富町八郎さん。『旦那もちの女性の若い燕として得意がっていたよ』（市川猿之助氏談＝のちの猿翁）

帝劇女優の初瀬浪子、白鳩銀子や伊藤智子の名で芝居や映画に出たことのある田村百合子、新橋の芸者鈴乃、赤坂の芸者山児、等々、その数十指にあまるのはいうまでもない。

これらの女性に共通していえることは、いずれも肉感的であり、色の白い、肉のしまった外形に、顔は面長のうりざね顔である。つまり浮世絵美人。そして荷風にとって、もし理想の女性像があるとすれば、善良なる淫女、もしくはみだらなる聖女ということになる」

何十年も前の拙文、わかったようなわからないような書きっぷりであるのは、取材によるあまたの発言を、こねまわしたためである。ただ浮世絵美人を荷風が好んだことは確実。その確信をえたのは、探しに探して新橋の名妓山勇の写真をやっと手に入れたとき、という記憶がいまもある。やや俯《うつむ》向き加減の愁い顔の美形の写真を眺めながら、ときの編集長が、

「この女に荷風がプラトニック・ラヴだと？　あの爺さんがかよ。そんな馬鹿な。これほどの荷風好みの美女を、爺さんが放っとくという手はないじゃないか」

と、なぜか自分の事のように地団駄を踏んでまくしたてた。この編集長は文藝春秋社員でただひとり荷風さんに好かれた人で、戦後の『日乗』にその名が出てくる。

編集長がどう思おうと勝手ではあるが、荷風と女たちという一大ハーモニイの低音部で、山勇はひそかに荷風の胸をかき鳴らしていた女性であったのである。『日乗』にはじめてちらりと登場するのは大正十二年十二月二十三日、《夜お栄と銀座を歩む。襟円

店頭にて妓山勇俳優登茂江に逢う》で、つぎに十四年十一月七日にはこれがくわしい説明となる。
《山勇はもと洲崎の引手茶屋秀八幡の娘にて、新橋に出でてより今もって市川寿美蔵とわけありとの噂専らかくれなきものなり。今年二十八なりと云う。美人にはあらねど風姿軽快にて男好きのする細面なり。竹を破りたる如き気性さすがに深川の生れなり》
この大正十四年十一月のときから昭和二年にかけて、しばしば『日乗』にその名がある。当時の遊び仲間の城戸四郎氏（故人・松竹社長）によると、荷風は彼女にぞっこん参っていたが、遂に最後までそれを口に出すことができなかったらしい。プラトニック・ラヴであったのである。
大正十四年十一月二十日の『日乗』にそれを窺わせる楽しい記載がある。山勇から電話がかかってきて、今晩は暇ゆえ一緒に晩めしを食べないかと誘われる。
《十年前なりせば即刻走せ往くべきに、今は老いてその気力なし。殊に今日は折悪しく朝より雨ふりつづきたれば、泥濘と寒風とを恐れて家に留りぬ。されど日暮れて雨歇み、弦月出るを見ては、さすがに遊意禁じがたく、車に乗りて赴き訪うに、予の来ることおそかりしかば、人に誘われて他に赴きたりと、取次に出でし雛妓が言葉に、何やら安堵したるが如き心地して、家に還る……》
無性に逢いたくもあり、ちょっと避けたくもあり、複雑な心境というところ。当時の山勇は、荷風日記にも書かれているように、歌舞伎の寿美蔵（のち寿海）にほれこんでいて、荷風の気持がてんでわからなかった。もっぱらその前では酒をのんで泣いて寿美蔵へのかなわぬ恋を吐露する。荷風はそのなだめ役に廻っていた。背中をさすってやりながら、

「思うようにゆかない、それが人の世というものなんだよ」

などと、およそ女にたいしては颯爽気鋭の荷風らしくないことをいっていた。逢いたくもあり億劫《おっくう》でもあり、それが留守と知って《何やら安堵したるが如き心地》なんである。

山勇ご当人の話によると――荷風が遊びにくると、きまってビールともりそばを出すことにしていたという。するときまって荷風は小さく微笑んでこう言った。

「ビールともりそばとお勇さん、この三つがそろえばもう言うことはないな」

どうしてどうして、荷風さんの切なくも遣《や》る瀬ない恋ごころがこっちにもジーンと通じてくる。『日乗』からは昭和二年四月をもってその名は完全に消えるが、戦後も昭和三十年になってぽつんと一回だけ出てくる。実は、後日談としてまことに微笑ましいエピソードがあったのである。巌谷槙一氏（故人・巌谷小波の長男）からわたくしが直接に聞いた話で、六畳一間あいているから、独りでは不自由であろうゆえ、来て一緒に老後を暮しませんか、と山勇が荷風を誘った、というのである。その使者にたったのが巌

谷氏で、山勇の申し出でを聞いた荷風はふと昔日をなつかしむ遠い眼をして、

「いや、よしましょう。もう動くのが面倒なんでね」

といった。その顔には、青年のようなはじらいがあった、という。巌谷さんは「江戸ッ子らしくシャイな顔、あれが荷風さんのいちばんいい顔でね」といった。

『日乗』に記されたのはその直後のことでもあったろうか。

《三月十七日。晴。晡下《ほか》墨田公園散歩。合羽橋飯田屋に飰《はん》して帰る。玄関の戸口に名刺ようの紙片置きてあり。元新橋の妓山勇来訪のよし鉛筆にてしるしてあり》

これが全文である。以下は荷風黙して語らず。昭和三十年といえば、ときに荷風さん七十五歳、山勇は五十九歳であった。

●姪の光代

いくら西欧近代的な個人主義の確立のためだからといい、いくら理想とする芸術的達成のためだからといい、伝統的な日本人の生き方の根底にある「義理と人情」を否定する点において、永井荷風ほどすさまじいあり方を示した人はいない。徹底的に血縁地縁を断絶し、人間的情緒をふり捨て、冷徹さ峻烈さで生涯をものの見事に貫いた。『断腸亭日乗』のなかで、わたくしみたいな精神的弱虫が、さすがにいくら何でもと思うほか

のないのは、実母の死にたいする記載である。あんなにまで氷のなかに心を閉じこめなくてもよかろうに、とついつい考えこんでしまう。

昭和十二年三月十八日、荷風は甥の鷲津郁太郎の手紙で母の重病を知る。しかし見舞いに行こうともせず、《万一の事ありても余は顔を出さざる決心なり》と、大正七年いらいの覚悟を確認している。それは弟の威三郎と不仲になりこれと義絶し、母をそこに置いて、余丁町の永井家を飛びだした年である。その言葉どおり、九月八日に母が死ぬまで、顔を見に行くこともしなかったし、また翌九日の葬儀に参列もしなかった。そして銀座に出でいつもの連中と逢い歓談し《雨やみて涼味襲うがごとし》と日記を締める。〝涼味〟という言葉のうちに、心のうちの寂寥《せきりよう》を甘ちゃんのこっちは感じてしまうが、はたして荷風にそんなつもりがあったかどうか。

ひとり忌意をあらわす句が二句、

泣きあかす夜は来にけり秋の雨

秋風の今年は母を奪ひけり

ただし句は日記の欄外である。

こうした、何度もくり返すが〝日本にありながら日本からの亡命者〟として、徹頭徹尾、自己本意で生きたことの証しが『日乗』なのであるが、その尨大な記録のなかにただ一カ所、なんともいえず心のなごむ、楽しいところがある。鷲津郁太郎の姉、ということは荷風のすぐ下の弟で鷲津家へ養子にいった貞二郎の長女であるが、名を光代という幼い姪が登場する場面――。

昭和三年にも、もう娘となった彼女の願いをきいて、琴の師匠である中能島欣一のために琴唄をつくる、という一話が挿まっているけれど、それよりも何よりも楽しく思えるのは大正八年。一緒に昭和を歩くという主題からは外れるのはとくと承知であっても、やっぱり落とすわけにはいかない。

《十月十三日。下谷の姪光代絵葉書を寄せ、女学校紀念会の催しに来らむ事を請う。幼きものの文章ほど人を感動せしむるものはなし。驟雨の霽《は》るるを待ち、浅草七軒町の女学校に赴く》

と荷風さんはいそいそと女学校の記念祭に出掛けている。そこで弟の貞二郎と母に逢って《感慨窮《きわまり》なし》と人間らしく感動している。その上で、それにつけても仲違いをした三弟威三郎が憎いと、あらためて憎悪をもやしているが、家に帰って机に向かえば久しぶりに、

《筆持つ心になりしは……嬉しさ言うばかりなし》

と、至極いい気持になっている。

それもこれも幼い姪が結んでくれた縁、ということなのであろう。およそ荷風さんらしくない(?)やわらかい心を、ここでは珍しくみせてくれているのである。浅草七軒

町の女学校とは府立第一高女（現・都立白鷗高校）で、当時荷風は築地に住んでいたから、市内電車をなんどか乗り換えていった。

とわざわざ書くのも、《日乗》のこの大分あとにつぎの一行が目につくからである。

《十一月三日。下谷七軒町女学校の運動会を観る》

この日の記載はこれだけ。さりげなくポツンと目立たぬようにおかれたたったの一行ではあるが、荷風さんのやさしさがページからこぼれ落ちるぐらいにあふれてはいまいか。十月十三日は姪の手紙にほだされての気味があった。そしてその日に、十一月には秋季運動会があることを教えられたものでもあろう。そこでこんどは自発的に、頼まれもしないのにわざわざ足を運んで、そっと覗きにいった。

荷風の作品のなかでも《日乗》を最高の創作とする人が多い。つまりは読み手に感動を与えるように仕立てられている。とすれば、荷風さんの見事な仕掛けとこの場合もみることができるかもしれない。しかも子役をうまく使っての……と批評めいたことをいうのは、やっぱりわたくしにはできない。

夏目漱石が「小さな娘子と婆さん」が大好きであったように、損得の打算なしに真心をもって尽くす幼きものを、荷風もまた愛していたものとみる。純粋素朴な、無心なひとを可愛らしく思うから、荷風はそっと応援に出かけていった。

昭和十二年七月四日、人妻となっていたその光代は没するが、《日乗》にあるのは死んだという事実のみ、なんの感慨も記されていない。それというのも光代が勝手に嫁いでいってしまったからである。そのときは大いに悲歎したというが、嫁にいってしまった姪には、そのあともうなんの興味も示さなくなったというのは、これまたいかにも荷風らしいところである。

●円本ブーム

昭和元年は一週間しかないから、昭和時代の始まりは二年ということになる。その開幕の年を荷風さんは滑稽なトラブルにまきこまれている。下世話にいえば、とんでもない女にひっかかったのである。

本名を古田ひさ、銀座のカフェー・タイガーの女給で、日記には「お久」として登場。たとえば昭和二年七月二十五日には《正直にて利慾の念なく且才智ありて文字を解す》、しかし《怠惰にて炊事裁縫を好まざるが如く》と、観察している。

およそ好みとはちょっと遠いこの女と、どうして深間に入ったのか、といえば、大正末から昭和改元にかけて折悪しく女関係において荷風は空家同然。五十歳に手の届こうとする壮年期の荷風は、ちょっぴりやるせない想いにあったらしい。それにこの女は、瀬戸英一とも《情交》し、荷風がもっとも嫌悪する菊池寛の門下生酒井真人とも《慇懃を通じ》ているらしい、という奔放さ。この二人を振ってまで一途に荷風になびいてきたところが、大いにお気に召したとみえる。大正十五年十月二十四日にはじめて登場するが、それ以前からつき合っていたようで、《余始《はじめ》之を知らず、既にして知る事を得たれども又如何ともすべからず、遂に今日に及べるなり。省みれば瀬戸酒井両生の怨恨さぞかしと同情に堪えざるなり》（大15・12・22）

と日記に書き、勝利者の優越感に浸りすこぶる悦に入っている。

ところが好事魔多しの言葉どおり、荷風さんはこの女ひとりにノホホンと鼻の下をのばしているわけにはいかなくなった。八月になって麴町で芸者をやっていた関根歌と知り合う。《容貌十人並とは言いがたし》ではあるが、年は二十一の若さ。知り合ってから八回目のデートで、一緒に神田辺を散歩して《遂にその家に宿す》と相成り、《世の悪風にはさして染まざる所あり。新聞雑誌などはあまり読まず、活動写真も好まず、針仕事拭掃除に精を出し終日襷《たすき》をはずす事なし。昔より下町の女によく見らるる世帯持の上手なる女なるが如し》（昭2・9・17）

と、たちまちお久から、もっとも好むところの女のお歌へと乗りかえてしまう。カフエーをやめ荷風に囲ってもらうつもりであったお久が、その背信（？）に怒りをもやしたのはごく自然というところ。九月二十八日、精一杯会わぬようにつとめていたのに、荷風はついにつかまった。偏奇館にまでお久が押しかけてきたのである。

《避けんと欲すれども道なし、客間に案内して来意を問う。酒肆《しゅし》を去りてより復び纏頭《はな》を得ず大いに窮迫せりという。遂に金壱百三拾円を与えて去らしむ》

と日記には何事もないように記しているが、そののちに書いた随筆「申訳」で、荷風はお久とのこのときのやりとりをあからさまにしている。いくら帰れといっても悠然と煙草をふかすだけのお民（お久の仮名）は、見事なゆすりをかけてくる。

「『それでも、わたしお金がいるんですよ。あなたはお金のある人なんだからいいじゃありませんか。持っている人が持っていない人にやるのは当前でしょう』

『当前なものか。そんな事は露西亜《ロシア》へでも行ったら知らないこと、日本じゃ通らない。兎に角ここで議論をしても仕様がない。一体、お前、いくらほしいのだ。黙っていては困る。ためしに言って見た方がいい』

『半分いただきたいつもりです』

『半分。百円の半分か』

『いいえ』

『じゃ、千円の半分か』

『いいえ』

『じゃ、一体何の半分だ』ときくと、お民は事もなげに、『あなたの財産の半分』と云切って、横を向いてまた煙草の烟を天井の方へ吹きかけた」

荷風も「覚えず吹き出しそうになった」と書いているが、こっちはこれを読んで大笑いした。大正中期から昭和にかけてのマルクス主義ブームの時代相が、荷風さんの防戦の言辞に飛びだすあたりは、傑作である。もちろん潤色がほどこされているであろうが、財産の半分とは女も大きく出たものである。しかし、その背景となる話のあることに、探偵としてはすぐに気がついた。

すなわち、三十二の銀行が休業、企業倒産七千四百、大正大震災後の不景気風が吹きまくっているときに、実は時ならぬ円本ブームで作家たちは軒なみに潤った。貧乏文士の通り相場がけしとんでいた、という事実なんである。この年から翌々年の昭和四年にかけて、いままで知識階級での貧乏代表とみられていた文士たちは、多額の印税をうけとった。島崎藤村の場合でいうと、一回に二万円を超えたという。当時は米価一升四十六銭のころ。いまの価格に直せばいくらになるか。

そこで、ぞくぞく欧米旅行を企てたり、軽井沢に別荘を建てたり、自動車を買ったりという豪勢さ。たとえば中条百合子モスクワへ、吉屋信子もまた同じ、小山内薫ソ連へ、正宗白鳥夫妻はアメリカへ、久米正雄夫妻はヨーロッパ、林芙美子もヨーロッパへ……。軽井沢に別荘は室生犀星、堀辰雄……。谷崎潤一郎は阪神沿線岡本に、四百六十坪の土地を求め、中国風の住宅を新築した。

荷風さんも、昭和三年一月二十五日に《空晴れわたり、昨日にもまさりて更に暖なり》と気分も爽快に記し、

《午後三菱銀行に赴き、去秋改造社及び春陽堂の両書肆より受取りたる一円全集本印税金総額五万円ばかりになりたるを定期預金となす》

とホクホク顔（?）で記している。

円本について書く。震災恐慌で出版界もまたあっぷあっぷのとき、大量生産方式でこれを乗り切ろうと考えた知恵者がいたのである。改造社社長山本実彦。かれは大正十五年十月、単行本四、五冊分を一冊におさめた『現代日本文学全集』（各冊一円、六十三巻）の発売を発表、その予約募集を行った。予約金は一円、最終回配本分にあてた。この企画が大当り、なんと三十八万人の予約をいっぺんに集めたのである。ときの金で三十八万円をいっぺんに手に入れた。これに触発されて改造社につづけと、昭和二年三月に新潮社『世界文学全集』、春秋社『世界大思想全集』、六月に春陽堂『明治大正文学全集』、同じく第一書房『近代劇全集』などなど、われもわれもと定価一円の全集・選集の予約ものの出版にふみきった。

そのうえに円本ブームは、円本広告ブームとなった。新しく出版広告にのりだした電通が、すでに大きなシェアをもっていた博報堂に挑戦、互いに社運を賭けて大宣伝戦をくりひろげる。荷風日記にもある。

《近年予約叢書の刊行流行を極む。此頃電車内の広告にも大衆文芸全集一冊千頁価一円、紙質は善良などいえるを見るなり》（昭和2・3・30）

そして結果的には、この円本ブームが日本の出版界にマスプロ、マスアド、マスセールの道をひらき、小売店のいわゆる本の買取り制度を崩した。昭和になって、出版界も荒っぽい戦国時代に突入したことになる。ただし念のために書くが、いまだ当時の出版界全体は底力なく、円本ブームは昭和五年には鎮静化、前にちょっとふれたが、多くの円本はゾッキ本市場にうずたかくつまれた。

底が浅かろうがはかなかろうが、文士のひとりとしてわが荷風さんもまた、印税で大いに懐が暖かくなったのはたしか。そこを不敵な女のお久に狙われたのである。日記にあるように、とりあえず追っぱらうために百三十円を与えざるをえなかった。相手はしたたか、それで引っこむはずはない。十月八日にまた来た。五百円出せとねばる。《宛《さな》然《がら》切られお富の如し》と大歎息して荷風は書く。

《余今日まで自家の閲歴に徴して何程の事あらむと侮りいたりしが、世評の当れるを知り慚愧に堪えず。凡て自家の経験を誇りて之を恃《たの》むは誤りのもとなり。慎む可し慎むべし》

いくらこの期におよんで、女を見る目がなかったと悔いても、後悔先に立たずの諺どおりで、それでおさまるわけがなかった。十月十一日、ふたたびお久が自宅急襲。閉口極に達して側近の日高絣卓《けいふ》（本名・浩）の手をかりて、とうとうお久を警察につきだしている。そして翌十二日、荷風自身も警察によびだされる。そこの記載が、荷風日記中の最高に抱腹絶倒のところ。

《一室に於て制服きたる警官まず余を説諭して曰く、こんなくだらぬ事で警察へ厄介を掛けるのは馬鹿の骨頂なり、淫売を買おうが女郎を買おうがそれはお前の随意なり、その後始末を警察署へ持ち出す奴があるかと》

円本にからむとんだ茶番劇というところであるが、翌三年春にも左翼運動家に面会を強要され、資金の醵出《きよしつ》の申し出でを受けている。

《余窃《ひそか》に思うに、この度無産党員のわが家に来襲せしは過般改造社春陽堂両店より受取りたる一円本印税巨額に達したるを探知し、脅迫して之を強奪せむと欲するものなるべし》（4・10）

もちろん荷風さんはびた一銭出さない。女だろうがプロレタリアだろうとおんなじで〝強奪〟には応じない。自分のことぐらいは自分で何とかせよ、それが荷風の生活哲学なのである。

そのくせ好きな女のお歌を落籍させたうえ、三年三月下旬には、彼女の希みのままに麴町三番町に待合「幾代」を買い与えている。これまた自分のことは自分で始末したまで、というわけなのであろう。それにしても円本ブームさまさまというところである。

《思出せば昭和二年の秋なりけり一円本全集にて意外の金を得たることありしかば、その一部を割きて茶屋を出させやりしなり。お歌いまだに其時の事を忘れざるにや……》

昭和十九年一月十八日の『日乗』である。荷風の記憶はどうしてたしかなものである。

〈付記〉

お歌についても、だれも書いていないことで書きたいことがあるが、割愛する。荷風さんの生涯をとおして、たったひとりのよき女であったこのひとのことは、すでに多く書かれすぎている。

●本間雅晴中将の妻

太平洋戦争緒戦において、フィリピン攻略戦を指揮した第十四軍司令官本間雅晴中将については、その悲劇的な死が知られている。昭和史探偵としてわたくしもなんどか、本間中将について書いたことがあった。昭和の、陰謀と武断ばかりがまかり通った日本陸軍にあって、将軍は軍人に似合わぬ情味ある文化人、かつ陸軍きっての親英米派。原書で、シェイクスピアを好み、コナン・ドイル、ゴールズワージー、バーナード・ショウなどを愛読し、英語で詩をつくったりした。文学を愛するなど軍人らしからぬ女々しい行為として、陸軍中央からずっと軽蔑の目で見られてきた……。そんなふうに書いたこともあった。

その人が戦後、バターン死の行進の責を負って、軍事裁判にかけられたとき、富士子夫人がマニラの法廷に立って証言したつぎの言葉は、知る人ぞ知る。それは敗戦日本がもった誇りにみちた、もっとも美しい言葉のひとつといえる。

「私は東京からこのマニラへ、夫のために参りました。夫は戦争犯罪容疑で被告席についておりますが、私はいまもなお本間雅晴の妻であることを誇りに思っています。私に娘が一人ございます。娘がいつか結婚するときには夫のような立派な人をみつけてあげたいと心から望んでおります。本間雅晴とはそのような人でございます」

この毅然たる言葉に、被告席にあった本間は肩をふるわせて嗚咽するばかり、法廷は粛然たる空気に静まったという。しかしマッカーサーの報復裁判とあって、死刑の宣告をくつがえすことはならなかった。

この富士子夫人は、文化人将軍本間にとっては二人目の妻にあたった。つまり再婚である。最初の妻は田村智子《としこ》といった。この女は、日露戦争直前まで参謀本部の参謀次長として、対露戦略戦術を一手にひきうけて立案し、開戦直前に心労と疲労のため病没した田村怡与造《いよぞう》少将の末娘。まだ少女時代から、その美貌と派手な行動とでさまざまな噂がたてられていたという。いわば大正の〝新しき女〟。長じてもそれはおさまらなかった。本間との間に子供二人をもうけながら、たとえば和服の上に着るマントが燃えだすような緋色、といった大胆さで銀座を闊歩することを好んだ。

そんなであるから、当時大尉の本間が、駐在武官として大正七年春にロンドンに赴いたとき、その家庭は哀れ崩壊することを運命づけられたといっていい。本間が日本に帰ったのが大正十年九月中旬、三年半余の夫不在の空白を、放埒な女が耐えられるべくもなかったのである。帰国した本間がそれを承知で、「君は何という馬鹿か……」と友人に軽蔑されながらも、必死に復縁を智子に迫ったが、頭を下げれば下げるほどみじめさをますだけのものとなった。

協議離婚が成立したのが、同十年十二月十六日――。

と書いてくると、本間中将の銃殺刑の悲劇を書きたいのか、それとも家庭争議のごたごたをか、と叱られそうであるけれど、実に主題はよりいっそうの悲劇について、なのである。ここで永井荷風が登場、二人の運命にからんでくる。ことの起こりは、荷風が『日乗』にとくとくとして記した〝関係した女〟のリスト。すなわち昭和十一年一月三十日の項、《つれづれなるあまり余が帰朝以来馴染を重ねたる女を左に列挙すべし》とあって、十六人の女の名がずらりとならぶ。それをこっちもつれづれなるままに眺めていたら――、

《十一　白鳩銀子　本名田村智子大正九年頃折々出会う陸軍中将田村□□□の三女〔欠字ママ〕》

とある。これを中央公論社版全集でみると、
《十一　白鳩銀子　本名田村智子陸軍将校の女初銀座七丁目ナショナル女給大正九年中》
となっている。この両方を読み、ムムと思わず声が出た。田村智子とはすなわち本間智子その人ではないか、のカンが働いたのである。なんと、これが図星。大正九年とあるのは荷風のわざとらしい書きようで、『断腸亭日乗』には大正十年九月から翌年一月まで、女は田村百合子と名乗って頻繁に顔を出している。

とくに九月十一日の項。舞台は築地明石町河岸。

《秋の空薄く曇りて見るもの夢の如し。午後百合子訪い来りしかば、相携えて風月堂に往き晩餐をなし、堀割づたいに明石町の海岸を歩む。佃島の夜景銅版画の趣あり。石垣の上にハンケチを敷き手を把り肩を接して語る。冷露雨の如く忽《たちまち》にして衣襟の潤うを知る。百合子の胸中問わざるも之を察するに難からず。落花流水の趣あり。余は唯後難を慮《おもんばか》りて悠々として迫まらず。再び手を把って水辺を歩み、烏森停車場に至りて別れたり》

こうも名文で書かれていると、なにが《胸中問わざるも之を察す》かよ、と天に代りて不義を討ちたい気分にもなってくる。さらに十月九日、銀座の料亭花月での夜、折からの豪雨で、二人は室を異にしてそこに一泊することになる。

《余一睡して後厠に往かむとて廊下に出で、過って百合子の臥したる室の襖を開くに、

百合子は褥《じょく》中に在りて新聞をよみ居たり。家人は眠りの最中にて楼内寂として音なし。この後の事はここに記しがたし》

なにが〝過って〟襖を開いたの、〝記しがたし〟だのと、空々しいことか。

しかもその後の十月十八日、

《百合子と日比谷公園を歩み家に伴い帰る。百合子本名は智子と云う。洋画の制作には白鳩銀子の名を署す。故陸軍中将田村氏の女にて、一たび人に嫁せしが離婚の後は別に一戸を構え、好勝手なる生活をなし居れるなり。一時銀座出雲町のナショナルというカッフェーの女給となりいたる事もあり》

と閨の枕語りで荷風は女の身分を知ることになる。これを信じるかぎり、女は相当の嘘つきと見るほかはない。「離婚の後は」とは何であるかッ。知ってか知らずか、荷風はそんな女をせっせと迎えいれる。

《十月二十日。百合子来る。倶《とも》に帝国劇場に往き……帰途雨ふり出したれば百合子余が家に来りて宿す》

《十月二十三日。……百合子余が家に宿す》

《十月二十四日。風雨。百合子終日吾家に在り》

と荷風はすこぶる鼻の下をのばし、智子は女房気どり、ともにご満悦のていなのである。さりながら、ここで前に戻って本間大尉の帰国ならびに離婚成立の年月日を見直してほしいもの。

荷風と智子が手をとり合って明石町河岸を歩き、浪曼チックな気分にひたっていたのは、帰心矢の如き本間の乗った船が遠州灘を走っているころ。またはじめて枕をかわしたのは、「腰抜けめ、軍人の風上におけぬ」と先輩や同僚にさんざん罵倒されながら、本間が二人の子供のためと涙を流しながら、智子に復縁をせまっていたとき。

それにもう一つ、荷風日記の大気焔を引いておこう。

《女好きなれど処女を犯したることなく、又道ならぬ恋をなしたる事なし。五十年の生涯を顧みて夢見のわるい事一つも為したることなし》

昭和三年十二月三十一日に荷風はそう書いている。田村智子のことなどもうすっかり忘れたときの弁。まさか居直りでもあるまいが。

いかがであろう、マッカーサーの復讐のため銃殺刑に処せられた悲劇の将軍に冠するに、もうひとつ〝悲劇の〟という形容詞が必要と思われてきはしまいか。これでは踏んだり蹴ったりである。もっともこんなあばずれと早目に別れることで、貞淑なる富士子夫人をえたと考えれば、別れも愉しか。

そうであるなら、相手の正体を知りながら、たっぷり浮気の相手になってやった荷風に、殊勲甲の勲章でもあげずばなるまいかな。

〈付記〉

大正十五年一月十二日の『日乗』にも、それまでつき合った女についての総括がある。

《八重次は美人なりとの噂もありしかど、越後の女なれば江戸風の意気なるところに乏しく、白鳩銀子は今様の豊艶なる美人なりしかど、肩いかりて姿は肥大に過ぎたるを憾《うら》みとなせり》

これでみると田村百合子は荷風好みの女でなかったことがはっきりする。

第三章　「非常時」の声のみ高く

——昭和八年〜十年——

●非常時日本

昭和五年生まれのわたくしなんか、物ごころついたとき、すでに「非常時」のなかにいた。少年時代より非常時なんだからといい聞かせられ、ずっと耐乏を強いられてきた気がしている。

非常時とはそも何なるか。国家の危機、重大な時期にちがいないが、いまから観ずれば因果はめぐっての自業自得のようなもの。昭和六年の満洲事変にはじまって、七年の上海事変、血盟団事件、満洲国建設、五・一五事件、と軍国化への道をひた走る日本。この七年の国家予算は、過去最高であった昭和三年の十八億一千四百万円を上回った十九億四千三百万円（うち満洲事変関係は二億七千八百二十一万円）。そして十一月に編成された八年度予算はさらにはね上って二十二億三千八百万円という巨額になった。新聞は「日本初まって以来の非常時大予算」と伝えた。

これが実は「非常時」という言葉が流行する端緒らしい。目ざとい陸軍はさっそく「非常時」「非常時」と吼えだした。

そして昭和八年になると、軍部の非常時宣伝は音量をあげる。旗振り役をひきうけたのが陸軍大臣荒木貞夫大将で、この年の一月につくられた映画「非常時日本」に出演、得意の弁舌をふるって非常時を連呼した。三月十八日、さらに国粋会全国大会で「これぞ非常時大会」と祝辞をぶつ。ついでに非常時日本を救うのはわが皇軍であると、「皇軍」が陸軍の代名詞になった。かくて非常時という言葉は完全に定着してしまった。そして三月二十七日には国際連盟を脱退し、世界の孤児となった日本は、まさに非常時そのものとなる。

閣議の席上で荒木陸相がふるった長広舌が残っている。

「国際連盟にとどまっているから、日本は思うとおりの軍事行動ができぬ。いま、熱河省は張学良らの策謀の基地となっている。これを討たなければ満洲国の安寧をはかることはできない。熱河討伐が熱河省内だけでおさまるかどうか。あるいは北京・天津にまで兵を出さねばならぬようにならぬともかぎらない。そういう場合、国際連盟の一員でいることは、いろいろな拘束をうけるだけで、日本の利益になることは一つもない。よろしく脱退すべきである」

北京進攻も辞さずとは、なんたる暴論か。ときの首相斎藤実は最初から脱退反対であったが、内田康哉外相をはじめ無軌道外交を推進している外務省に押しきられた。その外務省は軍部の代弁者と化し、陸軍省外務局の名称をつけられている。もって陸軍の横暴を知ることができる。

さらに、口をひらけば「皇道」「皇道」の荒木陸相を先頭にして、国民に非常時意識を徹底させ高揚をはかるためにと、軍部が計画したのがソ連を仮想敵国にしての防空演習。というわけで、やっと昭和八年の荷風日記の登場となる。

《此夜九時より十一時迄銀座通京橋区一帯防空演習のため燈火を消す。カッフェーは燈火消滅のころいずこも大いに繁昌したりと云》（7・25）

にはじまって、二十七日深川竈河岸付近、二十八日赤坂氷川町辺、八月二日偏奇館のある市兵衛町飯倉近辺と防空演習の記載があって、いよいよ八月九日の第一回関東地方防空大演習となる。

《八月九日。晴。始めてつくつく法師の啼くを聞く。是夜東京全市防空演習のため燈火を消す》

《八月十日。晴。終日飛行機砲声殷々たり。此夜も燈火を点ずる事能わざれば薄暮家を出で銀座風月堂にて晩餐を食し金春新道のキユペル喫茶店に憩う。防空演習を見むとて銀座通の表裏いずこも人出おびゝ《（ママ）》だらしく、在郷軍人青年団其他弥次馬いずれもお祭騒ぎの景気なり。此夜初更の頃より空晴れ二十日頃の片割月静に暗黒の街を照したり》

最後の一行の、片割月は実によく効いている、なんて感想はともかく、この大演習を評し、信濃毎日新聞主筆桐生悠々が八月十一日付で「関東防空大演習を嗤う」という社説を書いて物議をかもした話は、戦後になってつとに知れ渡ることとなった。

これはもう桐生主筆の批判がもっともなことで、東京の空に敵機を迎え撃つなんてことは、日本軍の大敗北そのもの。紙と木だけの東京の惨状は言語に絶するであろう。「こうした実戦が、将来決してあってはならないこと、又あらしめてはならないことを痛感したであろう。と同時に、私たちは、将来かかる実戦のあり得ないこと、従ってかかる架空的なる演習を行っても、実際には、さほど役立たないだろうことを想像するものである」と桐生が書いたのは正しいのである。事実、昭和二十年のB29による日本本土空襲がそれを証明する。

ところが、陸軍は当然カッとなった。桐生に弾圧の手をさしのばした。その一方では防空演習は大いに非常時意識の高揚に役立ったと自画自讃する。演習を通しての防護団や救護班や配給班など、軍部の意図する組織化の一歩を、巧みに踏みだすことができたからである。軍部がめざす軍事国家への道程は、荷風が嗤う《お祭騒ぎの景気》のうちに着々と手が打たれていた。

もちろん荷風さんはそんなこと存知ない。なんと不便きわまる世の中となったのかと、暗澹として月を仰ぐのみなんである。

●発売頒布の禁止処分

明治四十二年の森鷗外の日記に面白い記載がある。

「退衙《たいが》の途次電車にて永井荷風に逢う。歓楽の発売を禁止せられしを聞く」

九月三十日のところである。電車とは東京市街電車（市電）で、観潮楼と役所の往復に鷗外は市電を利用していた。この年の「スバル」七月号で、鷗外は「ヰタ・セクスアリス」を発表、発禁の処分を受けている。それから二カ月後に、新進作家荷風の小説集『歓楽』が出版され、なかの短篇「監獄署の裏」が怪しからんと、ただちに発売禁止。鷗外の日記は、その御難を荷風から聞かされたことを示している。

それでこっちはついつい両文豪の車中での会話を想像してしまうのである。

「実に、アホくさい世の中が到来したものであります」

「ま、そう思わずに……人間、何事も辛抱ですぞ、荷風君」

鷗荷両氏が発売頒布の禁止処分にたいし悩みをともにするの図であるが、この「発禁」とは出版法、新聞紙法で定められた行政処分であることは書くまでもない。この処分のそもそもは、ということで調べてみたのであるが、明治八年の出版条例と、明治九年の新聞紙条例改正によってきめられた。その後数回の改正をへて、出版条例は明治二十六年に出版法となり、明治四十二年に新聞紙条例は新聞紙法となって確立、実に昭和二十年の敗戦まで言論出版抑圧のために猛威をふるうのである。

すなわち出版法第十九条である。

「安寧秩序を妨害し、また風俗を壊乱するものと認む文書図画を出版したるときは、内務大臣において、その発売頒布を禁じ、その印本を差押うることを得」

新聞紙法第二十三条もほぼ同じ。

そしてこの新聞紙法が成立した明治四十二年、鷗外と荷風が市電のなかで大いに歎きあったであろうその年は、特筆せねばならないほどに一大発禁旋風が吹きまくったときであった。荷風は『ふらんす物語』と『歓楽』で二回、鷗外が『魔睡』と『ヰタ・セクスアリス』で同じく二回、小栗風葉も二回、そのほか徳田秋聲、内田魯庵なども被害を蒙った。

問題なのは、これが司法処分ではなく行政処分であること。つまり内務官僚のその日のご機嫌如何でどうにでもなる点であった。当時の警保局長有松義英の談話が残っている。（明治42・7「東京日日新聞」）

「各出版物を検閲するには図書課属四名を以てこれに充てつつあるも、何分著作出版物の数多く手の廻り兼ねることあり、……これを取締るにはもちろん一定の標準を立てたきも、著作物その物に標準なきため到底これを定むることは出来るものにあらず、ただ検閲の際は、これは少しエライというような所を見出して、之に断定を下すより外に仕方なし」

ま、ざっとそんなところだろうと想像したとおりのいかにも官僚的な無定見さ、無責任さ。たいするわが荷風さんの啖呵がはなはだよろしい。二度に及ぶ発禁を、御本人は毫も気にとめなかった。同じ明治四十二年八月号の「太陽」に「別に何とも思わなかった」と題して、芸術家としての矜持《きょうじ》をあざやかに示している。

「私は筆を執る時には、それが発売を禁止される恐れがあるか無いかということは全然念頭に置かない。私は私の思うところを何にも囚われずに書くのである。……芸術家としては、そういうことは念頭に置くべきものでないと思うて居る。……我々は文学者として我々の信ずるところを書くばかりで、当局者は当局者の感ずるところを実行して行ったら、それで差支えないと思う」

偉そうに当局は処分するが、所詮はごく恣意的なものという荷風の皮肉な観察が、「感ずるところ」という言葉にこめられているようである。

さて、問題は昭和なんである。出版法も新聞紙法もそのままに生きている。内務省当局はいよいよ監視の眼を光らせる。ばかりではなく、昭和八年三月の国際連盟脱退前後から、軍部がようやく衣の下の鎧をあらわにしはじめる。時をあわせたように、ナチス・ドイツではマルクス、フロイト、トーマス・マンなどの著作を、非ドイツ的思想として焼却を命じた焚書事件が、五月に起こる。その後の日本の言論統制の厳格化は、明らかにナチス政策の影響が大きく作用した。

荷風は、市井の一小事から帰納して国家論に及ぶ、という得意の論法で、この時代をこう描いている。四月十日、路傍の電柱に、右翼団体の大会を告げるビラが貼ってあり、

としたのちに、
《之を見れば日本現代の国家は陸軍省と警視庁と遊侠無頼の徒によりて辛くも支持せられつつあるが如き感あり》
　昭和九年になると、五月二日に出版法が改正され、すでに新聞紙法には条項としてあった「皇室の尊厳冒瀆」と、安寧秩序とを妨害する出版物の取締りがいっそう強化されることになる。巷では「軍の横暴」とか「陸軍の横車」とかいった言葉が、ひろくいわれるようになった。荷風日記の昭和九年十一月十日のところ。
《……日蓮聖人全集とて其宗徒の本山より刊行するもの発売禁止となりし由。武断政治の弊害追々顕著となる、恐るべし恐るべし》
　文士たるものが信ずるところを書けない恐るべき時代がもう足もとにせまっていた。そして歴史的事実を追えば、昭和十年の天皇機関説問題と国体明徴の内閣声明がこれに拍車をかける。陸軍の教育総監真崎甚三郎大将も、全陸軍に「天皇の国家統治の大権は神代の昔からきまっている」という国体明徴を訓令した。これをきっかけに軍部は、みずから国体明徴の露払いであり太刀持ちと自負して、いよいよあけすけに政治の表面へのりだしてくる。
　荷風さんは十年七月六日の日記で閉口の体《てい》を表わしている。
《空中演習にて市街点燈を禁ずと云う。暗黒歩み難きを以て門を出でず。早くより臥蓐《がじょく》に横り『文藝倶楽部』の古本を読む。明治卅一年七月号の誌上に大町桂月が楠正成の自殺を論ずる文あり。今日かくの如き言論をなす者あらば忽《たちまち》危害を加えらるべし、明治三十年代は今日に比すれば言論猶自由なりしを知るべし》

昭和言論史を書いているわけではないのであとはふっ飛ばす。ただ一つ、言論統制が決定的になったのは昭和十二年の日中戦争勃発以後、ということだけは報告しておきたい。九月、言論統制の一元化を目的に情報委員会が内閣情報部に改編拡大される。十一月、設置された大本営内に報道部が設けられる。これにともない陸海軍報道部の現役将校が派遣され、内閣情報部の中核になる。ここに及んで言論取締りは言論指導へと変っていく。というふうに、軍部が思想戦の名のもとに、命令をもって言論界にのぞんでくることになったのである。かくて自由な言論は窒息した。

荷風の『濹東綺譚』が朝日新聞夕刊に連載されたのは、実は、その昭和十二年の四月十六日から六月十五日まで。ミューズ（美神）はまったく痛快なことをしてくれた。間一髪のところで新聞連載が間に合った。少し遅れたら、いくら荷風が「私は筆を執る時には、それが発売を禁止される恐れがあるか無いかということは全然念頭に置かない」かったとしても、こんどは発禁ぐらいではすまなかったかもしれない。なにしろ恐るべき軍がのりだしてくるにきまっていたからである。日中戦争がはじまったのは、連載終了後二十二日たった七月七日のことであった。

●三縁山の鐘の音

天皇機関説が問題になったのは、昭和十年二月十八日の貴族院本会議においてであった。くわしくは史書にゆずるが、不敬、叛逆の徒と攻撃された美濃部達吉は、自著『逐条憲法精義』『憲法撮要』などを発禁にされ、孤軍奮闘しつつ貴族院議員も辞職に追いこまれていく。この大騒動がまず一応の決着をみたのが九月。荷風は日記九月十七日の欄外に朱筆で記している。

「美濃部博士憲法問題一時落着」

たった一行ながら、これはやっぱり注目したくなってくる。

戦後になって大筋の史実が明らかになったから、この天皇機関説問題とこれにつづく国体明徴運動とが、思想・学問の自由、つまりは言論の自由を結果として圧殺した事件として、われわれはとらえることができるようになった。容易ならざる時代はここからはじまる、とわたくしは思っている。これ以後は、思想的には、もはや宗教としかいいようのない〝天皇神聖説〟が主流となった。現人神《あらひとがみ》として天皇の神聖にひれ伏すことが、日本の唯一の正義となったのである。

しかも天皇機関説問題には、西園寺公望を本尊に、牧野伸顕、斎藤実《まこと》、高橋是清、鈴木貫太郎、湯浅倉平、一木喜徳郎らの、宮中を中心に、一分の隙もなく固めた穏健グループの結束をつき崩そうという裏側の陰謀があった。そのための突破口としての美濃部追い落とし。暴力による脅迫がともなっていたから、効果的であった。

当時の「文藝春秋」四月号の城南隠士（実は御手洗《みたらい》辰雄）の「美濃部騒動の表裏」が、伏せ字ばかりながら、その事実をあからさまにしている。

「美濃部党の憲法解釈で、現存する一番の先輩は枢府で憲法の鍵を預る××じゃ。……美濃部を攻撃し、その学説一切を駆逐するとなると、最後に出て来るものは□□じゃ。……この運動が□□に及び、万一××が何かの形で責任を執らねばならんような破目にでもなると、西園寺、牧野、斎藤、高橋、××とつながる重臣層には一大破綻が起る。美濃部騒動の××××はここじゃ」

ここにある「枢府で憲法の鍵を預る××」とは、ときの枢密院議長一木喜徳郎。□□として二カ所の伏せ字の二字には「宮中」と入れたらいい。そして四字××××は軍部策謀か。

という今日ではいわば定説となっている事実が、昭和十年の『断腸亭日乗』に、なぜかひょこんととびだしてくる。荷風さんは新聞や総合雑誌をろくに目も通さぬふりをしながら、実はひそかに読んでいたのかなと、ついつい思わせられてしまう。

「……芝口ガードの壁に美濃部博士糺弾排斥のビラ多く貼りてあり」

と三月十日にあり、五月二日にも、

「……帰途芝口ガード下を行過ぎる時、天皇機関説直輸入元祖一木喜徳郎を斬れという印刷ビラ貼りて在り」

としっかりと目にし、一木の名を記憶にとどめている。なお芝口ガード下とはJR新橋ガード下のこと。いまも右翼のアジビラがよく貼られている、いとおかし。それはともかく、つづく五月十日の記を読むと、しみじみとさせられてくる。

「……われより外には人なき家に在りて鐘の音をきく時、わが身はさながら江戸時代のむかしに在るが如き心地す。今日の如き時勢に在りて安全に身を保たむとするには、江戸時代の人の如く悟りと諦めとの観念を養わざる可からず。三縁山の鐘の音は余が心にこの事を告げ教うるものなるべし」

まさかに荷風さんが美濃部や一木と同心の機関説論者、というわけではあるまいが、時代の外に端座している荷風の心眼には、時代の転回があざとく映っていたようである。傍目八目《おかめはちもく》はあらゆる場合に通ず、ということなのか。

なお三縁山とは増上寺の山号である。


〈付記〉

天皇機関説については、昭和天皇はそれを肯定していた、というのが従来から定説になっている。いっぽうに、昭和天皇のそのことに関しての発言には憲法学への無理解があるし、さらに天皇親政という強い権力意志がある、と疑問視するむきもある。そのことについて作家の丸谷才一氏と月刊誌「現代」で語りあったものがあるので、少しく引用しておく。

「**丸谷**　昭和天皇は憲法学者ではないのだから、憲法学の厳密なところを学問的に知らないのは当り前です。それから、昭和時代における憲法と実際の国政の間には大きな矛盾があった。軍人たちの専横があり暴走したから戦争につき進んだのであって、軍人にもう少し分別があれば明治憲法でも日本はやっていけたんだという解釈も、一方にはあるわけです。もちろん、明治憲法は間違った憲法だったという論議もあるわけで、そこのところは多様な解釈が成立する。昭和史最大の謎です。

半藤　そうですね。そこで実は天皇機関説について調べてみたんです。どうやら考え方は三つに分かれるようです。一つは帝国憲法にいう天皇の絶対的権威を認める。だけどもそれを駆使しないで国家の上に乗った機関であるべきだとする。昭和天皇はこの考え方だったと思います。二つめは天皇が国家を統治することも陸海軍を指揮することも一応は認めるが、できるだけ立憲的に自由主義的に国家を運営しようじゃないかという機関説。この立場で議会や内閣の権限を、天皇大権に対して相対的にどんどん強めようとしたのが美濃部達吉です。三番目は国家主権の絶対性をうんと強めて、最高機関としての天皇の地位を相対化してしまう機関説。北一輝はこれです。国家が必要としないときは天皇を単なるロボットにしてしまうわけです。

丸谷　青年将校はみんなこれですね。いまの説明は明快でよくわかりました。（以下略）」

丸谷さんにほめられたから長々と引用したわけでもないのだけれど、こう分けて考えてみると、いくらかは〝最大の謎〟も解けるように思えるのである……。いずれにせよ、この天皇機関説問題が日本の言論界に与えた影響はまことに大きかった。

●東郷元帥の孫娘

昭和十年三月十五日の『日乗』を読み、ちょっと調べてみたら、おかしなことに気づいた。《夜、金春新道《こんぱるしんみち》のキユペルにて、××元帥孫女良子家出の顚末を来合せたる電報通信社社員某氏より伝聞す》とあるところ。荷風さんは何事かを恐れて、××元帥とわざわざ名を伏せているが、なんのことはない、その日の東京日日（現毎日）新聞をみれば、四段抜きの大見出しで「愛の我家へ帰らぬ東郷侯の令嬢、先月廿七日ふだん着のまま、春浅き長女良子さん」と写真入りで報じられている。要は新聞を読まず、某氏の「これは極秘情報ですぞ」に荷風がころりとだまされたためか、と思ったら、どうも妙なんである。

《××良子年十九才なり。本月学習院女子部を卒業せむとする間際に至り、二月廿四日出奔し、浅草公園活動館を見歩きて後、花川戸横町JLという喫茶店に女給募集の貼紙あるを見て、其店の住込女給となり、今朝、日日新聞に家出の記事出るまで十七日間働きいたりしなり》

これじゃ荷風自身が毎日新聞のスクープを読んでいることになるのではあるまいか。にもかかわらず、××元帥とはこれいかに。


日露戦争最大の殊勲者の東郷平八郎元帥は前年の九年五月末に逝去した。荷風は英雄を送るにさいしどう書いているか。

《此日東郷大将〔以下約十字抹消〕薨去の事あり》（5・30）

と、単なる報告記事の一行。残念至極と嘆じているそばから、思わず飛び上りたくなる記載をつぎに発見した。六月四日の項である。

《……此夜銀座通の雑遝平日に優る。明日東郷大将国葬につき学校官衛《（ママ）》皆休業するが故なるべし。〔此間三行強抹消〕一更家に帰り直に前月来執筆の草稿をつくる。……》

これは岩波書店版の全集。これが中央公論社版の全集になると、抹消された三行の内容がくっきりと書かれている。

《百貨店の窓には東郷大将の写真を掲げ出したり。余世人の東郷のことを語るを聞くご

とに、上村大将のことを思い、名声の顕晦はその功績の如何に因らざることを知り、悵然たらざるを得ざるなり》

まったく、時代の風潮や流行の外にある永井荷風という小説家の歴史観には、感歎せざるを得ざるなり、である。くわしく書く場ではないから略すけれど、第二艦隊司令長官上村彦之丞中将と参謀長藤井較一少将なかりせば、日本海海戦の完全勝利はなかったのである。それは荷風のいうとおりなのである。しかし、大功はすべて東郷ひとりに授け、事実を秘匿した。おかげで、日露戦争後の日本はリアリズムを失って、どんどん夜郎自大のとんでもない国になっていくのである。東郷元帥を神様におしたてるため、戦闘の勝敗が実にきわどかったことを隠すことにした。そして神様のいう「一発必中の砲一門は、百発一中の砲百門に勝る」というおよそナンセンスきわまることを信じた。滑稽な精神主義が海軍部内を席捲した。

そしてまた、東郷は昭和五年から死の九年にかけて、その鶴の一声をしばしば駆使して、日本海軍をどんどんダメな集団としていった。山梨勝之進、左近寺政三、寺島健、堀悌吉と国際性にとんだ開明的な提督の首をつぎつぎに切り、〝武とは戈を止めること〟を忘れた偏狭な強硬論者ばかりで海軍中央を固めていった。東郷が伏見宮とともに昭和海軍史をいかにねじまげたことか、それを考えると、荷風ではないが〝悵然たる想い〟にかられる。

荷風が、海軍部内でもひた隠しにされてきたさまざまなことを、いくら野次馬的であろうと知っていたとは思われない。しかしその独特なカンで、東郷の名声の裏の事情を察していたのかもしれない。そこで日記には、悵然たらざるを得ない想いを一応は記した。あとで抹消した。翌年の孫娘の失踪では××元帥とわざわざ名を伏した。つまりは神となった人を敬遠したのである。言霊《ことだま》の威力を怖れたのである。触らぬ神に祟りなし、それこそが荷風の処世の根本方針。

ところが、神の威力の及ばぬところでは容赦することがない。それまた荷風の真骨頂で、新聞には書かれていない××元帥孫娘の行状についての聞き込みを、あからさまに日記に書きこんでいる。

《家出する前市ケ谷見附内紅薔薇という喫茶店に出入をなし、色男もありし様子なり。JLに住込中、色男らしきもの四五回来りしことあり、喫茶店の客に戯れ、乳や腰を撫でさせること平気にて、いかがわしき行為少からず、日中細帯一ツにてその辺を歩き廻り、さらに耻《はじい》る様子もなかりしと云う》

どだい人間が神様になるなんてとんでもない話。血を引いた孫娘がこのていたらくじゃ、とても神様とはいえないよ、という荷風の東郷にたいする皮肉が、筆の先からほとばしっているようである。

ところで昭和十年五月号の文藝春秋社発行「話」という雑誌に「侯爵令嬢十七日間の

女給振り――お姫様は何を浅草で学んだか」という読物が出ている。筆者は除野正彦。さっそく読んでみたが、色男のイの字も、乳や腰も出てこないし、およそ面白くもおかしくもない。荷風とは違って神様とあたりを憚ってのことか。そのなかでただひとつ、後日譚として、新聞をみて東郷家に通報したJLの常連五人に、東郷家から謝礼金五十円が贈られた、という新情報があった。江戸ッ子五人は「御礼をいただく、いわれはねえ」と象潟署へもちこんだ。困った警察は「せっかくの志だから……」と一人あたま十円ずつ分配して始末をつけた、という。

さすがの荷風さんもそこまでは知らなかったらしい。ビール三十五銭、映画館入場料五十銭、天井四十銭のころの五十円。それと知ったら「この謝礼のことをみるにつけ、××侯爵家の贅沢の限り思うべし」とか何とか評したことであろう。

●殺したるは中佐某

《夜銀座裏通のきゆぺるに往く。空庵大和田五叟の諸子に逢う。／この日朝陸軍省内に刃傷《にんじょう》あり。殺されたるは軍務局長永田少将、殺したるは中佐某なりと云う。逗子葉山より帰京したる人の話に麻布三聯隊の兵士二百人ばかり機関銃を携え葉山御用邸を護り、飛行機も六七台来りし由。刃傷沙汰ありてより一時間を出でず》

昭和十年八月十二日の『日乗』である。書かれていることは、相沢三郎中佐が台湾赴任の途上、陸軍省において軍務局長永田鉄山少将を日本刀で斬殺した「相沢事件」。これを読んでいつも思うのは、荷風さんの野次馬精神はなかなかのもの、と同時に、時勢に完全ソッポの姿勢は、実はそのふりをしているまでの話、ではないかということ。どの新聞でもみなおんなじこの日の夕刊に、陸軍省発表が載っている。「軍務局長永田鉄山少将は軍務局長室において執務中午前九時四十分某隊付某中佐のため軍刀をもって傷害を受け危篤に陥る。同中佐は憲兵隊に収容し目下取調べ中なり」荷風はきゅぺるで、めずらしく夕刊を目を皿のようにして読むか、あるいは手帖にメモして帰ったものにちがいない。日記がくわしすぎる。

相沢事件の陸軍省発表でおかしいのは、永田少将の死亡時刻。続報のようにして「本十二日午後四時卒去せり」と発表されている。折悪しく軍務局長室にいて、相沢をとめようとして怪我をした東京憲兵隊長新見大佐は、「目下東京第一衛戍病院に入院加療中」と病院に運ばれているのに、永田少将は入院するどころか、午後一時五十五分救急車で「危篤のまま渋谷松濤の自邸へ」送りこまれている。襲撃が午前九時四十分で死去が午後四時、実に六時間余、重態のまま自宅でろくな加療も受けられなかったみたいなのである。当然、応急処置をして設備のととのった病院へ、が常識であろうに。

荷風は野次馬的ではあったけれど、探偵ではないからこのへんのちぐはぐさには気づかなかった。捜索好きのこっちはすぐに裏のからくりに眼がいってしまう。官僚とか軍人というものにはつねに叙位叙勲と進級の問題がまとわりつく。天皇の御沙汰を仰ぐためには諸般の手続きに時間がかかる。とにかく勲章の沙汰がおりるまでは馬鹿馬鹿しい話ながら、「生きていること」にしておかなくてはならない。

わかってしまえば、なあーんだそんなことか、あるいは、やっぱりそうか、であるが、今日でも同様のことが行われている。勲章とか肩書とか、真の人間の値打ちと関係のないところで、生き死にまでが引き伸ばされたり縮められたりしている。人間とは死んでも〝虚栄〟から脱却できないものか。

それと相沢事件でやりきれないのは、上官殺害後の相沢中佐と、そしてかれを讃美した青年将校たちの精神構造である。犯行後の憲兵の訊問に答えた相沢の言葉を、全部つなげてしまえばこんなふうになる。

「永田のごとき悪者をおれは殺しはせん。おれではなく、伊勢神宮の神旨によって、天誅が下ったのだ。おれの知ったことではない！　伊勢の大神が、相沢のからだを一時かりて天誅を下し給うたので、おれの責任ではない。おれは一日も早く台湾に赴任しなければならない！」

この神がかりの殺人にたいし、これこそ悟道の境地に達したものが、おのれを捨てて行動を起こしたものと、青年将校のなかにはほめたたえるものが多く出た。天皇の周囲にあってその明を蔽い、天皇機関説をそのまま実行している奸臣を斬ることが、天皇に誠忠をつくすことになる。軍人は天皇陛下の股肱であり、その行うところは天皇の命であり、一般法律を超えたところにある。相沢ばかりではなかった。そう信じている陸軍将校がごろごろしていた。昭和の陸軍とは、ある意味では、統帥権独立の名のもとに、そうした独善的偏向意識を隠そうとは考えず、それこそが正当と考えている集団であったといえる。

この思想・信念が満洲事変を起こし、五・一五事件を起こし、いくつかのクーデタを計画させ、二・二六事件へつながっていった。さらには日中戦争から太平洋戦争への道をも切りひらいていったのである。

相沢中佐は二・二六事件後の昭和十一年七月三日、渋谷の陸軍刑務所で死刑に処せられた。落合の火葬場で火葬のうえ、遺骨は家族に渡された。相沢を神と仰ぐ一部右翼のものが遺骨奪取を計っているとの情報もあって、その夜の相沢邸外は私服の憲兵と警官で固められた。邸内にもまた、右翼の直心道場の若者が夜も寝ずに警戒するというものものしさであった。

その日の荷風さんは例によって浅草へ出かけている。

《……池のほとりのベンチに腰かけて憩う。バナナの皮と紙屑ちらばりたるは東京中いずこの公園にも見るところなり。活動小屋の絵看板を一見し電車にて銀座に至り銀座食

堂に飫《はん》してかえる。夕刊新聞に相沢中佐死刑の記事あり》

さすがに相沢中佐のことを忘れてはいなかった。ことによると、バナナの皮や紙屑なんかと同一視していたのかもしれない。

●ペン・クラブ

明治いらいの近代日本の歴史の本流をつらつらおもんみるに、「官」と「軍」をぬきにしてはうまく語れないように思っている。たとえば、大学教授を含めて日本の知識人のかなりの部分はまず「官」であった。森鷗外がついに軍籍を離れなかったのもわかる気がするし、わが夏目漱石先生が大学教授への道をみずから断ちきって、一介の新聞屋になったとき、変人よばわりされ大騒ぎになったのもむべなるかな、なんである。

昭和になると、これに「軍」が加わって日本の進路をテロの恐怖をもってねじ曲げはじめた。「官」と「軍」はときに味方になったり敵になったりして、日本をいびつな国家にしていった。知識人はその圧力に押されてはみだすか、アゴが干《ひ》あがってつらければ、ぺたりと「官」か「軍」にくっついた。

いまさらのようなことを書くのも、昭和十年という時代を考えたいからである。この年に、およそ自由人たらんとする人びとは、思想や言論に直接にかんすることで、死活にかかわる決断を迫られたのである。天皇機関説問題につづく、〝国体明徴〟という神がかり旋風が知識人を襲ったのである。

天皇機関説が問題となったのは、その年の二月十八日の貴族院本会議においてである。それはまさに思想・学問の問題であり、歴史観への問いかけであり、言論の自由の問題であった。しかし、なんということか、美濃部達吉の学説を公の場で弁護し、学問の自由を守ろうとする動きは、学界はもちろん、言論界にもあまりみられなかった。

なれど美神に奉仕する文学界はひとり超然か……と調べてみたら、こっちもあまり威張れるほどのこともない。次第に強まる言論の国家統制の動きに息苦しさをおぼえ、「官」のご要望に応えて、ひとつの言論団体をつくっている。これがペン・クラブで、メンバーにはお歴々が顔をそろえている。

会長・島崎藤村、副会長が堀口大學、有島生馬。評議員が長谷川如是閑、柳沢健、芹沢光治良、勝本清一郎、鶴見祐輔、清沢洌、木村毅、岡本かの子、新居格、豊島与志雄、米川正夫、阿部知二、有島生馬。

ことの起こりは、高見順『昭和文学盛衰史』(文春文庫)を援用すれば、こうである。昭和八年、日本は国際連盟から脱退した。国際的に悪化したムードの緩和のため何か手を打ってほしい、という要望が在外公館から外務省へしきりに届けられた。当時の外務省文化事業部長であった詩人の柳沢健が、国際ペン・クラブへの日本の参加を考え、島崎藤村をはじめ主だった作家、評論家をよんで相談をもちかけた。が、そこは文士諸君で、天下りのそんな話には乗れないと、一度はご破算となる。

しかし、この良識もざっとこのへんまでで、政府が余計なくちばしを入れないなら、という声がたちまちに内部に強まった。とくに藤村が設立に熱心で、なんとか具体化しようという気持のほうが勝った、という。話はここからトントンと進んで、創立は昭和十年十一月二十六日、丸の内のレストラン東洋軒ではなばなしく発会式ということになった。集まったのは作家、詩人、評論家、大学教授、ジャーナリストら百二十六人。

規約第一条にいう。

「本会ハ『日本ペン倶楽部』ト称シ、（中略）諸外国ニ於ケル同種団体ト連絡シ国際的ニ文筆家相互間ノ親睦ヲ計ルヲ以テ目的トス。右目的ヲ達スル為ニハ評議員会ノ決議ヲ経テ政治的活動ヲ除ク一切ノ方面ニ其ノ活動ノ範囲ヲ拡大シ得ルモノトス」

この「政治的活動ヲ除ク」の文字には、「官」や「軍」にたいするなみなみならぬ「文」の配慮があったように思われる。

ロンドンに国際センターをもつ世界組織に加わらず、友好団体というだけで、政治問題にはいっさい関係しない、というのなら、ほんとうはなんのため作ったかわからなくなる。そこが「官」のお仕着せという証しなんである。

ところで発会式の席上で、それはおかしいじゃないかと、藤村会長にはげしく喰いついた人がある。評論家の青野季吉で、日本ペン倶楽部は文学というものをどのように考えているのか、またいよいよ強まる文学の国家統制をどう思っているか、どう対処していくつもりか、責任ある答えをしてもらいたい、とあたりの華やいだ雰囲気をぶちこわすような質問をしたのである。司会役の勝本清一郎が立って「あなたのような傾向の方にも呼びかけていることで、日本ペン倶楽部が何を目的としているか、理解されたい」と遠回しになだめたが、青野は頑として引きさがらず、ついに、

「親睦だけなら、こんなものを作っても意味がない」

といって席を立った。青野が戦後に書いた『私版日本ペン・クラブ史』によると、「不満というのは、時の政府は、国体明徴の訓令を発したようなファッショめいた政府であったが、ペン・クラブはそんな政府のあっせんによって成ったものであること、また当時の文学界全体でなく、その一部に呼びかけて成ったものであることについてであった」

ということなのである。

ところが実際は、「栄光ある孤立」とうぬぼれる当時の日本にあっては国際親善を目的とすること自体が、危険思想ともみられていた。そこで会はできたものの、憲兵や特高が「例会に出席させろ」ときびしくいってくるようになり、やがて昭和十七年には事務所も閉鎖せざるをえなくなったという。

かくてみんなで一つに固まって、何とか表現の場を確保したいという文学者の狙いははかなくなった。「官」も「軍」も役者が「文」よりも一枚上であったのである。こうなると自由職業人である文学者は弱い。結局は表現の自由を奪われた。いいかえると、書きたいものが書けなくなると、食うにも困る、口角泡をとばして文学論をやってみても腹がへっては何とやらで、片づかない問題にきまっている。昭和十年代の文学者は、勢いの赴くところ体制べったりか、時局便乗か、勝手にしやがれとデカダンスか、窮迫を覚悟の隠遁か、いずれにしても死屍累々の惨状を呈することになった。

ところでわが荷風さんであるが、それに参加するはずのないことはもう書くまでもない。

《十一月十四日。晴れて風静なり。落葉を焚く。昏黒尾張町竹葉亭に飰《はん》す。島崎藤村の名義にてペンクラブとやら称する文士会合の集団に加入の勧誘状来る。辞退の返書を送る。連夜月明なり》

とまことにあっさりしたもの。勧誘状に「外務省文化事業部の斡旋」の文字があったかどうか確認していないけれど（発会式の藤村会長の声明書にはある）、もしそんな文字が入っていたら破棄して、返事もよう出さなかったのではあるまいか。「軍」も「官」も、荷風さんにあってはクソくらえなのである。そしてこの昭和十年あたりから爺さんは「文」にも完全にソッポを向いた。

第四章　ああ、なつかしの濹東の町

●玉の井初見参の記

「左側に玉の井館と云う寄席があって、浪花節語りの名を染めた幟が二三流立っている。その隣りに常夜燈と書いた灯《あかり》を両側に立て連ね、斜に路地の奥深く、南無妙法蓮華経の赤い提灯をつるした堂と、満願稲荷とかいた祠があって、法華堂の方からカチカチカチと木魚を叩く音が聞える。

これと向合いになった車庫を見ると、さして広くもない構内のはずれに、燈影《ほかげ》の見えない二階家が立ちつづいていて、其下六尺ばかり、通路になった処に、『ぬけられます』と横に書いた灯が出してある」

永井荷風「寺じまの記」の一節を長く引用した。これが書かれた昭和十一年、わたくしはまだ六歳。すぐ隣りの吾嬬町《あづまちょう》に住むものとして、「ぬけられます」の寺島町の一角が気になる場所と、やたらに意識されたのはさらに四五年あと、ということになる。ちょっと色気づいた腕白には、ここは、得体の知れぬ、摩訶不思議揣摩《しま》憶測の場所であった。魔窟である、迷路である、化け物が出ると教えこまれて、木刀を腰に酒呑童子でも退治するつもりで、悪餓鬼の仲間四天王ともども初めて乗りこんだのは、小学校五年生のとき。

その記憶には、玉の井館という寄席はかすかにあるが、満願稲荷はまったくない。はっきり憶えているのは、ごたごた建て連らなった商店街の間の路地口の頭上に「ぬけられます」「安全通路」「京成バス近道」など、横に書かれた看板がいくつもかけられていたこと。

もっとも昼であったから灯りはついていない。人通りのあまりない細道に入ると、縦横に交り合い、左右に曲りくねって、両側に軒をつらねた小さな家がならび、家には小さい窓がついていて、前にくさい泥溝《どぶ》があって……窓から女の人が真っ白い首を長々とさしだして、光った金歯をみせてニヤリとした。

「まだ早いよ。毛が生えてからおいで」

泡を食って転ぶように逃げた源頼光と四天王、大通りの商店街に飛びでたら、眼の前に下駄屋と瀬戸物屋が隣り合わせで並んでいた。その屋号が金玉屋と万古屋であった。ホラ話よと思われるのが自然であるが、ほんとうの話なんである。玉の井とはそんなふざけた町であったと記憶している。

後年になって、玉の井とは俗称であると知った。明暦年間＝一六五六年ごろ、多賀なにがしという悪代官がいて、溺愛した妾の名が玉の井。多賀が悪事露顕して処罰されたのち、妾の住んでいたあたりがその名でよばれるようになったというのであるから、もともと、艶っぽいことに縁がある。多賀の邸跡が百花園であるという。

戦時下、わが家も含めてこの辺のものは、防空壕を掘るのに非常に困惑した。地下三十センチも掘ると水ががぽがぽ湧き出る。東京一の低湿地帯で、であるから水商売で有名になったのだろう、なんて悪口を耳にしたこともある。

●なぜ玉の井へ

荷風がはじめて玉の井の路地を歩いたのは、『日乗』によれば昭和七年一月二十二日ということになる。
《四木橋《よつぎ》の影近く見ゆるあたりより堤を下れば寺嶋町の陋巷《ろうこう》なり。道のほとりに昭和道玉の井近道とかきたる立札あり、歩み行くこと半時間ばかり、大通を中にしてその左右の小路は悉く売笑婦の住める処なり》
とあり、立寄った女のはなしから、
《玉の井の盛場は第一区より第五区まであり、第一区は意気向の女多く、二区三区には女優風のおとなし向が多し、祝儀はいずれも一二円なりという》
とさっそく取材十分。このあたりはいかにも荷風さんらしいが、このときはかくべつの興味もひかれなかった。偶然の立寄りといっていい。
これが四年後の昭和十一年となると、三月三十一日の再訪を境いに、がぜんこの濹東の迷宮に大いなる関心をもちだした。麻布市兵衛町の偏奇館から地下鉄で浅草に出て、そこからバスまたは東武電車で玉の井へというのはかなりの距離である。ときには観音裏から言問橋を渡り墨堤をたどり、歩きつづけていったようである。なかなかの執心がなくてはかかる場末まで、途中で嫌になってくる。女だけが目的ならもっと繁昌している近くの吉原だってある。

『日乗』を読みながら、自分で数えればいいのであるが省略して、亡き磯田光一君の計算にしたがえば、「四月に入ると十四日と二十一日にもまた出向いて、二十二日には『玉の井』（のち『寺じまの記』）を書きあげているばかりではない。明らかなものだけでも五月中に七回、六月二回、七月一回、九月には十三回、『濹東綺譚』が書きあげられた十月には十二回」という玉の井通いなのである。磯田君はふれなかったが、『日乗』のなかには五月十六日に「玉の井見物の記」という、ほぼ作品とみていい見聞記が書きこまれている。その一節には、

「路地内の小家は内に入りて見れば、外にて見るよりは案外清潔なり。……二階へ水道を引きたる家もあり。又浴室を設けたる処もあり。一時間五円を出せば女は客と共に入浴すると云う。但しこれは最も高価の女にて、並は一時間三円、一寸《ちょん》の間は壱円より弐円までなり」

と調査を深めている。ひとつには連日のような銀座通いに飽きがきて、というより、

二・二六事件以後、銀座を闊歩するカーキ色や羽織袴の連中を敬遠したい気持が強まったことに要因があるように思われる。のちに『濹東綺譚』ではそれをあからさまに書かず、隣家のラジオの騒音に悩まされて家に落着くことができぬゆえ、と巧みに韜晦《とうかい》している。

それと私娼窟のもろもろの風物のもっているうらぶれた、安っぽい色彩や匂い、どことなく現実ばなれした、いや、時代からとり残されたようなムード。もちろん好色のためという大事な理由は手放せないけれど、それら脂粉の巷のもつあやしげな雰囲気を求めて、うちにある本性的な頽廃好きの気質が、荷風をして迷宮に歩を運ばしめたものとみる。

おそらく銀座の喫茶店きゆぺるやフジアイスに集う荷風のお仲間、高橋邦太郎、安東英男（シャンソン歌手）、杉野橋太郎（早大教授）、竹下英一（劇作家）、酒巻健夫（歯科医）、万本某（骨董商）、樋田某（万朝報記者）のだれかがえらく玉の井情報にくわしかったのであろう。新聞記者ぎらいの荷風が仲よくしていた樋田記者あたりが、焚きつけの元凶ではなかったろうか。

それともうひとつ、『日乗』昭和十一年二月二十四日の記事——、

《余去年の六七月頃より色慾頓挫したる事を感じ出したり。……去月二十四日の夜わが家に連れ来りし女とは、身上ばなしの哀れなるに稍興味を牽きしが、これ恐らくはわが

生涯にて閨中《けいちゅう》の快楽を 恣《ほしいまま》にせし最終の女なるべし。色慾消磨し尽せば人の最後は遠からざるなり。依てここに終焉の時の事をしるし置かむとす》

とあって、以下遺書じみたものを七カ条にわたって付している。

荷風さんときに五十六歳。急激に衰弱していく肉慾にたいし身辺にわかに蕭々たるものを感じていたらしい。でもね、そりゃ荷風先生、五十代後半から六十にかけては一時的に衰えを感じるもんなんです、だれにしもあること。観念するなんてお早いお早い。まだまだ、ひと花もふた花も咲かすことができます。隅田川の向うに実にいい所がありますよ……なんてこと、新聞記者ならきっと熱心に説いたであろうこと、長年編集者稼業をしてきたこっちにはよくわかる。

これが玉の井入りびたりのちょうど一カ月前にあたる。それでおだてに乗って荷風さん、とりあえず荒川放水路散策の帰りちょっとのぞいてみた。路地や小路が枝をはやしたり岐《わか》れたりしながら、毛細血管のようにいり組んでいる街、しかもそうした小路が水戸街道や明治通りなど主要道路にたいして斜めにごちゃごちゃ走っている面白さ。その両側のどぎつい色あくどい色。

《四月廿一日。……晩餐後浅草より玉の井を歩む。稍陋巷迷路の形勢を知り得たり。然れども未精通するに至らざるなり》

《四月廿三日。……晩餐後重ねて玉の井に往く。道順其他の事につき再調を要する処多

きを知りたればなり》

荷風さんはもう完全に迷路の虜になってしまっている。

●どぶっ蚊の声

前項で書いたような、荷風の玉の井探索は五月に七回、六月二回、七月一回、八月は一度も行かず、九月に十三回と急にふえる。ははーんと、同じ土地に生をうけ育ったわたくしには、たちまちに了解されることがある。どう考えたってこれは、昼日中から跳梁する路地のどぶっ蚊に恐れをなしてのことなのである。

向島の蚊のぶんぶんたる力は、山手住まいの荷風には想像を絶する猛威であったにちがいない。高度経済成長以後の今日になってみると、『枕草子』にあるように「蚊の細声にわびしげに名のりて、顔のほどに飛びありく。羽音さへ、その身の程にあるこそ、いと憎けれ」ぐらいの小憎らしさであるが、昭和十年代の下町の蚊はこんな可愛いものではなかった。

そこで『濹東綺譚』は全篇これどぶっ蚊の唸り声の大交響楽となっている。たとえばその一つで、お雪が歯医者へ行っている留守を待っていると、抱え主が夜食をもってやってくる。

「いつもお雪が店口で焚く蚊遣香も、今夜は一度もともされなかったと見え、家中にわめく蚊の群は顔を刺すのみならず、口の中へも飛込もうとするのに、土地馴れている筈の主人も、暫く坐っている中《うち》我慢がしきれなくなって、……火鉢の抽斗《ひきだし》から漸く蚊遣香の破片《かけら》を見出した時、二人は思わず安心したように顔を見合わせた……」

まったく蚊遣り香の細い煙なくしては楽々していられなかった。それと蚊帳である。あけ放した窓の簾ごしに青い蚊帳が夏じゅう吊ってあった。雷がくると、蚊帳の三方だけを吊り、一カ所だけはずし、線香を一本立てた。雷よけのおまじないである。そんなことも想いだされる。

もう一つ、わたくしのもっとも好む場面、

「『今年はいつまでも、ほんとに暑いな。』と云った時お雪は『鳥渡《ちよいと》しずかに。』と云いながらわたくしの額にとまった蚊を掌でおさえた。

家の内の蚊は前よりも一層多くなったようで、人を刺す其針も鋭く太くなったらしい。お雪は懐紙でわたくしの額と自分の手についた血をふき、『こら。こんな。』と云って其紙を見せて円める。

『この蚊がなくなれば年の暮だろう。』

『そう。去年お酉様の時分にはまだ居たかも知れない。』」

お酉様といえば、毎年十一月の酉の日に鷲《おおとり》神社で行われる祭りで、三の酉まである年は寒い冬で火事が多いとされ、東京には木枯しがぴゅうぴゅうと吹く。むかしの向島の蚊はそのころまで踏ん張って人を刺していた。そういえば、むかしの向島では家の軒先などに夕方なんかに蚊柱が立っていた。中国ではこれを〝景雲〟といいめでたい前兆としている。悪餓鬼のころそのなかに顔を突っこみ、むんむんたる蚊の幕のなかで、息もつかず何分間我慢できるかの競争をしたものであった。このとき蚊柱をつくるのは人を殺さないユスリカの仲間である、という知恵も授かった。

とにかく、猛威の一語につきるどぶっ蚊、そして現実にはそれを恐れて猛暑の盛りは敬遠したものであろうに、荷風は『濹東綺譚』ではむしろこれを讃美する。

「いつも島田か丸髷にしか結っていないお雪の姿と、溝《どぶ》の汚さと、蚊の鳴声とはわたくしの感覚を著しく刺戟し、三四十年むかしに消え去った過去の幻影を再現させてくれるのである」

同じことをまたこうも書く。

「溝の蚊の唸る声は今日に在っても隅田川を東に渡って行けば、どうやら三十年前のむかしと変りなく、場末の町のわびしさを歌っているのに、東京の言葉はこの十年の間に変れば実に変ったものである」

場末の町の歌とは恐れ入った。ほめられて文句をいう筋合いはこれっぽっちもないけれど、名作の誉《ほま》れ高い『濹東綺譚』を中学生で初めて読んだとき、憎っくきどぶっ蚊どもも小説家の修飾をへると、もうひとつ妖しげな魅力をおびた存在となるとは、と驚きであった。わんわんたる連中の襲撃をうけながら「これぞ場末の町のわびしさの歌なるぞ」と同級生たちと笑いあったのを想いだす。小説の世界の不思議を思ったそれが最初のことである。

なお創作の上ばかりではなく、昭和十一年の『日乗』でも荷風は蚊を厭うてはいない。《九月十三日。……言問橋をわたり秋葉裏の色町を歩み玉の井に至り、いつも憩む家に立寄るに、女は扁桃線《ママ》を病みて下坐敷の暗き中に古蚊帳つりて伏しいたり。十一時頃まで語りてかえる。蚊の声きくもむかしめきて亦おもむきありき》

爺さんの血は蚊も嫌うほど薄かったのかもしれない。

●南風烈しく蒸暑し

『濹東綺譚』の第一回は朝日新聞の昭和十二年四月十六日の夕刊に載った。前年の十一年十月の完成から掲載まで五カ月半の月日を経ていることは、『日乗』から明瞭に判断できる。どうしてこんなに時間がかかったのか、という疑問がすぐに浮かんでくるが、『日乗』を穴のあくほど読んでみても解答は発見できない。その件にかんしてはすこぶる簡潔にすぎるのである。すなわち昭和十一年の日記の適宜抜萃で——。

《十月六日。空くもりて萩の葉さえ動かぬ静なる日なり。筆とらむとする時日高君朝日新聞記者某氏と相携えて来る。談話一時間ばかり。家に在らばまたもや訪問記者の来襲を蒙るべしと思い、倉皇洋傘を携え浅草に行く》
《十月七日。秋陰昨の如し。終日執筆。命名して濹東綺譚となす》
《十月廿五日。晴れて暖なり。落葉を焚く。濹東綺譚の草稿成る》
《十月廿八日。晴。筓阜君来訪。拙稿濹東綺譚を朝日新聞夕刊紙上に掲載する事となす》
《十月三十一日。小春の好天気なり。郵便にて拙稿を筓阜子の許に送る》
こうして原稿は朝日新聞学芸部へ。さて、問題はこれからである。
《十一月四日。晴。南風烈しく蒸暑し。午後筓阜子来訪》
《十一月十日。曇。微風あり。正午日高君来訪》
《十一月十七日。快晴。午後日高君両度来談。朝日新聞記者新延氏日高君と共に来り、拙稿濹東綺譚の原稿料金弐千四百余円小切手を贈らる》
《十二月初三。快晴。暖気昨の如し。晡時朝日記者新延氏拙稿のことにつき来談》
懸命に日記からひろいだしても以上である。いかなる探偵たりとも、これだけでは捜索の段取りすらも描けない。しかし緒口《いとぐち》はある。文中にある日高君と筓阜子は同一人で、この当時荷風の面倒をよくみたとりまきの一人。この人があいだに入って朝日新聞連載がきまっている。残るは朝日新聞記者新延某氏。この人を突破口に、と思っていたら、調べるまでもなく当の新延某氏が回想記を残してくれていたのである。

新延《にいのべ》修三氏、戦後は「朝日グラフ」編集長などをやった名文記者のひとり。会ったこともある。そのかれの回想記と荷風日記とをつき合わせてみると、かなりチグハグなところがあるけれど、これがすこぶるつきの面白さになるのである。氏の長文の回想を活用し、かつ想像を大きくふくらませながら、日記の裏側にあるものをストーリーにしてみると――。

十一月四日、「午後来訪」とあるが、実は荷風は日高氏をよびつけて激しく叱ったのである。いったい原稿はどうなっているのか、原稿料はいつくれるのか。あまりの性急さに日高氏は大いに困惑したし、確答もできない。それで荷風にとってこの日はムシャクシャして《南風烈しく蒸暑し》となった。

さっそく日高氏は新延記者に「原稿はどうなっていますか。それに先生は原稿料は一日も早く持参するようにとのことです」と連絡。新延記者の返事はこうである。八、九十枚の原稿がだらだら書かれているんだが、新聞に連載するには一回三枚半が原則だから、どこでどう切るべきか、目下研究中なんである。新聞小説の原稿料は四百字詰一枚いくらでなく、一回いくらと勘定する。そこで回数が確定しないと出せないが、ともかく最高の一回七十円を荷風先生には支払うことになっている、と。

十一月十日、日高氏は荷風に右の旨を報告に来訪。納得した荷風はこの日《微風あり》。

いっぽう新延記者は、ともかく一読して小説の出来栄えに「ウームとうなった。実におもしろい」ということから、まともにやれば二十二回で終りの連載を、荷風によかれと苦労して二十六、七回になるようひきのばすこととした。その秘密は、なるべく行改めを「無断」で多くしたこと、工場に頼んで行間を少々ひろげたこと、など。ところが、その悪戦苦闘の最中に、日高氏からまた電話がかかってきた。

「先生は、原稿料が遅いので怒っている。もう原稿は朝日にやらないから返せといっている」

新延記者は憤然とした。人の気も知らないで何をいうか。荷風の奴、あやまらせてやるぞと、苦心の上に確定した二十七回分の原稿料千八百九十円を小切手にして（新延回想記にはこうある）、日高氏とともに偏奇館にのりこんだ。その日が十一月十七日とわたくしはにらんでいる。

語気もするどく新延記者はいった。

「永井さん。あなたの原稿のままを、三枚半に区切ってのせると二十二回分しかありません。稿料にして千五百四十円です。それを僕は何とか二回分でも三回分でも引伸ばして、その分だけ沢山、稿料をお届けしようと努力したんです。それがこの小切手です」

新聞記者の大見幕に恐れをなしながらも話を聞いて、それはそれはと、荷風もよく諒解した。そこでこの日は《快晴》。小切手を単に受取るのではなく《贈らる》と荷風は日記に書く。

と、右のような経緯があって荷風と新聞社側との合意が成り、作業もはじまって、そののち二・二六事件後の時節柄という事情もあり、連載開始がずるずる遅れたわけが判明する。

十二月三日に新延記者が《来談》したのは、一回一回の切り方についての了承やら、さし絵を木村荘八に依頼するについての相談やら、多分こまごました打合せでもあったろう。

さて、新延回想記によって以上のように物語を組立てれば、この十二月三日、記者は約束の「つづら」のなかのものを見せろと荷風に迫ったにちがいない、と考える。というのは、新延記者が日高氏ともども荷風宅を訪ね、新聞連載を正式にお願いしたとき、すなわち十月六日、すでにつぎのような約束らしきものがなされていたからである。

「日高のマル秘話として、二階にある二つのつづらの中には、秘画密書の類いが一杯つまっていると聞いていたので、

『永井さん、首尾よく連載が終りましたら、ごほうびとして、このつづらの中をトックリと一日がかりで見せてくださいよ。そのかわり、絶対にくれとはいいません。ただ、

とっくりと見せてください』
『そうはいってても、見ると誰でも欲しがるんでねえ』
『いいえ、絶対に欲しがりませんから』
という約束をした」

このやりとりが、『日乗』十月六日の記の《新聞記者某氏》との《談話一時間ばかり》のなかにあったのである。荷風はこの新聞記者のあまりの図々しさに恐れをなした。それで《家に在らばまたもや訪問記者の来襲を蒙るべしと》そそくさと家をとびだし、浅草の雑踏のなかに雲がくれ、となったのではあるまいか。

『断腸亭日乗』については、韜晦を本義とした荷風の〝創作〟とみる人がすでに多くいる。平たくいえば、どこまでがほんとうかわからない、ということ。たとえば、よびつけておきながら《来訪》とするなどは、おそらく無尽蔵であろう。自分に都合の悪いことは決して書こうとはしないのである。それに「晴」「陰」「雨」などについてはまさかに創作はすまいが、寒暖風力乾湿など主観的に感じられる部分は、とてもそのままには信じられぬ気がしないでもない。わたくし自身はその習慣がまったくないから、強く主張する気はないが、日記を書く人はよく自己流の記号や暗号をひそかにちりばめ、のちのちの自己診断の材料にすると聞く。『日乗』にもそれが皆無とはいいきれない。荷風日記の読み方のむつかしさ、面白さがここにある。

いやいや、いらざる論議をしていると、かんじんなことを書き忘れてしまいそうである。強くのぞんでいたくだんのものを、新延記者ははたしてとっくり見ることができたのか、である。

「荷風は笑いにごまかして、遂に見せてくれなかった。

『また、今度の機会にね……』」

と新延氏は書いている。しかし〝今度の機会〟などあるはずがなかったのである。『日乗』に新延記者が登場するのはこの十二月三日が最後である。新延氏は荷風の裏切りに、さぞや口惜し涙にくれたことであろう。

〈付記〉

この項は新延氏の回想を基本にして、荷風日記に書かれていない部分の肉づけをしてみたが、細かいところで新延氏の記憶はあやふやにすぎる。たとえば『濹東綺譚』新聞連載はひきのばして二十七回としているが、実際には三十回である。荷風日記にある現稿料二千四百円は三十で割れば一回八十円。これを最高の七十円と新延氏は覚えている。でも、荷風が原稿料を受けとるまでやいのやいのいったらしい基本のところは、誤まりはないと考えている。

●銘酒屋のお茶

玉の井を書いた小説は『濹東綺譚』ばかりではない。昭和三十一年に書かれた吉行淳之介『原色の街』がいいが、これは戦後のたたずまい、ここでは高見順『いやな感じ』の一節をあげておく。昭和三十年代に書かれたものであるけれど、話は戦前の玉の井を舞台にしている。主人公がはじめて娼婦の街に入ったとき——、

「日の暮れるのが早い季節で、暮れてから大分になるが、時間としてはまだ宵の口だ。だのに、細い路地には早くも人がひしめいていた。／路地を行く男は、こうした両側の小窓から、女たちの眼と声の一斉射撃を浴びるので、これでなかなかの度胸がいる。路地の真中を、ほかの用で歩いているかのような足どりで行くのは、こういう場所にまだなれない男である。ときどき、ちらっと横目で小窓のなかをのぞく。声をかけられると、大ゲサに飛びのいたりする」

まったくこのとおり、とただちに賛同したい。こっちはなにしろ毛の生えない幼少時代から見参している街。どぶと消毒液と脂粉の匂いのいりまじった猥雑な、映画館の切符売場のような建物がずらりと両側にならんだごった煮のような街、とは子供のときから銘酒屋とよんでとくと馴染みである。それに向島区会議員をしていた父の同僚の区議が、その〝特殊飲食店〟の経営者で、中学生のころ父の使いで二、三度訪ねたことがあ

った。ただし日曜日の昼間にかぎる。

荷風は『濹東綺譚』の六章で玉の井の沿革をくわしく書いている。玉の井の私娼は、大正の中ごろから、浅草界隈の楊弓場や銘酒屋などが警察に追われて移住してきたもの、としている。それが決定的となったのは関東大震災。

わたくしが調べた「玉の井保健組合・沿革と概況」という文書では、この辺は大正四年ごろまでは農家の点在する田んぼであったようで、やがてぽつぽつ小工場ができはじめ商店街の建設をうながした。以下は、

「大正八年東京府ノ道路施設ト前後シテ小料理店続出シ、妙齢ノ婦女ヲ雇入レ稼業シタルニ発端シ、大正九年接客稼業者ハ小料理業者ト分離シ、玉の井組合ヲ組織ス。其後警察署ハ統制上地域ヲ寺島町七丁目ノ一劃ニ四百七十七戸ニ限定セラレタリ。昭和三年九月花柳病予防法実施ニヨリ……組合費ヲ以テ南葛療院及昭和病院ヲ建設シ、一層予防ヲ講ジ各戸ニ薬品器具ヲ業備スルコトトナレリ」

そして玉の井の象徴みたいにいわれる「ぬけられます」の看板ができたのは、わたくしの生まれた昭和五年ごろという。翌六年には、東武電車がそれまで吾妻橋が始発駅であったのを、隅田川を越えて浅草までのばした。これで市電からのりつぎで玉の井に行けることになり、心理的にも都心よりえらく近くなった。それで麻布に住まいする荷風も昭和七年になって、ちょっとのぞいてみる気になったのであろう。

わたくしが昼日中に父の知人の区議のセンセイを訪ねたのは昭和十七、八年の、戦争は敗色濃厚ながら、まだ銘酒屋は日曜日であるせいか産業戦士によって昼間から繁昌していたころ。ただし荷風が書いたように情緒あふれる夢のあるところではてんでなかった。働いている女のひとがほとんど全員といっていいくらい、にぶく光る歯をしているのにびっくりしたことを記憶している。階段を降りてきて薄暗い主人の居間に入ってくるしどけない姿の彼女たちの歯が、やたらに妖しく銀灰色に光るのを不気味に眺めたものであった。それはね、坊や、幼児のときからロクに栄養をつけてこなかったからさね、とそのなかのひとりが親切に教えてくれ、

「前にはこれだって金歯だったんだよ。それがお国のためだからと供出させられて、ニッケルにされちまったんだね」

と、どうでもよさそうにボソッといったのを聞いて、ひどく気の毒に思えたことも覚えている。

それと小品「寺じまの記」で、

「女は下から黒塗の蓋のついた湯飲茶碗を持って来て、テーブルの上に置いた。わたくしは啣《くわ》えていた巻煙草を灰皿に入れ、『今日は見物に来たんだからね。お茶代だけでかんべんして貰うよ』と云って祝儀を出すと、……」

と書き、さらに『濹東綺譚』の、お雪と初めて会ったときの場面で、

「『この辺は井戸か水道か。』とわたくしは茶を飲む前に何気なく尋ねた。井戸の水だと答えたら、茶は飲む振りをして置く用意である。……『顔でも洗うの。水道なら其処《そこ》にあるわ。』と女の調子は極めて気軽である」

と荷風さんが叮嚀にお茶について書いているのを読むたびに、得もいわれぬ妙な気分になってくる。あの奥まった薄暗い居間、長火鉢の上でたえず鉄瓶がちんちん鳴っており、その前に大きなあぐらをかいている区議センセイの姿が、かならず思いだされてくるからである。

ちょんの間の産業戦士の客を見送って、つぎの客を二階の部屋に案内した女のひとは、湯飲茶碗をもってこの居間に入ってくる。センセイは新しい客のために、煮たった湯を注いで急須からその茶碗にお茶を入れてやる。このとき、前の客の飲み残しがあってもそれを捨てようともしなかった。飲み残しが多すぎればあらかたは捨てるが、湯飲茶碗をすっかり空にし水洗いをするようなことは決してしない。

びっくりしたわたくしは思わず尋ねた。

「おじさん、それじゃ汚なかないの？」

センセイはハハハと笑ってからいった。

「客が絶えないように、というおまじないだよ。だいたいここにくる連中で、汚ないなんて気にする奴はひとりもおらんよ」

荷風さんのあがった銘酒屋が、同じおまじないをやっていたかどうか保証の限りではない。でも、玉の井界隈はもう水道が引かれていたから、水道の水と知った荷風さんが、《下から》はこばれてきたお茶を飲んだのはおそらくたしかな話。あのおしゃれでダンディな人がそれと知ったら……と、そう思うとなんともお気の毒な気になってくる。長じて玉の井や鳩の町に登楼するようになったとき、わたくしは出されたお茶をひと口も口にしたことはない。かならず彼女にビールと註文することにした。「あら、そんな贅沢なこっちゃ出世しないわよ」と彼女たちはきまっていったが……。

●数字的な考察

得意げに語れる話ではまったくないけれど、ごく珍しい昭和風俗史の資料をわたくしはもっている。貴重の度合いを別にしていえば、あるいは本邦これ一枚しかない珍品かもしれない。内容をご紹介する。

「　定価表

ビール（お通し付）三〇〇円

サイダー　　　　　七〇円

コーヒー　　　　　五〇円

お酒（お通し付）　二〇〇円
緑茶　ケーキ付　一〇〇円
丼　物　二〇〇円
お寿司　一五〇円
支那ソバ　八〇円
水菓子　時　価
洋食一品　一五〇円より
　其の他お好みに応じます
　　鳩の街カフェー組合」

昭和三十三年三月三十一日夜、いよいよ翌日から実施される売春防止法を前に、わたくしは向島は鳩の街の彼女たちとともに「蛍の光窓の雪」を合唱し、赤線最後の日を祝った（?）。そのとき、これを記念に貰っていいかい、何でも欲しけりゃ持っていっていいわ、となって、壁からはがしてわがものとした印刷物一枚である。まさか額にいれて飾ってあるわけではないけれど、さすがにふる年月にすっかり赤茶けてしまっている。眺めていると、ビールが高かったんだなの想いを新たにする。寿司の倍もしている。という比較より、二本飲むとちょんの間の額に近い……、いやはや、なんたる言葉をいつまでも覚えているものか。

荷風日記の昭和十一年五月十六日の、念入りな手描きの地図をつけた「玉の井見物の記」に、この言葉が出てくる。

《並は一時間三円、一寸《ちょん》の間《ま》は壱円より弐円までなり。路地口におでん屋多くあり。ここに立寄り話を聞けば、どの家の何と云う女はサービスがよいとかわるいとか云うことを知るに便なり。……女の総数は千五六百人なり》

これでこの「ちょんの間」の意味するところはわかろうが、若い読者はただちにこんな言葉は忘れてしまったほうがよろしい。脇目もふらず、高度経済成長に突っ走るまでは、昭和はほんとうに貧しくむごい時代であったのである。

いろいろな本に引用されているが、寺島警察署が大正十五年三月に玉の井の女性たちを調査した統計がある。総計六百五十三人であったという。

貧しい生家の家計を助けるため、家族の医療費のため、弟妹の教育のため、生家の借金の整理のため、金を返すため身体を売る、そうした理由が圧倒的に多かった。外国旅行とか買物とか自分の遊びのため、なんて調子のいい理由は皆無に近い。

そして昭和六年十二月三日付の国民新聞には、こんな玉の井探訪記が載っている。

「横丁を入ると喫茶店がずらりと並んでいる。モダンなタイル張り、もしくはバンガロー風で、ドアが左右二カ所にあって植木が置いてある。おやッ？　の井に来た筈なのに何時から喫茶店に変ってしまったのだろう。……第一部から第五部まで、約四百軒。その人肉市場に取引される女約八百名だが……」

荷風はこの翌年にはじめてこの「の井」を訪れた。

さらに昭和八年になると、玉の井の銘酒屋四百九十七軒、私娼千人と統計にある。ただし女性は一軒二人で割りだした数で、実際はもっと多かったという。ちなみに丸岡秀子・山口美代子編『日本婦人問題資料集成』には、昭和九年に東北・北海道から酌婦として日本中に売られた娘は五千九百五十二人、娼妓四千五百二十一人もいたという。とても一軒二人じゃ間に合わぬ。

そして荷風日記にある昭和十一年には《女の総数は千五六百人なり。……東北の生れの者多し。越後の女も多し。前借は三年にて千円が通り相場なり。半年位の短期にて二、三百円の女も多し》と、日本帝国の発展とともに、こちらも成長の一途をたどっている。

数字が何を語るのかは、よくよく考えてみなければならない。数字をならべてみると何となく物の道理がわかったような気になる。それでついつい数字をならべただけで満足してしまうことが多いが、この場合ははっきりさせておかねばならないことがある。玉の井を例とした社会道徳的にマイナスの発展は、結局は個人よりも政治の貧困に由来するという事実。昭和史がいかに弱肉強食的であったかという事実。

そして戦後の売春防止法――この決定にもっとも重きをなしたのは、出没する客を調べたところ妻帯者が七〇パーセントで、独身者は三〇パーセントというデータであったという。「七割が女房もち。あとの三割には我慢してもらおう」、それと「文明国にはない」という粗雑なイデオロギー（？）で国会を通過した。根本のところはついに論議されなかった。

おかげで本番演技、ソープランド、デートクラブ、愛人バンクと、堂々と法を無視した裏の営業がいまもくりひろげられている。そして昨今のエイズの恐怖。せいぜい鳩の街カフェー組合の「定価表」を眺めて往昔を回顧して満足しているこっちにはすべて無縁であるが、いまだにこの方面での政治の貧困さを憂えずにはいられない。

左様、最後にもうひとつ、昭和二十九年の特飲街の主なところの統計的な数字を紹介する。

新吉原二七〇店・一三〇〇名、新宿一〇〇店・六〇〇名、洲崎一三〇店・八〇〇名、鳩の街一三〇店・五〇〇名、玉の井一〇〇店・五〇〇名、千住五〇店・二〇〇名、亀有五〇店・二〇〇名、亀戸一二〇店・五〇〇名、新小岩七〇店・二〇〇名、立石五〇店・一五〇名、東京パレス五〇店・一六〇名。彼女たちの総数は五一〇〇人を超えている。

このいちばんラストの小岩にあった東京パレスは、進駐軍御用達の時代があって、そのころは裏木戸のほうに「日本人入口」と書いた木札が打ちつけてあったものであった。君よ、よく知ってるなと笑い給うことなかれ。

さて、『日乗』の赤線最後の日の前後。

《三月三十日。日曜。晴。正午浅草》
《三月三十一日。晴。正午浅草。アリゾナにて食事》
《四月一日。晴。正午浅草》
まったく無関心。一語もない。これがザル法なるを荷風さんは見抜いていたのであろうか。

第五章　大日本帝国となった年

——昭和十一年——

●二月二十六日

昭和十一年二月二十六日に起こったいわゆる二・二六事件は、あらためて書くまでもなく、陸軍部隊約千四百人による都心占拠、重臣・要人暗殺による叛乱で、時代の流れを根元から変えた昭和史最大の事件である。憲兵隊や特高ですら、何かあるかもしれないと警戒はしていたが、これほど大量の軍隊が出動しクーデタの挙に出るとは予想すらしていなかった。

まして一般庶民においてをや。ただ、なかには敏感なものもいて、午前九時五分、第一回の経済市況の放送で、「今日は株式市場は臨時休止しましたから、放送はございません」とアナウンスが流れたとき、何か起きたのではないかと悟った、という。もっとも、それはごく一部。ほとんどの人はその朝、いつものように勤めに出た。街にはタクシーも走っていた。

そして、人びとは、駅々でものものしい服装の警官が立つのに驚かされ、都心では、血相を変えた銃剣の兵が各所にたむろしているのにぶつかったり、鉄条網の張られつつあるのを目撃したりした。

ふたたび降りはじめた雪のなかで、やがて巷にはさまざまな噂が静かに流れはじめる。

噂の一つに、秩父宮殿下が軍隊を率いて応援にくるというのがあった。こうなると内乱である、あわてて東京から脱出していった人びとがいた。

哲学者三木清がそのひとり、危難の身に及ぶのを恐れて、新橋駅から倉皇として三重県へ旅立っていった。随筆家高田保も夫人に「あなたは厄年だし、弥次馬で危険だから」とせきたてられるようにして、熱海に避難させられている。また東京を離れないまでも、王子製紙の藤原銀次郎のように市内のあそこ、ここと自動車で乗りまわし、本社にときどき電話をいれては情報を確認していたひともいた。三井総本家の池田成彬も一日中雲がくれして、連絡杜絶。ほかにも本宅に気兼ねも遠慮もなく、妾宅にしけこむ政財界人も多かった。

とにかく正確な情報がないのである。ラジオは一言も喋らない。新聞社は一様に頭をかかえているだけ。内務省から〝新聞記事差しとめ〟の通達がきている以上、事件のことは一行も活字にすることはできない。やむなくこの日の夕刊はなんの変哲もない紙面をつくらざるをえない。「憎くやまた雪、お台所に響く、青物も生魚もピンと二、三割値上げ」が社会面のトップを飾った。

こうしてデマはいろいろとかけめぐったものの、それをまともに聞くものもなく、夕方近くなっても、なんとなく東京市内は落着いていた。夕刻六時、内幸町大阪商船ビル地下のレインボー・グリルで新進作家寺崎浩と、徳田秋聲の長女清子との結婚披露宴がひらかれた。雪と非常事態で懸念されたが、案に相違して友人多数が出席した。河上徹太郎、丹羽文雄、阿部知二、吉屋信子、田辺茂一、永井龍男、宮田重雄、中島健蔵エトセトラ。みんな一様にモーニングを着こんでいた。

かれらは時間待ちをしながら、事件について、それぞれが知りえた情報を、ひそひそと互いに交換した。現在、着剣して警備についている兵は、蹶起部隊かただの兵か、いっさい不明であるのが、だれにも不気味に思えた。

定刻が来たのになかなか宴ははじまらない。すっかり待ちくたびれてしまった舟橋聖一に、友人の一人が突然声を大にして「お前たち行動主義者は殺されるぞ！」とおどかした。当時ファシズム反対の人民戦線運動を提唱していた舟橋は苦笑しながらも、その顔は真ッ赤になり、たちまちに青ざめて真ッ白になった。

式が遅れているのは媒酌人の菊池寛がいまだ到着しないためである。時が時だけにと、だれもが辛抱して待ちつづけていたが、ついに現われなかった。急遽、月下氷人の代役は佐佐木茂索がつとめて、間もなく式典も宴もとどこおりなく終り、新夫妻は予定どおり熱海へ新婚旅行に旅立った。列車は平常どおり動いていたのである。

菊池が姿をみせなかったのは、叛乱部隊の目標のブラック・リストにかれの名がある、という風聞が耳に届いていたからである。そこで菊池は家にさざえが蓋をしめたようにこもっていた。その様を雑誌記者萱原宏一が懐しそうに語っている。

「先生は憂鬱な顔をして、じっとふさぎこんでいた。そしてポツンと、『僕なんかも、もう無事でおられん世の中になったな』と言った。……元老でも重臣でもない先生が、取越し苦労をすることはないんで、『どうですか、車でひとつ宮城の辺を見に行きませんか』と言ったら『バカッ！』と一喝されましてね」

と、こんなふうにさまざまな人のその日の行動を、週刊誌風に調べて追っていくといくらでも書けるけれど、ひとまず省略。むしろそこから自然に浮かびあがってくる当時の知識人の心情のほうが、いまになってみるとよっぽど興味深い。

かれらはだれもが、二・二六事件が実際に起こるまでは、五・一五事件、一人一殺の神兵隊事件、国体明徴運動とつづいてくる青年将校や民間右翼の過激な動きに、まったく無関心でないものの、直接に自分にかかわりのあるものとは思ってもみなかった。政党や財閥の腐敗堕落に、いわゆる〝革新派〟の若い軍人や官僚が怒りをもやし、字義どおり世は〝汨羅《べきら》の淵に波騒ぎ〟つつあることぐらいはわかっていたろうし、理解を深めていた人もあったかもしれない。

でも、ほとんどの人は口当りのいい批評家であったように思われる。さもなければ政治的音痴たらんとしていたようである。

そこに実際に大事件が起きた。完全武装の軍隊が出動し、老人たちをあっさり血祭りにあげた。しかも殺されたものは大体が穏健派、リベラリストと目されている人びとであった。この戦慄すべき軍部クーデタに直面して思うことは――自由主義者をもって任じていた菊池寛の、さきの述懐がいちばんいい。われわれも、もう無事でおられん世の中になった……と。

しかも事件後の日本は一気に変容していくのである。組閣の大命をうけた広田弘毅は、外相吉田茂、拓相下村宏、法相小原直、内相川崎卓吉らの候補を選びだしたが、自由主義色が強いからという理由で、陸軍から猛反対をうけひっこめざるをえなかった。かわりに親軍派とされる官僚をうけいれる。陸軍は事件を反省し自粛するといいながら、テロの恐怖をテコに、政治の主導権掌握へ向けて動きを露骨にしていった。これにたいして新聞ジャーナリズムは完全なまでに沈黙を守った。新聞人にとって、叛乱軍に襲撃された朝日新聞社の惨状はあまりにも生々しすぎた。

雑誌出版界もまた声を小さくしていった。事件後の、戒厳令下の臨時議会で「不穏文書取締法」が提出され、怪文書と認めうる出版物に適用されることになった。この法令を拡大解釈すれば、軍機の保護、治安の維持を主眼に、出版にたいする弾圧の強化は自由となる。さらに「思想犯保護観察法」が成立、思想や行動の自由が制限されることになったが、ジャーナリズムはただ手をこまねいて傍観する以外、なんの対抗策も講じなかった。手も足もでなくなった。こうした意味でも、事件は根の浅い日本の自由主義の終焉の日ともなった、といえようか。

こうなってくると知識人はいったいどうしたらいいか。

畏友菊地昌典君の言葉を借りれば「国家と人間のつながりは、国家の打算的抱擁に幻想をもちつづける人の智恵のかなしみ」といったもの。組織と人間のつながりもまた然り。組織への忠誠を示すことで、組織はまさか悪いようにはしないであろうと人は思う。この幻想をひろげると国家への忠誠を示しさえすれば、ということになる。国家の打算的抱擁に身をまかせることで、自分の安泰を計るものがどんどんでてくるのは、いわば自然の流れというものか。かくて二・二六事件以後の言論は、日を追ってへなへなとなっていった。

いらざる理屈をこねまわしてきたが、話はやっと永井荷風にたどりつく。荷風の『断腸亭日乗』が、はじめのころはごく私的・閉鎖的なものであったのに、がぜん社会性・批評性をもってくるのが、実は日本がおかしくなりはじめの昭和七、八年ごろからである。そして二・二六以後の、菊池寛のいう「無事でおられん世の中」になってから、ますます精彩をおびてくる。荷風は国家の抱擁を頑としてはねつけ、字義どおり孤立無援のなかで一日一日を刻みつけていったのである。今日、それを痛快がるこっちはいい気なものと思う。時代の流れに抵抗することで孤立を深めるほかはなく、孤立しないためには体制にべったりせざるをえない。漱石ではないが、とかく人の世は住みにくいものなのである。荷風はそこを自分の意思で抵抗し、孤立を深めていった。

さて、二月二十六日、この日の荷風さんは——、麻布の住居偏奇館にいた荷風が、友人からの電話で事件を知らされたのは午後二時。

《軍人警視庁を襲い、同時に朝日新聞社日日新聞社等を襲撃したり。各省大臣官舎及三井邸宅等には兵士出動して護衛をなす》

と、あまり正確とは思えない情報がまず入った。ところが、物見高い性質のくせに、この日の荷風は動かない。

《ラジオの放送も中止せらるべしと報ず。余が家のほとりは唯降りしきる雪に埋れ、平日よりも物音なく、豆腐屋のラッパの声のみ物哀れに聞るのみ。市中騒擾の光景を見に行きたくは思えど、降雪と寒気とをおそれ門を出でず。風呂焚きて浴す》

最後の一行などのんびりしていておかしいが、このように興奮せざることが荷風さんの本領。そうとは思いつつ、どうせならひと奮発して出かけてほしかったと、いらざる注文も出したくなる。いや、こっちの希望どおり、翌日からがぜん野次馬精神を発揮して荷風さんは町へ飛びだしていく。

●「兵ニ告グ」のおかしさ

前項につづいて二・二六事件について——。

戦後の東京大学の名総長といわれた政治学者南原繁の詠んだ歌がある。

・ふきしまく吹雪は一日荒れゐたり由々しきことの起りてゐたり（二月二十六日）

・大君の兵をひきゐて軍人《いくさびと》けさ屯《たむろ》せり勅にそむきて（二月二十八日）

二十六日に「由々しきこと」を起こした軍隊は、二日後には「勅にそむきて」いたずらに兵を構える叛乱軍となっていたのである。勅とは天皇の命令である。叛乱軍が唯一の頼みとした天皇は、かれらの意図はもちろん気持のわかるはずもなく、かれらを〝討て〟と命じていた。すなわち、事件の起こったその日、午前九時、事件を知らされた天皇は、陸相川島義之をよび、

「今回のことは精神の如何を問わず甚だ不本意なり。国体の精華を傷つくものと認む」

とはげしく怒った。さらに首相臨時代理後藤文夫をよびだして命じたのである。

「速やかに暴徒を鎮圧せよ」

いくらなんでも暴徒とはひどすぎると、侍従武官長本庄繁が一言意見具申しようとしたとき、天皇はきびしく言い放った。

「朕の命令に出でざるに勝手に朕の軍隊を動かしたということは、その名目がどうあろうとも朕の軍隊ではない」

さらに天皇はいった。

「なんなら近衛兵を率いて朕みずからが討伐してもよい」

天皇にして大元帥の、この強烈な意志をみよ、である。まさに御親政であるな。こうして事件は天皇の断乎たる命令の前に急速に収束されていった。

荷風さんのそのかんの、二十七、二十八、二十九日の行動であるが、これが元気旺盛、行動溌溂、三日とも銀座にお出まし、恐れいった野次馬ぶりの発揮である。もっとも当人は《午後市中の光景を見むと門を出づ。東久邇宮門前に憲兵三四名立つ。道源寺阪を下り谷町通にて車に乗る。溜池より虎の門のあたり弥次馬続々として歩行す》（二十七日）とおのれは野次馬の一員ではないつもりのようである。《議会の周囲を一まわりせしが、さして面白き事なく、弥次馬のぞろぞろと歩めるのみ。虎の門あたりの商店平日は夜十時前に戸を閉すに今宵は人出賑なるため皆燈火を点じたれば、金毘羅の縁日の如し》と、争乱の中心に近い地帯にまで歩をのばし、結構楽しんでいる。なお〝議会〟つまりいまの議事堂は建設中で、この年の秋に竣工した。

二十八日には《霞関日比谷虎の門あたり一帯に通行留なり。叛軍は工事中の議事堂を本営となせる由》と面白い情報（ただしデマ）を書きこみ、二十九日には《四時過より市中一帯通行自由となる》と事件の落着したさまを伝えている。

ただ昭和史好きにはなんとなく物足りないのは、ラジオ嫌いが徹底しすぎていて、かの二十九日朝からくり返し放送された「兵ニ告グ」について一行すらもないことである。事件の四日間は、一般の人びとの唯一の情報源はラジオであり、だれもがそれに耳を傾けた。

一、今カラデモ遅クナイカラ原隊へ帰レ。

二、抵抗スル者ハ全部逆賊デアルカラ射殺スル。

三、オ前達ノ父母兄弟ハ国賊トナルノデ皆泣イテオルゾ。

歌人たちはそれを歌にして詠んでいる。

・戒厳司令部と呼ぶこゑのみに飛びつきて聞耳たてし昨日過ぎたり　尾山篤二郎

・落付いて外にいづるな信頼せよと告ぐるラジオの刻々の声　四賀光子

・アナウンス跡絶えて久し雑音の苛ち時ありて雪軒を墜つ　米川稔

そして「兵ニ告グ」の放送についても。

・「兵に告ぐ」と戒厳司令官の声いへどわれの心に徹らざるものあり　南原繁

・兵に告ぐ—香椎司令官の哀切な言葉をきいてゐて次第に頭をさげてしまふ　前田夕暮

なるほど、冷静合理的な政治学者の心には、なんともやりきれぬセンチメンタルな訴えと響いたのであろう。しかしよくよくみてあれば、この浪花節精神が功を奏したのはたしか。たちまちに叛乱軍のごく若い将校や下士官の動揺が高まった。このまま賊軍としてしまっては、兵隊たちがかわいそうだ、という気持にせまられて将校たちが帰順の意を表明、尊王討奸の固い団結は瞬時にして破れていくのである。

ところで、荷風日記にはないからこのわたくしが代りに、というわけではないけれど、歴史探偵としては、「兵ニ告グ」は実に微妙な問題を軍事史上に提起しているように思えてならない。「兵ニ告グ」であって「指揮官および兵に告ぐ」ではない点が、わたくしにはおかしくてならないのである。これじゃ、いいか、指揮官の命令を無視してもかまわん、兵隊は各人勝手に原隊へ帰って来いよ、と呼びかけているにひとしいのである。皇軍の軍紀はいったいどこへいってしまったのか。「上官ノ命ハ朕ガ命ト心得」ていた兵隊さんたちは、さぞかし困惑して「今カラデモ遅クナイ」を聴いたことであろう。

長いこと右の疑問を抱いていたのであるが、こんど、当時すでに疑義を呈している人がいることを発見し、わたくしはすこぶる満足している。それがしかも、義父にあたる作家の松岡譲というところが、なんとも愉しい。すなわち事件直後に発売の雑誌「作品」（昭和十一年五月号）に義父は稿をよせ、こう書いている。そこのところの全文を長いけれども写す。

「例の有名な〝兵に告ぐ〟が名文だという話を五六人でやって感心しているところへ、その道の一友人が入って来ていうには、自分は文章の事は皆目知らない一武弁だから、文章を批評する能力はない。能力はないがあれで一等困る事は、上官の命令は直ちにこれ陛下の御命令であるべきであるのに、その上官の命令でやった事に対して、今度の場合には特に奉勅命令が下ったという事になると、もしここで理屈をいう兵が今後出てくると、一々上官が命令を下した場合、その命令は上官一個の命令ですか、畏くも奉勅命令ですか、と尋ねてからでないと動かないという事も純理上あり得る事になる。だから自分らとしてはあれを条件なしに名文だとは思わなかった」

一文人の単なるエッセイというにはなかなか微妙なところを突いている。軍紀をみずから乱すような命令を発することなんか、戒厳司令部としてはできることならばしたくはなかったであろう。といって鎮圧のための皇軍相撃は何としても避けたかった。追いつめられてやむをえずとった非常手段。それが軍隊組織の自殺行為にひとしい「指揮官の命令をきくな」という「離脱」のすすめであったとは。

その矛盾をわが義父はやんわり説いている。もって義理の息子としてわたくしはちょっと得意になっているのである。

念のためにいうが、当時だれもかかる軍事問題にふれるものはいなかった。

●寺内寿一元帥

正岡子規と秋山真之少将（日露戦争時の連合艦隊作戦参謀）が松山中学校の同級生、夏目漱石と川島義之大将（二・二六事件時の陸軍大臣）が同じく松山中学での師弟、奇しき因縁というか人間の組み合せの妙にびっくりさせられることが多い。わが永井荷風には太平洋戦争における南方軍総司令官寺内寿一元帥がいて、東京高師附属中学校の同級生という。山下清流にいって「兵隊の位でいえば」これが日本陸軍のトップに立つ。対米英戦の陸軍の総大将であり、国家存亡の運命を担う最重要の地位にあった軍人。

太平洋戦争で生きながら元帥になったのはこの人のほかに、陸軍に杉山元、畑俊六、海軍では永野修身の四人を数えるが、とくにこの人ははたして元帥の価値奈辺にあるやと疑わしめる。もともと二・二六事件で八人の大将が現役から去り、筆頭の中将であったため陸軍の最上位に昇った軍人であり、父に長州陸軍の大ボス正毅元帥をもち、育ちだけがとりえの、才気のない、凡庸の人の評がある。幕僚の言をただ聞くだけの無策の総大将でもあったと。

同級生であっただけに、荷風の炯眼《けいがん》は寺内の本質を早くも見抜いていたようで、そこが面白い。二・二六事件直後の『日乗』の昭和十一年三月のところ。(その部分だけを引く)

《三月十八日。一橋の中学校にてたびたび喧嘩したる寺内寿一は、軍人叛乱後、陸軍大臣となり自由主義を制圧せんとす》

《三月廿七日。人の話に近刊の週刊朝日とやらに余と寺内大将とは一橋尋常中学校にて同級の生徒なりしが、仲悪く屢《しばしば》喧嘩をなしたる事など記載せられし由。可恐可恐》

寺内が育ちのよさ、相貌の柔和さにもかかわらず、所詮は政治的軍人であり、圧制的な人物であり、容赦ないところのあることを、荷風さんはわかっていたようなのである。それに同中学後輩の作家長田幹彦の回想「永井先生とぼく」によると、荷風は少年時代から反骨の持主らしく同窓会雑誌に「奢侈論」を書き、いい調子の政治家・軍人・華族などの子弟をはげしく攻撃したらしい。ところが、

「やんちゃ坊主の寺内一派の妙な正義派にはとても気に入らなかった。早速問題がおきて荷風たち軟派はみんなツルシアゲをくい、校庭にひっぱりだされて、衆人のみている前でさんざん鉄拳制裁をくわされた」

八年も後輩の長田が実際に見たわけではなく、この話はいわば一種の伝説としてあとへあとへと伝えられたものらしい。荷風は《喧嘩》と書いているが、どうも制裁は一方的のもののようで、当時の口惜しさを精一杯にこめたものなのであろう。荷風や同じく同級生の井上唖々（精一）ら文弱の徒は、ひたすらポカポカとやられた。なにしろ荷風の中学時代は日清戦争前後の、日本帝国の国威の日に日に昂揚しているときであった。

それかあらぬか、同じく高師附属中学の後輩である小絲源太郎が、戦争中のサイゴンの南方総軍司令部で、寺内元帥閣下からじかにうけたまわった制裁譚を書いている。それによると、当時、この中学校では頭髪は坊主刈りで、毛を伸ばしてはいけない規則になっていたのに、荷風はいつの間にか頭髪を伸ばし、香料入りのチックをつけ、髪を分けて登校した、という。いかにも荷風らしい。それを見た硬派である寺内一派は激憤し

た。あの野郎ということで、放課後、運動場の片すみに荷風を呼び出し、鉄拳制裁を加え、地面に引き倒し頭をごつんごつんとさせて、無理にあやまらした。

「私は他人事とはいえ、何かとても口惜しい思いで聞いていた。寺内も、別にそんな事を得意気に話したのではなく、淡々とした口調ではあったが、別に悪い事をしたとも思っていない様子だった」

この淡々とした口調、毫も恥じざる様子、つまり最高位の軍人にとっては一文士ごときはの見下した想いが、戦時下日本の武張った姿をよく象徴している。しかも鉄拳制裁・頭ごつんごつんぐらいですんだ中学時代とちがい、生殺与奪の権がいまや一方的にあっちにある時代となった。《可恐可恐》と荷風さんが寺内の名を聞いて肩をすくめた気持はとてもよくわかる。

●ラジオは叫ぶ

『濹東綺譚』五章で、永井荷風は口をきわめてラジオをののしっている。

「物音の中で最もわたくしを苦しめるものは、板塀一枚を隔てた隣家のラディオである。夕方少し涼しくなるのを待ち、燈火の机に向おうとすると、丁度その頃から亀裂《ひび》の入《い》ったような鋭い物音が湧起って、九時過ぎてからでなくては歇《や》まない。……ラディオの物音を避けるために、わたくしは毎年夏になると夕飯もそこそこに、或時は夕飯も外で食うように、六時を合図にして家を出ることにしている」

もっともそのお蔭で、隅田川を渡って散策の足を遠く向島にまでのばし、〝お雪〟に出会い名作をものすことができた幸運を考えると、ラジオの騒音にもいくぶんの功徳があったことになる。なんて書くのは、昼夜をわかたず、暴走族やら右翼の宣伝車やら駅や小学校のアナウンスから踏切りのカンカンカンにいたるまで、狂騒のなかに生きているこっちのいらざる感想で、隠遁の閑雅を至上とする荷風には許されざることであったのであろう。

麻布の偏奇館の隣家が当時の贅沢品ラジオを設置したのは、昭和七年九月中旬のことであったらしい。九月十六日の『日乗』にある。

《鄰家の人このごろ新にラジオを引きたりと見え、早朝より体操及楽隊の響聞こえ出し、眠を妨ぐること甚し》

歴史探偵としてそれにつられて調べてみたら、「あー、あー、あー、聞こえますか、ＪＯＡＫ。こちらは東京放送局です」という桐元アナウンサーの声が受信機に流れたのが大正十四年三月一日、そして全国中継が昭和三年とあいわかった。昭和七年ともなると、折からのロスアンゼルス・オリンピックの宣伝もあり、一挙に四十万台もふえて全国の契約台数は百四十二万台、実に普及率一一パーセントを超えたという。

荷風の隣家は大枚を払ってその一割の特権階級の仲間入りをし、これみよがしにボリュームをあげてガンガン鳴らしたのである。しかも早朝は午前六時から、われら昭和一ケタ以上にはなつかしの「ラジオ体操」にはじまる。その軽快なメロディが流れでたのは昭和三年十一月一日。

躍る旭日の光を浴びて、
屈《ま》げよ、伸ばせよ、われらが腕《かいな》、

ラジオはさけぶ、一二三。

陸軍戸山学校からひきぬかれた江木理一が、アナウンサーがわりをつとめ、はじめはパンツ一枚でやっていた。ところが、かしこくも宮中で照宮さまもラジオ体操をはじめたと聞いてから、恐れ多いとできるかぎり正装に威儀を正すことにして、マイクの前でイチ・ニッ・サン。われらがわんぱく時代には眠くてたまらないのに叩き起こされて、出席した証拠に㊖印を捺してもらい、㊀が多いと大いに非国民視され、それはもう早朝から迷惑至極なラジオの叫びであった。

こんな具合で、朝に晩にラジオの調子は良好で、『濹東綺譚』取材・執筆の昭和十一年ごろとなると、契約台数も二百九十万台を超え、普及率は二一パーセント強。しかもうなぎ昇りにカーブは上昇をつづけていた。荷風さんが朝に晩に逃げだしたくなり、小説のなかで呪詛の言葉をさかんに吐きちらした心持は、まことによくわかる。

その上に探偵として愉快な事実としてご紹介したいのは、いよいよその小説の想を固めつつあった十一年夏（執筆開始は九月二十一日）、荷風日記の記載のそっけなさについてなんである。八月一日から五日までの全文を引く。

《空くもりて風俄に涼し。夜驟雨あり》（一日）

《曇りて涼しきこと昨日の如し》（二日）

《小雨。涼味秋の如し。午後日高氏朝日新聞社社員と共に来訪せらる。晡下読売新聞記者来談》（三日）

《晴。涼風颯々たり。蟬声稍多くなりぬ。晩食の後花川戸の河岸を歩む。風声既に秋のごとし》（四日）

《終日ラジオの声喧《やかま》しく、何事をも為しかだし《（ママ）》》（五日）

わたくしが荷風さんへの敬愛をより深くするのは、『日乗』のこの辺のところを読むことによってである。この、連日記録されているほとんど天象だけの一行の背後で、実はナチス・ドイツの首都ベルリンでひらかれていたオリンピックの、国民的熱狂があったのである。全国民が日の丸が揚がるかどうかで一喜一憂、それはラジオの実況放送を通して煽られ、国家ナショナリズムがいっそう燃え上っていたとき。ＮＨＫ編『昭和放送史』は誇らしげに書いている。

「八月一日の早朝から、八月一五日深夜に至るまで、至上最大といわれる華やかなベルリン・オリンピックの模様が刻々と送られて来た。（中略）前半陸上競技でアメリカ黒人オーエンスの超人ぶり、五千米、一万米の村社《むらこそ》選手の活躍、棒高跳西田、大江がアメリカ選手を相手に大熱戦をくりひろげ、日の丸二本を揚げた感激の模様、三段跳で田島直人が一六米の世界記録で優勝、一〇万観衆の中に高らかになり響く君が代などが伝えられ、後半は水上日本の威力を発揮して、次々に上る日の丸、……」

このあとは、わたくしが興奮を再現する——女子二百メートル平泳決勝。日本の前畑秀子選手の白い帽子と、ドイツのゲネンゲル選手の赤い帽子が先頭を競った。白がややリード、しかし赤が猛然とスパート。「前畑危ない！　がんばれ前畑！　がんばれ、がんばれ」。河西アナが絶叫する。「あと五メートル、あと四メートル、あと三メートル、二メートル、あっ前畑リード、勝った、前畑勝った、勝った、勝った」……。

このスポーツ放送史にかがやく実況があったのが八月十一日。ただし、荷風日記は例の如きそっけなさ。無関心もここまでくるとむしろ心地よい。

《八月十一日。晴。曝書》

世の中が騒げば騒ぐほど、あっしにはかかわりないことでござんす、というところなのであろうか。

いずれにせよ、国歌と日の丸に酔い痴れたのが当時の日本人であった。実にベルリン・オリンピックは史上初めて、選手の栄光より国家の名誉が先に立って争われた大会となったのである。フィールドでプールで各国家が威信をかけて戦った。第二次世界大戦の前哨戦としての、敵意と猜疑による冷たい戦い。入場式では、オーストリア人はナチス・スタイルでヒトラーに挨拶し、観客席のドイツ群衆の喝采をあびた。フランス選手は、手を横にさしのべるしきたりによる挨拶の型をずっと守ったため、「フランスがヒトラー一人に挨拶しているようなムードであった」とフランス人記者は地団駄をふんで口惜しがった。イギリス選手団はただ単に「頭、右!」の礼をしただけ。これにドイツ群衆はブーイングを鳴らした。アメリカ選手団の旗手は、ほかの国の旗手と違って、ヒトラーの前で旗をちょっと下げるどころか、星条旗を誇らしげに高々と上にかかげた。ドイツ群衆は口笛を吹き足を踏みならし、無礼なヤンキー魂に激しい抗議を送った。

日本の選手団の男子のユニフォームの帽子は、前回大会のカンカン帽にかえて、陸軍の戦闘帽であった。おとなしく静かに、これまたしきたりどおりにヒトラーの前を過ぎていった。そういえば、日本のナチス・ドイツへの接近はすでにはじまっていた。日独防共協定が結ばれるのはこの年の十一月なのである。

競技の結果が出たとき、ドイツのスポーツ記者はメダル数をくらべて、こう記した。

㈠ナチス・ドイツはアメリカより活躍せり。
㈡イタリアはフランスより秀れたり。
㈢日本はイギリスを圧倒せり。

つまり国家主義・全体主義こそが人間のエネルギーを効果的に発揮させ、自由主義・民主主義に打ち勝つことができることを証明した、と強調したのである。日本国民の多くはこの意見に大いに同感した。そしてベルリンに派遣された作家や詩人たちが、日独の熱い連帯の喜びをこめたニュースを日本に送ってきていた。

永井荷風はそんな風潮に完全にそっぽを向いた。そして日本民衆のうちにどんどん肥大している優越感に、心のうちで怖気《おぞけ》をふるっていた。

《晴。秋風颯々たり。始めて法師蟬の鳴くをきく。夜墨堤《ぼくてい》を歩む。言問橋西岸に花火の催しあり。看るもの織るが如し。此夜、伯林《ベルリン》オリンピクの放送十二時頃より十二時半に至る。銀座通のカフェー及喫茶店これがためにいずこも客多し》

大会閉幕の八月十五日の記。荷風さんの「非国民」ぶりがすばらしい。

●国名は大日本帝国

山中恒氏の『子供たちの太平洋戦争』（岩波新書）を読んでいたら、いろいろなことが想いだされてきた。太平洋戦争中に正真正銘の〝昭和の子供〟であったから、書かれていることのいちいちが胸にコツンと突き当るのである。紀元は二千六百年の旗行列や提灯行列に参加した記憶も、ごく自然に蘇る。〽金鵄輝く日本の……と大きな声で歌った。あきてくると、金鵄あがって十五銭、栄えある光三十銭、と替え歌に直して、消防団長にコラッと怒鳴られたりした。

八紘一宇《はっこういちう》という言葉の意味も、一所懸命に暗記した。やがてくる中学校の入学試験に備えてのものであった、ように憶えている。これこそが日本建国いらいの大理想である。八紘とは四方と四隅、つまり世界、一宇は一つの家のこと。世界に天皇の御稜威《みいつ》をしろしめすことが皇祖皇宗の遺業であり、それをお助けすることが日本臣民の使命である。わけもわからず丸暗記しながら、地球は丸いのになぜ四方や四隅があるんだよ、と悪童仲間と大いにぼやいたものであった。

最近になって発掘された三笠宮の「秘密文書」を読んで、いささかアッケにとられた。「支那事変に対する日本人としての内省」と題するもの。昭和十九年一月に、支那派遣軍の若き参謀たちにした三笠宮の講演録（「ＴＨＩＳ　ＩＳ　読売」平成六年八月号）で、なかで宮はこんなことをいっている。

「よく『八紘一宇』と言われるが、これまた結果の状態である。謹んで詔勅を拝するに、本文は『上ハ即チ乾霊《あめつかみ》ノ国ヲ授ケタマヒ徳《うつくしび》ニ答ヘ、下ハ即チ皇孫《すめみま》ノ正ヲ養《やしな》ヒタマヒシ心ヲ弘《おさ》メム』であり、副文として『然シテ後六合《くらうち》ヲ兼ネテ以テ都ヲ開キ八紘《あめのした》ヲ掩ヒテ宇《いえ》ト為ムコト亦可《よ》カラズヤ』と仰せられている。（中略）従って副文たる『八紘為宇《はっこういう》』は国家目的にあらずして、国家及国民の道義的行動の必然的結果として、御期待遊ばされたものであって『原因』と『結果』を混同してはならない」

　そりゃまあ仰せごもっともで、『日本書紀』のこのところをよく読めば、因果関係は宮のいうとおり。であっても、いまさらそういわれても六日の菖蒲十日の菊の感はまぬかれない。八紘一宇を造語した田中智学（日蓮宗在家仏教家）が、泉下でさぞや苦笑していることであろう。それにわたくしの拙ない記憶力では、「皇孫正《ただ》しきを養いたまう心《みこころ》を弘めん」と読んだような気がしているのだが……まさか、皇孫その人である三笠宮が間違うはずはあるまい。

　ところで、せっかく暗記して出かけたのに、中学校の入学試験の口頭試問では、八紘一宇は出題されなかった。試験官が、三笠宮の説く因果関係に気づいていたわけじゃないであろう。なにしろわたくしが府立第七中学校を受けたのは昭和十八年三月十日、三笠宮の講演の一年前である。三年前の十五年から中学校の筆記試験が廃止されて、面接だけで運否天賦《うんぷてんぷ》がきめられた。あるいは、八紘一宇みたいな難問は下町のガキどもには無理、と先生がたが思ったのかもしれない。

　かわりに何が尋ねられたか、となると、お皿に白米と玄米とが盛ってあって、「これは何か」「玄米です」「玄米はなぜ食べなければならないか」「栄養があって、白米にする手間がはぶけて、電力の節約になります」といった問答をやったのだけは覚えている。あとはすっかり忘れてしまった。と思っていたら、山中氏の本を読んでいて、もうひとつ大事な設問のあったことが想いだされてきた。きっかけとなったのは、山中氏の本にあった府立一中のつぎの質問である。

「北条時宗の時代、日本に害を与えた国は」「徳川時代に、米国とどんな条約を結んだか。だれとだれが。どうして仮をつけたか」「安政の仮条約に不利な点は」「日清戦争の役《えき》は」「『撃ちてし止まむ』は誰の言われた言葉か。その訳は……」

　いやはや、さすがは府立一中、むつかしい設問で、いまだってとてもすらすらとは答えられない。それでやむなく、あれこれ頭をひねっているうちに、突如としてわが府立七中のもう一問を思いだしたのである。

「わが国の統一的な国号をいいなさい。どこがきめたのですか。いつからですか」

　自慢ではないけれど、わたくしは堂々と胸を張って答えた。

「大日本帝国です。外務省が統一してそういうことにきめました。昭和十一年からです」

　少々意外と思われる人もいることであろうが、これが正解。わたくしが見事に中学に合格したからと得意げにいうわけでなく、戦前は一貫して「大日本帝国」であったと思いこんでいる人が多いが、ほんとうにそうときまったのは昭和十一年の二・二六事件のあとなのである。正確には四月十八日。すなわち、詔書、公文書のなかでこれまで日本国、大日本国、日本帝国、大日本帝国などまちまちであったものを、外務省はこの日、大日本帝国に統一し、すでに実施していると国民に発表した。また、天皇と皇帝とが混用されてきたが、これを大日本帝国天皇に統一したとも発表した。
日清・日露の両戦争と第一次世界大戦の、三つの宣戦の大詔が「皇帝」となっているのに、昭和十六年の対米英宣戦布告には「天皇」が用いられているのは、このためなんである。
と、長々と余計なことを書いてきて、さて荷風さん。やっぱりそうだろうな、との予想も違わず、国名にも天皇称号にも我関せず焉で、日記にはそれらしい片言隻句すらとどめない。亡命者荷風からみればいまさら何だということなのであろう。
《四月十八日。陰。風あり。早朝腹痛。下痢二回。終日褥中に在り。夜稀粥《うすがゆ》を啜る》
ついでに、わが受験の日の十八年三月十日。
《風猶寒し。早朝より飛行機の音轟然たり。今日は市民一般外出の際は男は糞色服にゲートル。女は百姓袴を着用すべき由其筋より御触ありし由なり》
荷風にとって、眼前の現代は、つねに虚偽であり、憎むべき狂気であった。それらはすべて醜悪である。《糞色服》に《百姓袴》とは、いやはや、国民服にモンペのことである。

第六章　浅草――群衆のなかの哀愁

荷風さんと浅草、となると、書かなければならないことは山ほどもある。そこを題材にした長短の小説のタイトルを書くだけでも面倒なほど。『かたおもひ』『浮沈』『すみだ川』『腕くらべ』『歓楽』『浅草むかしばなし』『勲章』『濹東綺譚』『牡丹の客』『おもかげ』『吾妻橋』『葛飾情話』『花火』……。文学研究家でも評論家でもないので、全部を網羅というわけにはいかないが、印象に残っているだけでもこれくらいある。これほどに荷風を惹きつけた浅草の魔力とは何であったのであろう。

しかも、『断腸亭日乗』を読んでいると、ある日突然、荷風が浅草にのめりこむのにびっくりさせられる。昭和十二年十一月十三日がその境いとなる日である。

それまでは銀座通いがもっぱらで、浅草はまず気分直しの散策の地といったところ。ないしは玉の井への往復のさいの補給基地。ところがこの日以降はくる日もくる日も、夜は浅草にやってきている。そして、この十三日の記載の注目すべきは、主文のあと長文でものしている「公園所見」にある。

《黄昏時なり。空に宵月泛びあたりの電燈既に輝きわたりたり。小屋掛曲馬の前にたたずみて見るに、高き処に軍服の如き洋服着たる音楽師四人休む間もなくラッパを吹く。

定めて腹のへる事ならむと思いて見れば夕風にさらされたる姿一しお哀れなり》

とあって、以下、つながれた馬三頭の飼い葉桶をのぞき、檻のなかの寒そうな猛獣に同情し、馬の足もとの山羊二匹の姿にあわれをもよおし、

《木戸番の男の容貌服装の貧しげなる、其のあたりの不潔なる、看板の絵の拙くして古びたる、これ等一帯の光景は囃し立つる音楽に調和して言知れぬ淋しさを思わしむ》

と書いた。多分、奥山もひょうたん池ちかくに小屋がけされていたサーカスなのであろう。鳴っていた音楽はジンタ、〽空にさえずる鳥の声……の「美しき天然」でもあったろうと思われる。折しも人影も紫にかすむたそがれ刻。実は、なにも浅草でなく、深川不動でも亀戸天神でも感じることのできる《言知れぬ淋しさ》。そんなありふれたドサ廻りの曲馬団に漂っている哀愁に、天の黙示でも受けた如くに打たれた。つまりはサーカスを通して、浅草全体を哀愁の巷と荷風は感じとってしまったのである。

たしかに、浅草へ足を向けた動機は別にもあろう。その直後の随筆「浅草公園の興行物を見て」によれば、上からの灯火管制の通達があり、おとがめを受けるのはかなわない、さりとて終宵暗中に黙坐しているのは堪えられない、そこで「短い日の暮れない中に急いで夕飯を掻きこみ、毎夜浅草公園へ行って、一軒一軒興行物を見歩いた」という。それはそのとおりであろうが、真の目的は浅草というごちゃごちゃした町がもつそこはかとない哀愁に包まれたいばかりに——。たとえばそれから三日後の十六日、

《オペラ館の技芸は曾て高田舞踊団のおさらいを帝国劇場にて見たりし時の如くさして進歩せず。唱歌も帝国劇場に歌劇部ありし頃のものと大差なし。されど丸の内にて不快に思わるるものも浅草に来りて無智の群集と共にこれを見れば一味の哀愁をおぼえてよし》

とある。《一味の哀愁》とは、要するに、貧しげなるもの、不潔なるもの、古びたるもの、無智なるもの、そんないろいろな人やものがごちゃごちゃ集まって、みんな一所懸命で、しかもたがいに干渉しないでいるなかにあって、言い知れぬ孤独の淋しさに包まれるのを、荷風は好んだのである。そこに詩を感じた。

「孤独を嘆ずる寂寥悲哀の思は却て尽きせぬ詩興の泉となっていたからである」(『雨瀟瀟』)

こんなふうに、浅草がもっている妖しげな〝哀愁〟の雰囲気に詩情を感じ、荷風さんは心底から好んで、毎日のようにやってくる。戦前はオペラ館、戦後はストリップ劇場と、落着ける場所があることはあった。であるからといって、あんなに毎日出かけられるものではない。くり返すが、六区の映画館だけでなく、さまざまな見世物や芝居がかかり大道芸が客をよび、ずらりと屋台がならぶ、形容すれば毎日が縁日みたいな街に、身をおいてみることが荷風さんは楽しかったにちがいないのである。

昭和十九年三月三十一日、時局柄オペラ館閉鎖となった日の『日乗』を読むと、よりはっきりする。
《……オペラ館は浅草興行物の中真に浅草らしき遊蕩無頼の情趣を残せし最後の別天地なれば、其の取払わるると共にこの懐しき情味も再び掬し味うこと能わざるなり。……オペラ館楽屋の人々は或は無智朴訥、或は淫蕩無頼にして世に無用の徒輩なれど、現代社会の表面に立てる人の如く狡猾強慾傲慢ならず、深く交れば真に愛すべきところありき》

またオペラ館の踊子を素材にして書いた戦争中の小説『踊子』にも、主人公の眼を通して浅草が語られている。

「毎日見馴れた町だけに、その変化を見るたび〳〵過去った此の年月の事が思出され、われ知らず柔《やわらか》な哀愁に沈められる。その感傷的な情味がなつかしくて堪らない気になるのです」

そして戦後へ——。荷風のいう「狡猾強慾傲慢」な社会にたいし、「無智朴訥、淫蕩無頼」の人びとの集まる「別天地」の感は、戦後の浅草もまた然りであった。いや、戦前以上に、時代がより混沌としていただけに一層、浅草は淫靡な世界を形づくった。ロック座、浅草座、カジノ座……数からいっても、オペラ館ひとつの戦前なんかくらべようもなかった。

戦後の荷風が、市川から出ばってはじめて浅草を訪れたのは、昭和二十三年一月九日である。

《晴。暖。午下省線にて浅草駅に至り三ノ輪行電車にて菊屋橋より公園に入る。罹災後三年今日初めて東京の地を踏むなり。菊屋橋角宗円寺門前の石の布袋《ほてい》恙《つつがな》くして在り。仲店両側とも焼けず。伝法院無事。……ロック座はもとのオペラ館に似たるレヴューと劇とを見せるらしく木戸銭六拾円の札を出したり。公園の内外遊歩の人絡繹《らくえき》たるさま戦争前の如し》

ただしこの記載、いくつかおかしなところがある。省線浅草駅は浅草橋駅であり、仲店は焼けていた。それから三ノ輪行電車は市電22番。浅草橋からは浅草雷門行特22番の直通の市電があったはずなのに、荷風はわざわざなのか、えらく遠回りしている。

それにしても、戦後三年たってはじめて東京の土を踏むというのに、浅草へ直行というのは、いかに荷風が浅草の哀愁を好んでいたかを率直に物語る。

翌十日は、こんどは向島まで足をのばす。

《午下市川駅前より発する上野行バスに乗り浅草雷門に至る。歩みて言問橋をわたり白鬚に至る。白鬚神社蓮華寺共に焼けず。外祖父毅堂先生の碑無事に立てるを見る》

以後はその死に至るまで毎日の浅草通いがはじまるのは、『日乗』をみるまでもなく、つとに知れ渡っている。そしてついには、老いたる荷風さんその人が浅草の哀愁に同化し、浅草の哀愁をより強める「無智朴訥」の人となっている。

昭和三十三年八月某日、パナマの中折帽に夏服背広の紳士そのものの姿で、雷門前のベンチに休み、荷風さんは腰かけたまま身体を大きく右に傾けて居眠りした。まわりに何人もの老若男女が腰かけていたが、だれひとり気にとめるものもなく、それぞれがそれぞれの会話を楽しんでいる。そこを通りかかったアリゾナのボーイが、居眠る荷風を発見、この場の光景をカメラに隠し撮った。その写真がいまもときどき雑誌に載る。

「もはや為すことも行きどころもないままに……その姿には名状しがたい孤独感が漂い、荷風最晩年の孤煢《こえい》寂寂たる境涯が窺われる」と秋庭太郎氏が書いている。

その日が何日であるか比定できないが、連日《正午浅草》《正午浅草》の文字がえんえんとならぶ『日乗』に、珍しく長く書かれた一日がある。

《八月廿一日。陰。相磯三宅二氏写真記者を伴い来話。共に吉原ナポリ洋食店に至るに戸しまりて未起きず、浅草アリゾナに行き相磯氏の馳走にて昼餉を食し、押上より独り家にかえる》

わたくしはこの日ではないかと思っている。久しぶりに他人と語り合いついでに写真も撮られ、吉原から浅草へと歩きまわり、疲労困憊《こんぱい》になっていたのであろうから。そこでベンチに腰かけ無邪気な群衆のひとりとなって居眠りをした。やがて目覚めて《独り家へかえる》。浅草の寂寥にすっかり同化しきって居眠る荷風さんにたいして、その孤独にたいして、いうにいわれぬ哀愁が感じられてならぬ。

●観音さまのお神籤

〽春は春は、桜咲く向島、ヤッコラセ〱

と大学時代はボートの選手をしていたから、一年の半分近くを隅田川畔の艇庫の上の合宿所ですごした。戦後間もなくのころで隅田川にはまだ魚が住んでいて、四季折々の朝と晩にそれぞれ豊かな表情をみせていた。この猛練習の合間の合宿所でとくに愛読したのが荷風『すみだ川』の一篇。読みながら同感おくあたわざるものがあった。

「残暑の夕日が一しきり夏の盛よりも烈しく、ひろびろした河面《かわづら》一帯に燃え立ち、殊更《ことさら》に大学の艇庫の真白なペンキ塗の板目《はめ》に反映していたが、忽ち燈の光の消えて行くようにあたりは全体に薄暗く灰色に変色して来て、満ち来る夕汐の上を滑って行く荷船の帆のみが真白く際立った」

あるいは——、

「……見渡す隅田川は再びひろびろとしたばかりか静に淋しくなった。遥か川上の空のはずれに夏の名残を示す雲の峰が立っていて細い稲妻が絶間なく閃めいては消える」

明治四十二年夏に、荷風さんが筆に力をこめて描いた隅田川の夕景や帆をかけた荷船や細い稲妻は、そのまま四十年余も後のわたくしたちの時代のものでもあった。川というものは、まこと詩的な存在なのである。ことに日暮れがいい。川面にたちこめる水蒸気と、だんだんと暗くなる夕空の薄明りで、微妙に混りあった川べりの家々の屋根から、大きな赤い月が出てくる。その淡い光を浴びながら、一本一本、リズミカルな櫂《かい》の音を響かせながら滑りでるボート。われわれはことによったら、詩のなかの貴公子であるのかもしれないと、そんなことを思ったりしたものである。

この小説の終りのほうの八章に、常磐津の師匠の文字豊が浅草観音さまのお神籤《みくじ》をひくところがある。出てきたのは、古びた紙片の木版摺で、

第六十二大吉	
災《さい》轗《かん》時《じ》々退《じにしりぞく》	わざはひもおひ〳〵にしりぞき運ひらくとのことなり
名《な》顕《あらはれて》四《し》方揚《はうにあがる》	名のほまれおひ〳〵天下にかくれなしとの事なり
改《ふるきを》レ故《あらためて》重《かさねて》乗《ろくに》レ禄《じょうず》	ふるき事は改りてふたゝび禄をうるなり
昇《たかきに》レ高《のぼって》福《ふく》自《おのづから》昌《さかえん》	りつしん出世してふつきはんじやうするていなり
○ぐわんまう叶ふべし○病人本ぷくす○うせもの出る○まち人きたる○屋づくりわたましさはりなし○たびだちよし○よめとりむことりげんぷく人をかゝへる万よし	

と大吉。文字豊は一応はよかったと思うものの「大吉はかえって凶に返り易い」と、ちょっぴり不安を感じたりしている。

お豊さんに倣《なら》ったわけではないが、練習休みの日など仲間と語らって、よく観音さまにいってはお神籤をひいた。どうしたことか、凶が出ることが多かったし、そが前兆ならんか、レースにもときに負けたりした。その折の遠い記憶もあって、浅草観音のそれにはやたらと凶の出ることの多いような気をずっと抱いてきた。

ところで荷風さんは、昭和になってからも戦前・戦中・戦後にかけてちょくちょく浅草に出かけているが、『すみだ川』で一度使ったせいからでもあるまいに、とんとその後お神籤をひいたことを日記に書いていない。何事をも何かの前兆とみようとする、うらない好きの一面があるように思われるのに。こっちはごく少ない体験ながら、そのうち社会人になってからも好き合ったSKDの踊り子と二人してそっとひいたことだってある。そのときも、深い祈りをこめたのに出たお神籤は二人とも凶、大いに前途を悲観したものであった。

それだけに、やっと荷風日記にお神籤のくだりを発見したときには、少なからず満足した。昭和十六年一月二十七日、この日は陰暦の元日。ところが、そこには注目すべき記載があるのである。

《去年秋ころより観音堂の御籤ひきたしと思いながら、いつも日の短くて、ここに来る

時は堂の扉とざされし後なり》

これである。なにごとか《去年秋ころ》より感ずるものが荷風の心中にあったことがわかるのである。それが何か。歴史探偵には調べるまでもないことで、前年の九月の日独伊三国同盟、つづく北部仏印進駐と、日本が対米英戦争への道を運命的に踏みだしたとき。イギリスと交戦中のドイツと軍事同盟を結ぶことは、そのイギリスを〝戦争一歩手前〟まで全面援助しているアメリカを、準敵国と認めることにほかならない。

そしてまた、日本軍が南方の要地へと出ていくというのは、いざ戦争となったときの前進基地をそこに進めることにほかならない。戦争を覚悟しての挑戦と、南方に植民地をもつ英米そしてオランダが判断するのが当然である。しかも仏印は宗主国のフランスがドイツ軍によって徹底撃破されて、いうならば空き家である。コソ泥が、何か大手をふって侵入してきたようなもの。たとえそれが平和的進駐であろうと、許されないことをしているとみられたのである。

この年の十一月号の「文學界」に「英雄を語る」という座談会が載る予定であったが、つぎの個所が当局の忌諱をまねき、全篇カットされた。

「林房雄　時に米国と戦争をして大丈夫かネ。

小林秀雄　大丈夫さ。

林房雄　実に不思議な事だよ。国際情勢も識りもしないで日本は大丈夫だと言っているからね。何処から生まれているか判らないが皆言っているからね。負けたら皆んな一緒に滅べば宜《よ》いと思っている。天皇陛下を戴いて諸共に皆んな滅びて終えば宜いと覚悟している」

ここでは、林房雄は正直に米国侮りがたしといっているのである。検閲ゆえにあらかじめこの記事を読んだ当局は「米国ニ対スル日本国民ノ信念ヲ揶揄シ」たとして、この部分のページの切り取りを命じた。この一例をもってしても、もうこのころには、米英撃つべしは国民の不動の信念となっていたことを物語っている。

文壇情勢に完全にソッポを向いていた荷風は、「文學界」の発禁など知らなかった。ただ敏感な時代察知感覚が、もはやそのような激越な感情が世論となり、とめどもなく坂道を転がりだしていることを捉えた。

その上に、もっと興味をひかれる事実を荷風は日記に書いている。それは国際関係の悪化ばかりではない、国内的にもその心胆を震えあがらせるようなことが行われているということを。昭和十五年十一月に連続して記されているつぎの事実——。

《世の噂をきくに二月廿六日叛乱の賊徒及浜口首相暗殺犯人ことごとく出獄放免せられしと云う》（四日）

《このごろ専《もつぱ》ら人の云伝うる巷説をきくに、新政治家の中にて末信中野橋本其他の一味は過激なる共産主義者なり。軍人中この一味に加わるもの亦尠《すくな》からず》（十日）

近衛文麿を盟主として結成された大政翼賛会には、左右両派の面々が呉越同舟で参画していた。末次信正、中野正剛、橋本欣五郎らが「共産主義者なり」と噂されていたとは、びっくりである。

もう一つ長い引用ながら、

《……老公（西園寺公望）の雨声会には斎藤海軍大将も二度程出席したりき。此人は二月内乱の時叛軍の為に惨殺せられし事は世の周知する所。老公も亦襲撃せらるべき人員の中に加えられ居たりしことも裁判記事にて今は明なり。而して叛乱罪にて投獄せられし兇徒は当月に至り一人を余さず皆放免せられたるに非らずや。二月及五月の叛乱は今日に至りて之を見れば叛乱にあらずして義戦なりしなり。彼等は兇徒にあらずして義士なりしなり。然るに怪しむべきは目下の軍人政府が老公の薨去を以て厄介払いとなさず、却て哀悼の意を表し国葬の大礼を行わむとす。人民を愚にすることも亦甚しと謂うべし。……》（二十七日）

字義どおり内憂外患、その言をそっくり借りれば《国家破産の時期いよいよ切迫し来れるが如し》（十一月五日）。

つまりは、それが、荷風が《去年秋ころ》より痛切に感じられてきたことの正体なのである。それを憂えるのあまり、それで今日こそはとお神籤をひいてみた。それは《第九十二吉を得たり。左にしるすが如し》なのである。

第九十二吉			
自幼常為旅	逢春駿馬驕	前程宜進歩	得箭降青霄
いとけなきよりたびを なすとは住所もかはるべし	はるはゆめにむまを見て さへよろししゆんめを えなばなほよろしきことあるべし	いづかたへゆきても心の まゝなるべし	矢はまつすぐにあたるときはえものあるべし 天より吉事来るべし

○ぐわんまう叶ふべし○病人本ぷくす○うせものいづる○まち人きたる○やづくり引越よし○たびだちよし○よめとりむこ取り人をかゝへるよし

そして荷風はこのとき吉であるのに少なからず気をよくしている。《すこしよすぎるようなれど、此分なれば世の変革もさして憂るに及ばざるものか。筆禍の身に及ぶことはなきものの如し》

いやいや、残念でした。世が日一日と加速度をつけて悪くなっているときであったことは、もう書く要もない。真珠湾への奇襲攻撃によって世界大戦に突入したのは、この年の十二月のこと。国家は真一文字に戦争へつんのめっていった。

それにつけても、荷風さんがやっと間に合ってひいた観音さまの籤が、吉でよかったと思う。あそこの籤はほんとうによく凶が出るのである。老人の神経を逆なでするような凶が出たら、その後四、五日はきっと飯もまずかったことであろうから。というのも、調べてみたら、浅草寺資料によると、大吉18、吉31、末吉11、半吉6、小吉1、末小吉1、凶32の本数で浅草観音のお神籤は構成されているという。この寺には大凶の籤はないものの凶が三割もあっちゃ、わたくしのように踊り子に振られる不運をひきあてるひとも多いわけである。

そして引用した荷風さんのお神籤のわけのわからぬ五言四句の文章は、百番まである。そもそもは上野寛永寺の開祖にして徳川家康の顧問の天海大僧正が、信州戸隠山明神からえた偈《げ》文であるとか。

荷風さんは最晩年、浅草観音のお神籤を肌身離さずもっていた。それも大吉だけを。しかもいつも真新しいのを。

「戦争中、偏奇館が焼けないようにとお祈りしながらひいたら、これが凶。だから焼けてしまった。それいらい、大吉が出るまでひきつづけることにした。大吉をもっていれば、人に迷惑をかけずにぽっくり死ねる。しょっちゅうそう観音さまに頼んでひいている」

と、荷風は心を許したひとに語っていたという。それで亡くなったとき、衣服のポケットには観音さまの大吉のお神籤がきちんと四つに折られて入っていた。

〈付記〉

これを書いてからのち、少々おみくじについて調べてみた。現代のおみくじの原典は、天台宗比叡山の良源（九一二〜九八五）というえらい坊さんの『元三大師御《み》鬮《くじ》帖』という書に発するようである。つまりこれぞ虎の巻。そのはじめに、おみくじをひくときは、体と口を清め手を洗い、三回拝すべし、と注意書があるそうな。

さっそく浅草観音へいって、口をそそぎ手を清めて三拝して、おみくじをひいた。そこまで精神をこめたのに、なんと、またしても凶が出た。

第二十四凶	
三《さん》女《じょ》莫《あひ》二相《あふ》逢《なかれ》一	さん女とは姦の字なり、かしましきどうりなり、さけしりぞけよとなり
盟《めい》言《げんと》説《いて》未《いまだ》レ通《つうぜず》	ちかひのことばをいひかはしたるばかりにて、先へはつうぜぬとなり
門《もん》裏《り》心《しん》肝《かんを》掛《かく》	わかれしたましひも身にそはぬなり、よくよくしんじんすべし
縞《かう》素《そ》子《し》重《てう》々《〲》	きぬのいくへもつみたることなり、いろのしろき、くろきをわきまふべし

○ぐわんまう叶ふまじ○病人長引とも本ぷくす○うせもののちに出べし○待人来らず○やづくり、ひきこし、よろしからず○たびだちあしく○よめとり､むことり､人をかゝへるわろし

ここのおみくじは凶が多いとわかっていても、この本は売れないのじゃないかと、あまりいい気持がしなかった。

●ひょうたん池

晩年はともかく、壮年時代であっても荷風さんがかならずしもグルメでないことは、日記にはもちろん小説にも、うるさそうな料理の描写がないことでも察せられる。といって、《飦す》《一茶す》《夕餉を食す》と日記にある店はみな一応の店ばかり。それがわたくしにはついつい不満たらたらとなる。

とくに〝哀愁〟を求めて庶民の街浅草に毎日のように出かけているのに、戦前も戦後も、あんなにいっぱいあった屋台をのぞいてみた記載は一行もない。世を捨てた落魄者ふうであろうとしたものの、ハイカラ趣味で一流主義の荷風には、底辺の象徴であるノレンがようくぐれなかったものに違いない。

浅草は食欲の街という。わたくしがせっせと通った昭和二十年代、一般飲食店＝六八〇軒、喫茶店＝三四〇軒、カフェー・バー・キャバレー＝三三〇軒、すし屋＝二三〇軒、中華料理店＝一二〇軒、そば屋＝七〇軒、レストラン＝一軒、と昭和二十八年の浅草保健所の調査にある。すさまじい浅草の胃袋であるが、これらはちゃんとした一軒の店、このほかに露天飲食店（屋台）＝二一〇、移動屋台＝一八〇が加わる。

ほんとうのところ、昔の浅草の特色はこの四百に近い露天飲食であった。とくにひょうたん池の周辺に集まっていた。うどん、そば、おでん、牛めし、天ぷら、やき鳥、だんご、大福餅、お好み焼、支那そば、シューマイ、ラムネ、氷のたねもの、ありとあらゆる食べものが、値段と関係なしに量も豊富に、てんこ盛りして、空腹人種を待っていた。

ここのおやじやおかみたちの「きっぷ」が、その上に、いかにも浅草ならではのものであった。勘定をすませノレンをわけるかわけない微妙な間《ま》に「いってらっしゃい」と声がかかる。ドスのきいたノド、そこはかとなく情が伝わってくる抑揚、思わずひどくゴチになった気分にさせられる。ときにチャリンコやノビ師と思われる人と肩をならべた。梅焼酎をなめながら、ゲソロップ（靴下）、スイビラ（手ぬぐい）、ハイコロ（自転車）、洋ラン（服）、ケイチャン（時計）なんていう隠語を教えられた。

それでいえば、荷風日記にはひょうたん池もあまり出てこない。空襲で焼け落ちた観音様の本堂を再建するため、昭和二十七年に姿を消した。いまの六区の交番のうしろ、花やしきの前あたりに、中の島をはさんで東西に橋を渡し、南と北にほぼ同じ坪数ぐらいの池が掘られていた。六区の映画街はこの池を掘った土の上にでき上ったのであるから、池はいわば浅草の恩人。そして浅草寺は、戦後にこの池を売りに出すことで本堂再建資金の一助としたのであるから、やはり池に恩を蒙ったことになる。

池には緋鯉が泳いでいたのを憶えている。藤棚もつってあった。荷風さんもそれはわかっていたらしく、戦後はじめて浅草の土を踏んだとき、昭和二十三年一月九日、《公園池の茶屋半焼。池の藤恙《つつが》なし》と記している。

妙な話になるけれど、ひょうたん池というと、小学生のころさんざんに真似て教室で一席やった活弁のセリフを想いだす。

「勝手知ったる他人の家。草木も眠る蜂蜜どき。胸に一物、手に荷物、ハラハラと落つる涙を小脇にかかえ、雑巾裂くよな女の悲鳴、お母さんは女であった……」

戦前の軍国主義にも、戦後の経済狂奔主義にも、そんな時代の動きと浅草とはソリが合わなかったように思われてならない。ひょうたん池界隈は、時勢と別の勝手な生き方をしていた。であるから、やがては捨てられる運命となる。思想が世に容れられぬとき、人は風狂になるという。街もまた然り。風狂もまた一つの時代批判である。それゆえに、ひょうたん池とそのほとりの屋台の夜は風狂そのもので、おもしろかった。

それと風狂の人荷風さんはまったく無縁、おかしな話であると思っている。


〈付記〉

荷風さんの浅草行きで不思議でならないのは、戦前も戦後も、奥山やひょうたん池そばの見世物小屋をまったくのぞいていないことである。小屋はおろか、ガマの油やら、早稲田の角帽をかぶったやつの記憶術やら、とめどなく水の出てくるヒョウタンやら、気合術の先生の「エイ、ヤッ」という掛け声で悪漢歩行止めの術やら、柴又の寅さん的な啖呵《たんか》売《ばい》やサクラ（寅さんの妹のさくらに非ず、インチキの手助けをこういった）にも関心がなかったようにみえる。

向島生まれのわたくしにいわせると、やっぱり荷風さんは「お高いよ」ということになる。人づき合いはかなり冷ややか、群衆のなかにあって群衆と共になることを嫌ったのではあるまいか。もっとも、荷風さんの浅草行きはたいてい夕刻から深夜にかけて。これじゃせっかくの奥山の名人芸にふれるチャンスがない。

●羽子板市

羽子板や裏絵さびしき夜の梅

わたくしの好きな荷風の一句である。

申すまでもなく、羽子板は江戸時代からある正月の遊び、追羽根用の道具である。はじめは一枚板、それがいま見るような形になったのは江戸時代のいつのことか。泥絵具で描かれた絵から張りものになり、文化文政ごろからの歌舞伎芝居の流行から、その年の人気役者似顔絵の図柄を、押絵にするようになった。おかげで江戸中の娘たちが贔屓役者の羽子板を胸をときめかして探すようになり、いらい実用から遠ざかり、飾りものとなる。

近ごろは歌舞伎役者のみならず、野球選手、タレント、流行歌手から政治家まで登場する多彩さ。近ごろは名も顔も知らない小娘どもが押絵となっているのには、さすがにわれ爺《ぢぢ》いになりぬと天を仰いでいる。

明治になって、師走の歳の市にくりこまれて羽子板市がきちんとひらかれるようになったという。明治のデパートたる勧工場《かんこうば》などで、年が明けても飾られていたけれども、「いきのいい羽子板は、くれのうちに買うものとされていた」と木村荘八が書いている。そこで十四、十五日の深川不動にはじまって、ざっと二日ずつ順に浅草公園、神田明神、愛宕神社、平河神社、湯島天神とつづき、どんじりが二十八日の両国薬研堀ときまっていた。

これでわかるように浅草の観音さま境内の羽子板市は十七、十八日の二日間。売手は印袢纏の若い衆で、羽子板屋の女房は丸髷や結綿《ゆいわた》で、もう正月が来ましたという顔をして、瀬戸の火鉢を前に端のほうに坐っている。羽子板は見上げてもらうほうが見事に見えてよく売れる、ということから黒い布地を背景に一段高い台の上にずらりとならべられている。

なにしろ繊細な細工物なんである。ケースに入れないかぎり、すぐ髪飾りが落ちたり、扇子がなくなったり、繻子毛《しゅす》でつくった美しい髪に塵がつもったり。毎年出かけていって新しいのを買う、下町ッ娘の意気というものなんである。

それでわたくしはお嬢さん二、三人をひき連れて、毎年かならず浅草へ出かけている。荷風先生も昭和十年代のはじめごろ小まめに姿をみせていることが、その日記から察せられる。とくに日中戦争がいよいよ泥沼化してしまった十三年の記がすばらしい。

《仲店の羽子板市を見る。大なる羽子板には折々浅草公園何々家何子様売約済とかきし紙をつけたり。……恰も此日の新聞に、大蔵次官三越店内を視察し羽子板買うものの多きを見、慨嘆して、此玩具にも戦時税を課すべしと云う談話筆記あるを思合せ、余は覚えず微笑を浮べたり。現代の官吏軍人等の民心を察せず、世の中を知らざる事も亦甚しきなり。鷗外先生が蘭軒の伝に、征露出陣の兵士が其途上厳島を参拝せし事、また黒船渡来の最中、旗下の士が邸内の初午祭に茶番を演じてよろこびし事をしるしたり。桜花は戦時と雖春来れば花咲くものなるを知らずや》（12・17）

おしまいの一行など得もいわれずいい。なおこの時の大蔵次官は石渡荘太郎、終戦時の宮内大臣で、当時は税制の第一人者といわれていたというが、それがこの程度の認識であっては、荷風先生に嘲笑されても致し方がない。

荷風は翌日もいっている。

《森永喫茶店にて西川千代美に逢い、共に羽子板市を見る。羽子板屋のはなしに今年は不景気なるを気遣い例年よりも品数を少くせしに、案外の売行なり。この分にては三十日の愛宕様迄には売切れとなるべしと云う》（12・18）

万事において野次馬精神旺盛な荷風らしさがみてとれる。ちゃんと取材しているのである。ただ漫然と人ごみにもまれているだけのこっちは、然り、見習わざるべけんや。なお西川千代美はオペラ館の踊り子である。

この江戸の名残りの市が戦中はいつまでつづけられていたか。実は昭和十九年暮にも観音さま境内の羽子板市は例年どおり行われていたのである。その年の十二月のはじめからはじまった空襲で、東京都民は毎夜毎晩にかけて二、三回ずつ空襲警報で起こされ、すっかり殺気だっていた。そんなときにまさかの声があるかもしれないが、間違いない。

余裕たっぷりの記憶のようであるが、それにはそれなりの訳がある。その日の昼間、B29がいつくるかわからない空の下で、小学校（いや、国民学校と名が変っていた）の同級生であった彼女に会ったのである。もっとも、前年の三月に「仰げば尊し」で別れ別れになったばかり、過去完了で書くまでもあるまいに、男も女も、微妙な年齢にさしかかっていたのであろう。かつての鼻たれは戦闘帽にゲートル、そしてまたかつてのお茶ッぴいは防空頭巾にモンペ。それでなくとも久し振りの顔がまぶしいから、笑ったような笑わないような、頭を下げるか下げないような、すべてが曖昧模糊たる中間状態のままにすれ違おうとした。その瞬間に彼女が口走った。

「私、羽子板市へ行ってきたの」

なるほど上だけセーラー服の、ややふくらんだ胸に、しっかり鏡獅子が抱きかかえられている。

「今年の菊五郎も羽左衛門も変なの。眼がみんな吊り上ってるの、怒ってるみたいだわ」

それだけいって彼女はスタコラ遠ざかっていった。話はそれだけなのであるが、川向うの娘らしく闊達で、爽やかな後味の残っていたのを、しっかりと記憶している。

羽子板の押絵に悪化した戦局が影響して、みんな怒っていたのであろう、といまにして思ってみる。

最近になって記録を調べてみた。昭和十九年十二月十七日羽子板市が立つ、とあった。この日の荷風日記には——、

《日曜日。晴。浅草に年の市立つ日なれど北風吹きすさみて寒さ甚しければ、終日蓐中に在り鷗外先生の即興詩人をよむ。晩来風歇《や》みしが寒気愈《いよいよ》甚しく一二月の夜の如し。水道蛇口の暁方に氷結して裂けんことをおそれ、深夜起きて水の滴るようにして再び眠りぬ。警報なし》

羽子板市の立つ日であることはちゃんと記されている。

●浄閑寺の筆塚

さきごろ久し振りに浄閑寺に、荷風さんの詩碑をたずねてみた。荒川区南千住二丁目一番地、常磐線の電車のガードが日光街道と交差する際《きわ》にある。江戸時代には投込寺といわれた由緒ある寺、別にガイド風に書かなくてもよかろうほどに、寺の本堂の裏に詩碑はすぐにみつかる。

彫られている詩は、荷風とくればほとんどの人が言及する「われは明治の児ならずや／去りし明治の世の児ならずや」をとどめの二行とする「震災」。背は低いのに幅がやけにあって屏風のような碑で、わたくしはあんまり好まない。それよりも左の方の足もとにある小さな花畳型の「筆塚」のほうがいい。茶褐色の花崗岩に白く小さく〝荷風〟と筆跡が刻まれている。

昭和十二年六月二十二日の『日乗』に荷風は、もし死後に墓を建てるというなら、浄閑寺の娼妓たちの無縁墓のそばに、《一片の石を建てよ。石の高さ五尺を超ゆべからず、名は荷風散人墓の五字を以て足れりとすべし》と書いた。残念ながら雑司ヶ谷霊園に永井家代々の墓所があって、そういうわけにはいかず、やむなくその遺志をくんで、荷風の前歯一本と金歯の大方、大臼歯一本がここに納められたという。そりゃ、荷風さんらしくなくこの六月二十二日の記は、ちょっぴりはしゃいでいるようにも読めるが、ともかくもお言葉どおり、娼妓たちの墓にまじってこの塚はある。荷風の墓とくれば雑司ケ谷の侘しい墓よりこっちのほうがいいと思いたい。

それとても「一片の石」とはほど遠いもの。荷風もそれを承知で詩碑のなかでうたっている。

「われにな問ひそ今の世と／また来る時代の芸術を」と。つまり、今の世の中のことや将来のこと、そんなものはわからん、われに関係ないことさ、と。「くもりし眼鏡ふくとても／われ今何をか見得べき」。ほとんど荷風はつぎの世のことなんか見たくもなかったのであろう。

しかし、こっちは何十年ぶりにきたのであるからと、近眼鏡のくもりを拭いてしっかと見聞し直した。墓地はすっかり整備されて、昔の面影もない。若紫の墓なんか隅のコンクリートの塀におしつけられているし、吉原の花魁たちの無縁仏の墓もまた同じ。本堂すらが記憶にあるのよりはるかに新しかった。それで尋ねてみたら、昔の本堂は昭和五十九年十一月に不審火で焼け落ちて、新本堂は平成三年に復興新築されたものであるという。昔の本堂は関東大震災でも焼けず、東京大空襲でも難をまぬがれて、堂々の古建造物を誇っていたものを、なんということか。荷風も書いている。

《晡下《ほか》浅草への途すがら三ノ輪を過ぎたれば浄閑寺の境内に入りて見る。先年来り見し時よりも境内狭くなりしようにて、其時見たりし角海老楼《かどえびろう》若紫の碑其他見えざる石もあり。されど本堂及門はむかしの儘《まま》にて空襲にも焼けざりしが如し》

ここにある先年とは昭和十二年をさす。あれから十六年ぶりの昭和二十八年十一月四日の記である。荷風は空襲にやられなかった本堂の無事を心から喜んだ。が、いまやそれもない。まったく、人の世の有為転変は計ることができない。さぞや荷風詩碑も本堂炎上のさいに背中から猛火にあぶられたことであろうと、心配して検してみたが、それらしい跡もないことをせめてもの喜びとすべきか。

せっかく来たのだからと、筆塚と詩碑の前面にある「新吉原総霊塔」を帰途に、うやうやしく合掌礼拝することにした。これは風雪に耐えて苔むしはじめたなかなかな墓石。吉原の多数の遊女たちが眠る無縁墓である。荷風がそのそばで眠りたいといったその墓代表に、それとなき回向をささげることは、おそらく荷風散人の欣快とするところであろう。

そしてこの無縁墓の右下にある句碑に思わず眼がいった。「花又花翁君の句を記。昭和三十八年十一月建立」とある。前に眺めた記憶がなかったし、また御当人が何者なるやも存じない。しかしながらその句らしからざる句は、いくらかセンチになっているわたくしの心をしてかなり強く揺さぶった。

「生まれては苦界死しては浄閑寺」

浄くして閑たる寺とは、これ以上に荷風が眠るにふさわしい名の寺はあるまい。

第七章　軍歌と万歳と旗の波と

――昭和十二年～十四年――

●盧溝橋事件のあとで

　昭和十二年七月七日、北京郊外の盧溝橋で、日中両国軍が突然に銃火を交えた。日中戦争のはじまりである。ただし『断腸亭日乗』にはその記載は一行もない。むしろ興味をそそられるのは、その二日前の七月五日のところの欄外朱書で《北平附近にて日支両国の兵砲火を交ゆ》の記があることである。当時の新聞を穴のあくほど検したが、この日に北平（北京）付近で戦闘が行われたなどというそんな歴史的事実はない。

　荷風さんがあとから日記に書きいれるとき、とんだ大間違いをしたものとみえる。七日の欄外のつもりで五日に誤ったのか、真実五日開戦と思いこんでいたのか。荷風日記はかなり創作に近いという評はこのへんからも生まれるのかもしれない。

　そして七月十一日になると、欄外ではなく本文中にはっきりと《日支交戦の号外出《い》ず》と事実を記す。ふつう日中戦争のはじまりは七月七日で通っている。それはそれで誤りとはいえないものの、より正確にはその日は「盧溝橋事件」の起こった日で、実はその後の折衝もうまくいってのちの九日午前二時、日中両軍の間で停戦協定が一応成立した。くわしくは書かないが、翌十日も情勢は流動的ながら、大きな衝突はなかった。ところがその日の午後四時ごろ、ふたたび龍王廟という地点付近で日中両軍は衝突してしまうのである。ことの起こりは日本の歩兵第一連隊長牟田口廉也大佐の功名心と誤判断で、中国軍が協定を破って南下したものと思い、独断で第一大隊に下令、廟にある中国軍軍隊を殲滅せよと命じたことにあった。

いずれにせよ、七月十日夕刻、龍王廟に突入した第一大隊は敵を撃破して武勲をあげた。しかもこの日、陸軍中央は北京・天津地区在留日本人約一万二千人の保護のために必要という名目で、兵力を増派することを内定してしまうのである。盧溝橋事件が日中戦争へ、その大事な転換点は、この日から翌十一日にかけての二十四時間にあった。

ときの近衛文麿内閣は十一日夕刻に政府声明を発表し、今次の事件を中国の計画的武力抗日であると断定し、「重大決意」をなしたと内外に公表した。そしてそれからわずか半年のうちに上海攻略、南京占領と、日本は泥沼の戦争へとのめりこんでいく。

荷風日記にある《日支交戦》は、まさしく「事件」ではなく日中戦争の開始を明示する文字であったのである。

《八月初四。……夕飯を喫し玉の井を歩む。此里よりも戦地に赴くものありと見え、広小路の大通挑灯《ちょうちん》を提げて人を送るもの長き列をなしたり》

《八月十六日。……夜向嶋散歩。市中到処出征の兵卒を送る行列、提灯また楽隊のはやしなどにて祭礼同様の賑かさなり》

と日本が戦時下に突入していく様を、荷風は見聞のままに日記にしたためていく。おそらくこの提灯行列の行進のなかに、幼年時代のわたくしもいたにちがいない。嘻々として提灯をぶらさげた記憶がある。さらに八月二十四日になると、その冷徹な観察にもとづいた日本人論を、恐れることもなく書きこんでいる。

《余この頃東京住民の生活を見るに、彼等は其生活について相応に満足と喜悦とを覚ゆるものの如く、軍国政治に対しても更に不安を抱かず、戦争についても更に恐怖せず、寧《むしろ》これを喜べるが如き状況なり》

当時、わたくしは小学校一年生の七歳。いくらかは怪しげな記憶ながら、軍歌と万歳と旗の波と提灯行列のうちに日中戦争が進展していったことは、はっきりと覚えている。それはもう軍部や政府の情報操作による巧みな宣伝があった、それにうまうまと乗せられたというより、むしろ国民のなかにもそれを受けいれる素地はありすぎるほどあった。あえていえば、国民のなかに満ち満ちた戦争を望む声によって、気分によって、空気によって、戦争は起こり、拡大していったのである。一部の軍人や、官僚や、資本家や、右翼らによって引っぱられていった、というような受け身のものではなかった。

政府は八月十五日に声明を発して、それまでの軍事行動の目的を明確にした。「支那軍の暴戻《ぼうれい》を膺懲《ようちょう》し以て南京政府の反省を促す為」であると。このときから軍部作製の勇ましい標語「暴支膺懲」が国民一般の合言葉となった。悪ガキであったわたくしなんか、よく隣りの町内のいがみ合っている悪童どもを「一発、ヨーチョーしてやろうぜ」とばかり、仲間と語らって遠征して喧嘩を売りにいったものである。

中国をこらしめ、反省させるための戦争は拡大していく。南京占領から「徐州徐州と人馬は進む」の徐州作戦へ、それが終ると漢口攻略作戦である。「露営の歌」（藪内喜一郎作詞・古関裕而作曲）という軍歌があった。「土も草木も火と燃える／果てなき曠野踏みわけて／進む日の丸鉄兜《てつかぶと》」と歌の文句そのままに、〝わが皇軍〟は中国大陸の奥へ奥へと進撃していった。漢口占領は十三年十月二十五日、日本全土を蔽う万歳、万歳の歓声と旗と提灯行列の波。しかし、首都を占領したって戦争解決の方途になんかなるべくもなかった。武力だけで中国を屈服させることができないことを、軍中央は骨身にしみて知らされたのである。

「漢口陥落して国民狂喜し、祝賀行列は宮城前より三宅坂に亘り昼夜に充満す。歓呼万歳の声も、戦争指導当局の耳にはいたずらに哀調を留め、旗行列何処へ行くかを危ぶましむ」

参謀本部戦争指導課の高級課員堀場一雄少佐の手記の一節である。少佐は戦争拡大に涙を流して猛反対し、のちに前線へ飛ばされた良識的軍人のひとり。三宅坂上の参謀本部の窓より旗行列を俯瞰しながら、国家の前途に暗澹たる想いを抱き、悲しみにうち沈んでいたのであろう。

そしてわが荷風さんは、といえば、さきの「暴支膺懲」のスローガンに関連して、日記の十二年九月三日にものすごいことを洒々《しやしや》として書きつけている。ただし現実的には生前の全集や文庫の『日乗』ではカットされている。《……空腹に堪えざれば直に銀座に赴きて夕飯を喫す。帰宅の途上氷を購い家に入るや直に写真現像をなす》のあと、(以下三字下ゲニテ十行強抹消)とあるその抹消された部分である。

昭和五十五年刊の岩波版『断腸亭日乗』第四巻に、原本からなんとか判読しこれが紹介されている。

《この度日華交戦の事について日本人は暴支膺懲の語を以て表榜となせり。余窃《ひそか》に思うに、華人等其《その》領土内の互市場より日本人を追放せむとするは、曾《かつ》て文久年間水戸の浪士が横浜開交場を襲撃せむとし、又《また》長藩の兵が馬関通過の英蘭商船を砲撃せし時の事情と毫も異る処なし。英仏聯合艦隊の長州攻撃するや特に膺懲というが如き無意味なる主張をなさざりき。元来、国と国との争奪にはいずれが是、いずれが非なるや論究するに及ばず。又論究せむとするも得べからざるものなり。戦争の公平なる裁判は後の世の史家の任務たるのみ》

荷風さんがこれを書いて墨でいったん消してから今日まで半世紀余もたった。なのに、日本の歴史家や識者の間では、なお日中戦争の是非について結論が出ていない。わたくしなんかはもう、歴史をどうひっくり返しても大日本帝国の〝非〟と出ると考えているが、なおこれを聖戦と主張し、暴支膺懲を〝是〟としている御仁がおらぬわけでもない。

荷風さんがいうように、日本の度しがたい軍事的〝侵略〟にたいし中国がこれに反発し、対決抗戦の姿勢を強めたのは当然のことである。

とは、いまだから声高にいえることで、昭和十二年九月のころであったら、非国民とか売国奴とかいわれて世論の袋叩きにあったろうし、官憲には取調室で「この国賊めッ」とばかり逆さ吊りにされたかもしれない。それがあるから一応は墨で消し去ったが、のちのち読めるように消すあたり、荷風のしたたかな狸ぶりがうかがえる。

●三つの言葉

二・二六事件が起こる直前の、昭和十一年の二月十四日の『日乗』で、荷風はなかなかにあっぱれなる判断を示している。不平憤懣が渦まいていた時代背景をおいてみると、新聞や雑誌をろくに読まず、ラジオも拒絶しているくせに、爺さんがなみなみならぬ観察眼をもっていたことが知れる。

《日本現代の禍根は政党の腐敗と軍人の過激思想と国民の自覚なき事の三事なり。政党の腐敗も軍人の暴行も、之を要するに一般国民の自覚に乏しきに起因するなり。個人の覚醒せざるがために起ることなり。然り而《しこう》して個人の覚醒は将来に於てもこれは到底望むべからざる事なるべし》

最後のところは皮肉そのものである。いまだ日本社会のうちに確立せざる個人主義と自由主義、人びとはブツブツ言いつつも、浮草のように風吹くがままに右へ左へと流されるだけ、将来もその救済はおぼつかないと、世の中の見るもの聞くものに吐く荷風の呪詛の言葉は、説得力がある。

この荷風が示した三つの禍根から、ただちに、連想されてきたのが「文藝春秋」昭和十二年三月号のコラムである。『文藝春秋七十年史』を書くために、この雑誌をあちこち読みとばしていたとき「これは面白い」と目についたものである。「世相を象徴する三つの言葉」というアンケートに、諸氏が答えている。二・二六事件いらい検閲が日一日ときびしくなっているときに、まだまだこれだけのことがいえた、という意味からして、記念碑的なものといえるかもしれない。

「小島政二郎　軍部。重税。がさつ。
田川大吉郎　ファッショ。統制経済。悪性インフレ。
中川紀元　一ぐん二ぐん三もぐん、ぐんぐんぐんぐんぶで押し通す。
藤森成吉　反動。反対。発展。ほんとにそうなら……という気持ちもこめて。
青野季吉　不安。諦念。忍苦。
柳瀬正夢　一、○○○。二、△△△。三、×××。
野口雨情　非常時。明朗。庶政一新。

神近市子　不安。暗黒。狂噪。
木村毅　章魚《たこ》の足。沢庵石。それでも地球は廻っている」
作家の小島政二郎、代議士の田川大吉郎、とくに画家の中川紀元なんか正々堂々たる発言と思う。

漫画家の柳瀬正夢の○△×は検閲のきびしさで、万事に伏字の文化を皮肉たっぷりに語っている。けれど、おそらく庶民一般は、作詞家の野口雨情に代表されるような世相把握であったことであろう。そしてこのあとの六月四日、民衆の大きな期待を集めて近衛文麿内閣が誕生する。この非常時に、暴力と流血という手段を用いないですんなり成立したまさに庶政一新の内閣として、国民は大歓迎した。

しかし夢はあまりにもはかなかった。組閣後わずか三十三日目の、七月七日夜、日支両軍が北京郊外の盧溝橋で衝突した。その後八年にわたる大戦争へのはじまりである。

戦争下となって、日本の報道制限はいっそう厳格になっていく。内閣情報部が設置され、大本営のなかに陸海の報道部がおかれる。さらに陸海軍報道部の現役将校が派遣され、内閣情報部の中核になるに及んで、言論取締りは言論指導へと変っていく。軍が思想戦の名のもとに、命令をもってマスコミにのぞんでくることになったのである。もはや「一ぐん二ぐん三もぐん」なんてアンケートは誌面に載せられなくなった。

《九月十三日。晴。午後写真機を提げて芝山内を歩む。台徳院廟の門前を過ぎむとする時、通行の僧余を呼留め増上寺境内に兵士宿泊するがためその周囲より山内一円写真を撮影することを禁じたり。憲兵に見咎められ写真機を没収せられぬよう用心したまうべし、という。余深くその忠告を謝し急ぎて大門を出ず》

尻に帆かけてスタコラ逃げだした荷風さんの姿が、まざまざとみえるようである。

●千人針のこと

〝盧溝橋の一発〟から〝玉音放送〟までの戦時下の日本本土を「銃後」といった。わかりきったことをこと改めて書かねばならぬほど、「戦後」も遠くなった。結構なことであっても、いちいち説明しなければ話がすすまないから、昭和史を書くほうはまことにしんどい。

その銃後の国民の三大行事といえば、献金、武運長久祈願の町民大会、それに千人針であった。いまに直せば、カンパ、集会、署名ということ。民衆運動とは昔もいまも同じような形態をとるらしい。その千人針であるが、当時のＮＨＫの国民歌謡がある。サトウハチロー作詞で、関種子が歌ったものと記憶している。

橋のたもとの街角に／千人針の人の数

私も一針縫いたいと／じっと見ている昼の月

まことに記憶はあやふやなれど、とにかく、虎は千里を征って戻ってくるといういい伝えで、虎の絵などを描いた布切れに、あらかじめ一千個の印が豆しぼり風に赤く丸くつけられており、千人の人が針と糸で真心をこめて結び目をつくっていく。この千人針を腹に巻いて戦場に出ると、弾丸に当らずかならず生還すると信じられた。ふつうは一針、ただし寅歳の女性は自分の歳の数だけ縫うことができた。死線（四銭）や苦戦（九銭）をこえるということで、五銭玉や十銭玉を縫いつける場合もあった。

当時のさまざまなことは、いまになって考えれば、馬鹿馬鹿しいかぎりなのであるが、千人針もそのひとつ。それが戦地と銃後を結びつける精神的なきずなと、一億の民のほとんどが思いこむことにした。なにしろこれが国民精神総動員の証しである。

「あたくしは五黄の寅なんだからね、誰よりも一等強い星で、一人で千人針縫ってもいいとされてる位なんだよ、さあお出し、おまえさんのは御亭主かい？　それともまだ御祝言前なのかい？　だったら早く白木の三宝に土器《かわらけ》を乗っけてさ、門出の祝に三々九度とやった方がいいね、太閤記十段目さ、おやおや、おまえさんは初菊を知らないのかい？　情ないねえ。でも千人針のありがたさだけは知ってるんだから頼母《たのも》しいよ、でもこれだって何年か経つと千人ミシンなんていうことになっちまうんだろうね」

と高田保はおかしく東京の一風景を書いているが（「中央公論」昭13・10）、わが永井荷風はするどく眼にとどめている。銀座で夕食をすませたあとのこと。

《街頭には男女の学生白布を持ち行人に請うて、赤糸にて日の丸を縫わしむ。燕京出征軍に贈るなりという。いずくの国の風習を学ぶにや、滑稽と云うべし》(昭12・7・17)

例によってすこぶるつきの水くささであるが、そういえばこの風習はいずくの国のものか、またいつごろはじまったものか、『日乗』を読んで調べる気にさせられた。外国に範をとったものにあらず、とはすぐわかったものの、いつはじまったかは正しくは不明。どうも日露戦争のときかららしい、というのは、大江志乃夫著『徴兵制』に、徳島県編纂の『明治卅七八年徳島県戦時史』が紹介されていて、そこに千人針が出てくる。「俗間無知の輩ややもすれば淫祠迷信の蠱《こ》する所となり、かえって識者の顰《ひん》蹙を致す者これなきに非《あら》ず。現に今回の如きも頑迷不識の徒は『千人力』と称して、布片に女子千人の手縫をもとめ、之を腹巻用に製して以て出征軍人に贈りし者あり」

日露戦争当時は、このように迷信もいいところだとして当局は取締ったらしい。しかし文明もはるかに進んだ昭和になると、かえって上からの督励あって、これこそが銃後の民の真心の証しとして大流行、荷風ならずとも滑稽というべしということになる。

そして、実はこの死線を越える五銭玉のくっついた千人針の日本兵を、中国共産党軍は面白く観察していたのである。昭和十五年に、日本の上海特務機関がひそかにキャッチした八路軍の秘密文書によると、これこそが日本軍隊の懦怯《だきよう》性の表現だと指摘している。懦怯とは、辞書に「臆病で意志の弱いこと」とある。この秘密文書は題して「日本軍隊的政治特性」という。

　千人針があれば千人力で死を免れることができると、日本軍将兵は思っている。これは長期戦争のうちにやがて政治的欺瞞があらわれ、権威が失墜するようなことがないかと、日本軍閥が恐れるあまり、封建的な迷信を用いて将兵の戦闘精神を維持しようとしている証拠である、とこの文書は記している。

　だから、と秘密文書はいう。

「日本軍隊は表面からみれば大変強そうに見え、また事実だれもかれもが現代軍事技術を具有した部隊であることは否定できない。しかし、その裏面では、この種の軍隊はかえって濃厚な封建思想を残しているのであって、あたかも霊魂なきが如く、菩薩によって自分を扶持せねばならぬのである」

　この他力本願の矛盾性があらわれて、日本軍隊は「一面相当な頑強堅決をもち、他面また非常に懦怯・貪《どん》生怕《はく》死であるといえるのである」と結論する。

　臆病で意志弱く、死を恐れ生にしがみつく、とは恐れ入ったご託宣であるが、五銭玉や十銭玉の、他愛のないゴロ合わせを、当時の日本人が信じていたのはほんとうの話。ただし、本気ではなかった。これを正気で信じたとすれば、死を恐れる懦怯なやつと評されても仕方あるまいが、そんな兵隊はいなかった。ただ、そんなものでも信じなければ、信じているふりをしなければ、とてものこと、やってられないような戦争であったのである。つまりすべてがフィクション。やりきれないよ、なんである。しかし、やらねばならなかったから、イワシの頭だって信じて拝んだまでのこと。兵隊にとっては、悲しくも情けない戦争であった。そしてわれら銃後の女子供にとっても。

「いやあ、千人針には閉口しましたなア」

という声を戦後になって聞かされたことがある。

「うっかりシラミをわかすと、千個の縫い目に一匹ずつ、計千匹のシラミが住みましてな」

そういって元日本兵はもじもじと身をふるわせた。

●ダンサーの涙雨

〽昔恋しい銀座の柳
　仇な年増を誰《たれ》が知ろ
西条八十作詞、中山晋平作曲の「東京行進曲」は、音痴のほうのわたくしが歌うことのできる数少ない流行歌である。モダンボーイ・モダンガールの「モガ・モボ」時代をうけて、昭和四年に大ヒット、レコードは空前の二十五万枚というから、わたくしがわがたらちねの母の胎内より生まれいづる前年の話である。四番までの歌詞を追ってみると、一番の銀座はこのあとジャズとリキュールとダンサー。二番が丸の内で、丸ビル・ラッシュアワー。三番が浅草で、地下鉄・バス。四番は新宿となり、シネマ・喫茶店・小田急となるのはご存じのとおり。大衆化社会とか都市化現象とかを、こんなに早く先どりしていたのかの感がする。

もともとは菊池寛の小説『東京行進曲』を日活が溝口健二監督で映画化したさいの主題歌とか。菊池はいってみれば大衆化社会の推進者のひとり。雑誌「オール讀物」を創刊したのが翌五年で、「どうだシャレているだろう」とカタカナ入りの命名を得意そうに語ったというが、そういえばモガ・モボ時代を受けて「文藝春秋」には、サロン、アネクドーテン、もだん・とぴっく、スナップ・ショットなど、横文字のコラムが多いのも特色となっている。そして菊池はいの一番にダンスものにしている。

菊池寛大嫌いの荷風は後塵を拝する気になれなかったのか、昭和二年にスタートし、全盛期には東京だけで大小三十七もあったダンス・ホールにいりびたることもなく、ついにダンスを習わずじまい。しかしダンサーを主人公にした小説の腹案はあったらしく、ダンスやダンサーについての風聞にたいする関心と着目だけはおさおさ怠ることがなかったようである。『ひかげの花』（昭和九年）、『おもかげ』（昭和十三年）などにダンス・ホールやダンサーがでてくる。

それよりも『おもかげ』のあとに書かれた小品ながら、『女中のはなし』をわたくしは好んでいる。雇いいれた地方出の女中（お手伝い）が、不在がちの独身の主人公であるのをいいことに、毎晩家をあけて外出する。それはダンスの教習所へ通い、ダンサーになって金を貯めようとしていたのであったという内容。さりげなく時代風俗の移りを描く荷風の筆は、とてもあざやかである。

その冒頭のところを。

「……たしか霞ケ関三年坂のお屋敷で、白昼に人が殺された事のあった年であったと思うので、（中略）その時分から際立って世の中の変り出したことは、折々路傍の電信柱や、橋の欄干などに貼り出される宣伝の文字を見ても、満更わからない訳ではなかったものの、（中略）いかに世の中が変ろうとも、女の髪の形や着るものにまで、厳しいお触れが出ようとは、誰一人予想するものはなかった」

ここにでてくる白昼の殺人とは、昭和七年五月十五日に首相官邸で、犬養毅首相が海軍士官らに射殺された五・一五事件のことで、その時分から世の中が変りだしたのは、荷風の観察どおりである。そしていままた、厳しいお触れが当局から発令された。日中戦争下、忠勇なる勇士が大陸で戦っているこの非常時に、男女が相擁して踊っているとは何事なるか、ダンス・ホールがまっさきに指弾されたのである。

荷風日記の昭和十二年十二月二十九日にそのことが記されている。

《……この日夕刊紙上に全国ダンシングホール明春四月限閉止の令出づ。目下踊子全国

にて弐千余人ありと云う。この次はカフェー禁止そのまた次は小説禁止の令出ずるなるべし。可恐可恐》

小説『女中のはなし』はこの禁止令にコチンときて、荷風が荷風一流の皮肉で書いたものかとも思える。

なお、なにがしの抵抗があって、実際にダンス・ホールが完全閉鎖されたのは、三年近くあとの昭和十五年十月三十一日であった。「ダンサー三百六十二名、楽士百九名が職を失う。その最後の夜、東京のダンスホールは約十カ所」と広沢榮著『黒髪と化粧の昭和史』（岩波書店）にある。いよいよラストで、ワルツの「蛍の光」が演奏されたとき、ホールのあちこちですすり泣く声のみが高かったとか。（そういえば、戦後の、赤線最後の日の光景が思いだされるな）。

この日、十月三十一日の荷風日記には《好く晴れたり》とあり、ダンサーの涙雨についての記載はまったくない。

●隅田川に捨てる

荷風さんと「昭和」を歩いていると、忽然として流行歌が口をついて出てくることがある。それも戦時下の、いま思うと実にくだらない替え歌であったりする。

〽パーマネントに火がついて／見る見るうちに禿げ頭／禿げた頭に毛が三本／ああ、
　恥かしや恥かしや／パーマネントはやめましょう

われら腕白どもは隊伍を組んで町を闊歩しながら、パーマの麗人を立往生させ、そのまわりをぐるぐる回りながらはやしたてた。何とも育ちの悪いことであったと、いまはひどくきまり悪く思っている。

調べてみると、これは昭和十四年六月十六日に、国民精神総動員委員会がひらかれ、生活刷新案としてとりあげ、さっそく決定、実施となったものであった。ネオンの全廃、中元歳暮の贈答廃止、男子学生の長髪禁制などといっしょに、時局にふさわしくないと、パーマネント廃止となった。とにかく何でも贅沢と考えられることは廃止の時代であった。

荷風日記にもその旨がある。すなわち十四年六月二十一日のところ。

《頃日《このごろ》世の噂によれば軍部政府は婦女のちぢらし髪《パーマネントウエーブ》を禁じ男子学生の頭髪を五分刈のいが栗にせしむる法令を発したりという。林荒木等の怪し気なる髯《ひげ》の始末はいかにするかと笑うものもありという》

さも伝聞のように記しているのはいつもの手で、陸軍大将の林銑十郎と荒木貞夫の八の字髯を笑っているのは、だれあろう荷風自身。要は軍部や政府のおろかしき政策を腹の底から笑いとばしたいのである。

しかし、おかげでモダンガールたちがひどい目にあわされることになった。もっと惨憺たる想いをさせられそうなのが業者であるのは書くまでもない。そこで六月二十三日、パーマネントの文字を廃して大日本電髪理容連盟を結成、殺伐たる時勢にひそかに抵抗する。

すると愉快なことに、この改名作戦が功を奏して、日本女性たちはパーマネントウェーブにあらぬ電髪をかけることを、いぜんとしてやめようとはしなかった。第一に活動的であり、経済的。その上に、腕白どもの嫌がらせどこ吹く風と彼女たちが知らん顔したくなるほどに、その髪形は女ごころをつかんでいた。

荷風日記の十四年九月十五日にこうある。ところは銀座三越の前、荷風は電車をまって、黄昏のあたりの景色を眺めている。

《女の事務員売子等町の両側に群をなして同じく車の来るを待てり。颯々たる薄暮の涼風、短きスカートと縮らしたる頭髪を吹き飜すさま、亦人の目を喜ばすに足る》

この縮らしたる髪は明らかに電髪をかけたもの。国民精神の総動員はちょっとやそっとの掛け声ではとても無理なことであった、とわかる。

もうひとつ、ときの平沼騏一郎内閣は生活刷新にひきつづいて、国民をがっかりさせる政策をうちだした。いざ鎌倉となったときに供出させるべく、金《きん》の国勢調査を七月一日より実施することとした。例によってその愚劣な政策を荷風は皮肉たっぷりに批判した。
《六月廿八日。陰。……此日浅草辺にて人の噂をきくに、純金強制買上のため掛りの役人二三日前より戸別調査に取りかかりし由。入谷町辺も同様なりと云う。一寸八分純金の観音様は如何するにや、名古屋城の金の鯱《シヤチホコ》も如何と言うものありとぞ》
ところが金の調査は噂なんかじゃなく、実際に荷風の足もとに及び、六月三十日には《此日午前市兵衛町々会の男来り金品申告書を置きて去る》という具合になる。荷風の手もとにはめだった金製の物品なく、煙管《きせる》一本と煙管筒があるのみ。しかしこれらを申告し供出し、戦争遂行のたしにする気なんかさらさらない。そこでこの日、
《浅草への道すがら之を携《たずさえ》行き吾妻橋の上より水中に投棄せしに、其儘沈まず引汐《ひきしお》に泛《うか》びて流れ行きぬ》
と、偏奇館の庭の隅に穴でも掘って埋めてしまえばいいものを、わざわざ吾妻橋まで出かけて橋上から投げこんでいるのが傑作である。もっとおかしいのは、よく考えたら、煙管筒には蒔絵で「行《ゆく》春の茶屋に忘れしきせるかな　荷風」の句も記してあったという。もしや川船なんかに拾われでもしたら、非国民的所業がばれてしまうじゃないか、とビクついたりしている。
それなのに翌日の七月一日、ほかにも金具の裏座に金が使ってあるたばこ入れが、手箱にいくつかしまってあったと気づく。そこでこれを剝《は》ぎとって紙に包み、またまた、

《晩間再び吾妻橋の上より浅草川の水に投棄てたり。むざむざ役人の手に渡して些少の銭を獲んよりはむしろ捨去るに若《し》かず》

と、隅田川を眺めながら芝居もどきに見得を切るのである。

こう荷風のしつっこい行動を追ってくると、「わざわざ吾妻橋まで」とわたくしは書いたけれど、そのことが荷風にとっては、重要な意味があったようにも思えてくる。『日乗』の昭和三年八月下旬のところにも、若き日の手すさびの脚本やら漢詩の草稿やら、手紙絵葉書やらを、何回かにわたって永代橋上から隅田川に投じていることが記されている。なにか鬱屈するものがあると、荷風はわざわざ隅田川にかけつける。川に投げる。荒廃、寂寥、悲傷、反抗、悔恨など、人生のうす暗い蔭の感情を黒々と流れゆく川に流し去ることで、バランスを保つのではないか。荷風さんは水のほとりを歩き水と対話をつづけ、哲学的になった。川の流れのなかに永古不滅の命がひそんでいることを見出し、抒情的になり、心の平安を見出したものにちがいない。

●フランス万歳

雑誌「鳩よ！」にのった出口裕弘氏の一文を長く引用する。

「一にもフランス、二にもフランス。それが荷風だった。そのことを指して、三島由紀夫が痛烈な皮肉を飛ばしていることは有名だ。戦死した学徒兵のかたわらで、ヴェルレーヌ詩集のページが風にひらめいている──そういう記述が、昭和二十四年に出た戦没学生の手記『きけわだつみの声』にあった。三島はこれを〝最も醜悪な日本知識階級の戯画〟だと言い、ついでに、この種の醜悪なものの元祖が荷風だと極言している」

浅学ゆえ三島の極言が有名とは存じなかったが、一にもフランス、二にもフランスの荷風に、わたくしもその作品を読みながら若干の閉口を感じている。片想いというやつは、たしかに我を忘れしめる、とは言い条、荷風の片想いは少々人をして顰蹙《ひんしゅく》させすぎる。『ふらんす物語』は全篇これ手放しのフランス賛歌。「おもかげ」の章に出てくるカフェで出会ったいわくありげな中年女性なんか、

「巴里の女は決して年を取らないと云うけれど、実際だと自分は思った。年のない女とはかかるものを云うのであろう。……其の襟許の美しさ。其の肩の優しさ、玉の様に爪を磨いた指先の細さに、男は万事を忘れて……」

と女神のごとく書かれているが、この女は留学中の日本人画家の思いものなんである。これが逆であったらかなりあばずれの日本女性に仕立てられたに違いない。荷風にあっては、フランスではすべてのものは美しく、軟らかく、人の空想を刺激し、陶酔させる。日本ではすべてものは醜く、厭わしく、野蛮で、冷たい。荷風はフランスでは酔い、日本では白々としている。

昭和九年十月二十一日の『日乗』に――、
《松阪屋前夜店の古本屋にて仏蘭西里昂《リヨン》市街写真帖を見、壱円にてこれを購う。二十五年前の事を追懐し今昔の感に堪えざる心地したればなり》
と、何十年たっても郷愁の念去りやらず。ひとりで陶酔している。互いにプライバシーを尊重するのが紳士のつき合い、と承知しながらもここまでくると、こっちはその哀傷、悲哀を邪魔しないまでの話、勝手にするがよかろう、と申すほかはなくなってしまう。

しかしながら、昭和十四年九月、第二次世界大戦の勃発いらいの『日乗』を追っていくと、荷風さんのフランス贔屓は情緒とか感傷とかいった感性的な面でのみとらえることは間違いじゃないかと思えてくる。日記はまず、
《九月初二。……此日新聞紙独波両国開戦の記事を掲ぐ。ショーパンとシェンキィッツの祖国に勝利の光栄あれかし》（昭和十四年）
と、波国すなわちポーランドにはるかなる声援を送ったのにはじまる。
《十月十八日。……夕刊の新聞紙英仏聯合軍戦い利あらざる由を報ず。憂愁禁ずべからず》
《十一月十日。……独軍和蘭陀《オランダ》国境を侵す》
つづいて昭和十五年になって、

《二月二十日。……新聞紙此夕芬蘭《フィンランド》土軍戦況不利の報を掲ぐ。悲しむべきなり》

と、フィンランドの敗北をわが事のように悲しむ、かと思えば、デンマーク、ノルウエイのことも心配する。

《四月十日。……独軍丁抹《デンマーク》諾威《ノルウエイ》両国を占領す》

《五月初三。諾威出征の英仏軍利あらず北走す》

そしてオランダ、ベルギーのことも。

《五月十日。独軍和蘭陀白耳義《ベルギー》国境を犯す》

《五月十六日。……余は日本の新聞の欧洲戦争に関する報道は英仏側電報記事を読むのみにて、独逸《ドイツ》よりの報道又日本人の所論は一切之を目にせざるなり。今日の如き余が身にとりては、列国の興亡と世界の趨勢とは縦《たと》え之を知り得たりとするも何の益するところもなく、亦為すべきこともなし。余は唯胸《むね》の奥深く日夜仏蘭西軍の勝利を祈願して止まざるのみ。ジャンヌ・ダルクは意外なる時忽然として出現すべし》

その〝ジャンヌ・ダルク出でよ〟の祈願もはかなく、フランス戦線の戦況は最悪になる。

《五月十八日。……号外売欧洲戦争独軍大捷を報ず。仏都巴里《パリ》陥落の日近しと云う。余自ら慰めむとするも慰むること能わざるものあり。晩餐も之がために全く味なし。燈刻悄然として家にかえる》

荷風は長身の背を丸めてまだ陽のあるうちに、偏奇館にひとり戻ったのであろう。フランス万歳、と心のうちに叫びながら……。しかしながら、

《六月十四日。……巴里陥落の号外出でたり》

《六月十九日。……都下諸新聞の記事戦敗の仏蘭西に同情するものなく、多くは嘲罵して憚るところなし。其文辞の野卑低劣読むに堪えず》

となって、ついに〝フランス敗れたり〟で荷風を悲嘆のどん底へ追いこむ。と、これほどまで執拗に荷風がヨーロッパ戦況に想いを深くいたしているわけを、ちょっと考えてみると、哀惜の念ばかりではなく、かれの文明観に根ざしているためかと考えられてくる。端的にいえば、荷風の戦争論の根底には東洋兵学があると考える。それも中国の。たとえば、『尉繚子《うつりようし》』の「兵は凶器なり、争は逆徳なり」という思想である。その書はさらにいう。

「兵は武を以て植となし、文を以て種となす。武は表たり、文は裏たり。能く此の二者を審かにして、勝敗を知る」

すなわち〝文〟を「種」、つまり根本とし、「植」つまり地上に表われた幹にすぎない〝武〟よりも、本質的なものとみる考え方である。荷風さんの読書のなかに『尉繚子』はないようであるけれど、『孫子』『戦国策』『墨子』『史記』には親しんでいる。東洋兵学における〝文〟こそ基本の考え方を身につけていたと思われる。

この文明観からすると、ヒトラーの君臨するナチス・ドイツは〝武〟一点張りの国家であった。昭和十五年九月の日独伊三国同盟締結のときの『日乗』の《侵略不仁の国と盟約をなす、国家の恥辱之より大なるは無し》（9・28）はそれをよく証明する。荷風が第二次大戦の成りゆきにメシもまずくなるのは、かれが奉ずる世界の〝文〟が、ナチスの〝武〟によって押し倒されていくのを、見るに忍びなかったからである。

その観点からして、昭和十六年三月二十四日の『日乗』をみると、何気なさそうにみえてその批評の痛烈さ、あっぱれといいたくなってくる。

《……岡の頂上は垣を隔てて和蘭陀公使館なり。建物の窓開きたるもありて人住むが如し。本国は北賊狒虎《ヒトラ》の為に滅され、印度洋上の領土は和寇の襲うところとならんとす。亡国の使臣は今猶この家にかくれ住むにや。哀むべきなり》

ヒトラーを狒虎とは、評して妙。日本軍部が南進政策を実行に移すのはこの年の七月である。荷風さんはそれを三月に予見している。その日本軍を和寇とは、これまた評しえて玄妙である。そして〝武〟に圧倒されている世界を悲しむのである。

第八章　文学的な話題のなかから

●堀口大學先輩

「文藝春秋」の写真のページにもう何十年もつづいている「同級生交歓」という長命な企画がある。はじまって間もないころ、たしか昭和三十七年の秋、新潟県立長岡中学校の同級生であった堀口大學と松岡譲の両氏の写真が載った。同じ中学校卒の後輩にあたるわたくしがこれを担当し、カメラマンともども葉山の堀口邸へいき、親しく両先生の話を聞く機会をえたものである。

　大學先輩といえば超モダーンなダンディと思いこんでいたわたくしは、その日常では和服を好み、生活スタイルもすべて日本的、というので魂消《たまげ》た覚えがある。家も和風の二階建で洋間はひとつしかない。二階の和室二間を仕事部屋と居間にし、その居間で写真を撮った。

　その折に、のちにわたくしの義父となった松岡先輩が、上田敏の『海潮音』、永井荷風『珊瑚集』、堀口大學『月下の一群』を日本の三大訳詩集とほめたのがきっかけとなって、大學先輩が荷風への熱い想いを長々と語ったのを、しっかりと記憶している。

「あれは明治四十二年の夏だったな。与謝野寛先生の紹介状を手に、佐藤春夫君と二人で大久保余丁町のお屋敷へはじめてお訪ねしたことがあった」

門を入って車寄せまで、かんかん照りの、小砂利を敷きつめた道を大學少年は行きながら、大きな百日紅《さるすべり》が円くしげった枝にいっぱい花をつけていたのを、妙に印象深くみとめたという。

「あいにく先生はその日不在でしてね。ところが、ほんとうならもう大いにがっかりするはずなんだろうが、事実は逆で、むしろほっとする思いであったのをありありと覚えているよ。それくらいぼくらにとっては荷風先生が恐れ多い存在であったんだな」

その翌年の明治四十三年、三田の慶応大学で、荷風先生からかけてもらった有難い一言の話も面白かった。このとき大學先輩は佐藤春夫と一緒に慶応に入学したばかり、それで二人して校庭でのんき気に日向ぼっこをしていたという。そこへ通りかかったのが荷風先生。

「ふと立止まってね、露したたらんばかりの微笑をぼくらに向けてね、『君たちは詩を書いているんだってね、こんど何か出来たら見せてくれ給え、「三田文学」に載せたいから』と実にやさしくおっしゃったんだな。いやあ、二人とも飛び上ったねえ。ほんとうにびっくりするほど有難いお言葉でね。ぼくはこのときの先生の声を、空から落ちてきた天使の声のように、大切に耳の奥にしまいこんだ。あれから五十年すぎた今でも、それはなつかしく想いだせる」

渇仰おくところを知らずといった風情で、大學先輩は荷風さんのことをこんなふうに語ってくれたのである。荷風死して三年半ほどしかたっていなかったし、その死の様がまだ網膜に焼きつけられていたから、それこそしみじみと話を聞くことができた。それにつけても、晩年の、古びた洋服で、袖口から長くはみだしたやや黒く汚れたワイシャツ、それに前歯が三本ほど抜けたまま、というわたくしの知っている荷風の姿にくらべて、なんと大學先輩の話のなかの荷風さんの光々しく颯々としていることよ、と皮肉でなしに思えてならなかった。

いま調べてみれば、明治四十三年は荷風はおん年三十一歳、慶応大学に教授として迎えられたとき。残されている写真なんかをみるとほんとうに精悍な面構えをこっちに向けている。新帰朝者らしいあかぬけたダンディな風貌姿勢は、大學先輩ならずとも「恐れ多い存在」とみえたことは十分に推量される。

ついでにいえば、この明治四十三年は大逆事件が起きた年。荷風がのち『花火』で書くように、大学へ通勤の途中、市ヶ谷通りで囚人馬車を目撃し、「以来わたしは自分の芸術の品位を江戸戯作者のなした程度まで引下げるに如くはないと思案した」という有名な年になるのであるが、主題が別になるので、そのことについては触れないことにする。

もういっぺん大學先輩に戻すと――『日乗』でみる昭和期の荷風と大學のつき合いは、それほど濃いものではない。ところが、いわゆる細く長くというか、終生にわたって大學先輩が荷風に多分に礼節を尽くしたためと思われるが、その水のごとき交情は荷風の最晩年までつづいている。荷風とつき合った文学者はほとんど仲違いしているのに、大學先輩と荷風の間にはついに友情の危機はなかったとみえる。

『日乗』に出てくる大學先輩で、ちょっと面白いのは昭和七年十一月三日。

《(銀座）街上にて偶然堀口大學君其夫人を伴い来るに逢う。前髪を額の上に切下げたる三十歳位の美人なり。銀座を一周して万茶に憩う》

その美人の奥方と、もういっぺん銀座で会うのが昭和八年三月十六日。

《銀座オリンピクに往きて飦《はん》する時、適《たまたま》高橋君の来るに会う。街上にて堀口大學君及夫人に会う。又始めて仏蘭西人ノエルヌーエ氏に会う。一同相携えて珈琲店耕一路に至りて憩う。ヌーエ氏は仏蘭西の詩壇に名のある人の由。既に詩集二三巻を刊行すと云う。……》

これが大學先輩の『日記』によるとこうなる。

《再び銀座の通へ出る。「えり治」の角にて、荷風先生の御散歩姿を拝す。高橋邦太郎君を伴わる。先生は何時お目にかかっても若々し。「変な珈琲店《や》があるからつきあい給え」とのたまうままに、細君を引き合せなどして従う。途中仏国の詩人ノエル・ノエットト氏も加わり、「耕一路」という先生近頃御贔屓の店へ行く。珈琲うまし。ジイドはよろし、ヴァレリイは如何なぞ仰せらる》

大學先輩はすでに前年に奥方を荷風に紹介しているのを失念しているとみえる。荷風のほうじゃ「美人」を忘れるはずもないから、「つきあい給え」とまことに如才がない。それで美人を前に詩人ノエル・ノエットも交えて、大いに文学論に花を咲かせている。アンドレ・ジイドはすでに読んでいるから「よろし」はわかるが、荷風はポール・ヴァレリーを未読であったようで、それで「如何」という質問になったのであろう。『日乗』には昭和十年三月二十五日になって《モッシューテストを読む》とヴァレリーの『テスト氏』を読んだことがはじめて出てくるのである。

●一葉の写真から

一葉の写真があって、それを眺めるたびにある感慨にとらわれる。昭和十三年九月の、「ペン部隊」海軍班出発のときのスナップである。歓呼の声、万歳の叫び、旗の波にかこまれて、吉屋信子が笑っている。浜本浩も、吉川英治も北村小松も笑っている。背広の菊池寛が妙に自信のなさそうな顔をして真ん中に立っている。その隣りに佐藤春夫が戦闘帽をかぶって、何かいいたそうに唇をつんだしている。

このペン部隊の起こりは、その年の八月二十三日の内閣情報部と文士たちの懇談の席上で、陸軍省新聞班の松村秀逸中佐が、日中戦争に文学者の従軍を要請してつぎの提案をしたことにある。

「従軍したからとて、決して物を書けの、かくせよという注文は一切考えていない。全く無条件だ。もちろん、国としてはかかる重大時局にさいし、正しい認識が文筆家一般に浸透することは望むところであり、また、それが当然だと思う」

これに文藝春秋社長にして文芸家協会会長たる菊池寛がすぐに乗った。かれは「激戦地たる漢口方面へ行くのだから、希望者が少いのではないかと心配し、自分の懇意の人たちを説得して行って貰うつもりで、頼み易いような人たちだけに」声をかけ参加をよびかけた。どうも文芸家協会会長としてより文藝春秋社長の権威と肩書でよびかけたものらしい。くだんの写真のうしろには日の丸にまじって「オール讀物」だの「文藝春秋」だのと書かれた広告旗がいっぱい飜っている。さながらお祭り好きの会社の事業のように。

ひとつの記録として記しておくが、陸軍班として陸軍部隊とともに漢口攻略戦に従軍したのは、久米正雄、川口松太郎、白井喬二、片岡鉄兵、岸田国士、尾崎士郎、瀧井孝作、深田久弥、丹羽文雄、浅野晃、中谷孝雄、佐藤惣之助の十二名、いずれも文藝春秋となじみの深い作家たち。九月十一日に出発した。海軍班は前記の人たちプラス小島政二郎の七名、九月十四日に出発した。その直前に撮ったのが、みんな笑顔のスナップ写真というわけである。

そこにある感慨を抱くと書いたのは、ほかの人はどうあれ、佐藤春夫はこのことあってついに荷風から破門されてしまったと思われてならないからである。堀口大學ともども若き日の佐藤春夫は、荷風に愛された詩人であった。とくに昭和七年ごろから十一年ごろまでは、佐藤自身がいうように「木戸御免」で偏奇館に大手をふって出入りしている。荷風を慕って慶応大学に入学したという佐藤にとって、第一番の門下生であった時代は幸福そのものであったにちがいない。

しかしその直後に日中戦争が起き、世は非常時となり、荷風の嫌忌し憎悪する時代となった。荷風にとっての親交とは相互のプライバシーを守ることを最低の条件とする。さらには友が自己の好尚の外へ出でざることが喫緊な要件であった。時局に便乗し戦争に協力するなどもってのほかのこと。

佐藤はそれを知らなかったはずもなかろうに、なぜか荷風から、荷風がもっとも嫌う文壇の大御所菊池寛へと馬をのりかえた。この背信行為は、荷風の不興を頭から買った。ましていそいそと軍服に身を替えてペン部隊の一員になるに及んでは、いよいよ許容しがたいものとなる。

《午後佐藤慵斎《ようさい》君来話。文士数名と共に軍艦に乗り漢口に赴くと云》（昭和13・8・28）

とそっけなく書かれた以後、荷風日記には佐藤春夫にかんする親しい文字はなくなり、登場するとなると佐藤は罵詈《ばり》雑言《ぞうごん》をはげしく浴びせかけられるようになった。

《三月廿二日。日本詩人協会とか称する処より会費三円請求の郵便小為替用紙を封入して参加を迫り来れり。会員人名を見るに蒲原土井野口あたりの古きところより佐藤春夫西条八十などの若手も交りたり。趣意書の文中には肇国の精神だの国語の浄化だの云う文字多く散見せり。（中略）佐藤春夫の詩が国語を浄化する力ありとは滑稽至極というべし。これ等の人々自らおのれを詩人なりと思えるは自惚《うぬぼれ》の絶頂というべし》（昭和十六年）

《五月十六日。……佐藤春夫某新聞紙上に余に関して甚迷惑なる論文を掲載せしと云。事理を解せざる田舎漢と酒狂人ほど厄介なるものはなし》（昭和十六年）

《十一月十二日。……佐藤春夫右翼壮士の如き服装をなし人の集まるところに出で来り、皇道文学とやらを宣伝する由。風聞あり》（昭和十八年）

これはもう佐藤春夫の負けである。佐藤は荷風の死後の昭和三十五年五月に『小説永井荷風伝』を上梓して「迷惑なる論文」について弁明している。それによると、時事新報に発表したもので、軍部にはまったく気にいられてはいないが、「祖国の風土を愛し国語の純化を努むる荷風の如きは蓋し規格外の愛国者か」と褒めて論じたものであったという。そして、

「荷風はもと偏狂人で弱輩の彼を評論するを宥さず。特に規格外たりとも彼が最も好まぬ愛国者などと云われたのに腹を立てたのである」

と、自註しているが、それよりも何よりも佐藤自身が書いているように「偏奇館主人にとってはわたくしの当時の行動は定めし苦々しい極みのものと思われた」ゆえの破門と思うのが正しいのである。

それにこの『小説永井荷風伝』には、日中戦争がはじまったその日の夜、ある友人に語ったという荷風の言葉を、佐藤は記している。

「そらね、日ごろここでこんなまずい夕飯を食っていたのはここですよ、治に居て乱を忘れぬ心掛。今にこれさえ食べられない日が来ますよ。それに万里の長城の壁一面に日本人排斥のビラが貼られ、やがて世界中が日本を相手にしなくなりますぜ」

荷風のこの戦争嫌忌を知りながら、門下生第一号を自任する佐藤春夫が、鞠躬如《きつきゆうじよ》として文士従軍に参加した理由が、どうもよくわからない。単なる野次馬精神のあらわれであったのか。

佐藤春夫ご自身は当時こういっている。

「自分はルポルタージュというような器用な仕事が果してできるかどうか、おぼつかないが、即興詩人の素質があるらしいから、詩情の激するところを目前の見聞にゆだねたら、いわゆるルポルタージュとかになるかもしれない。わたくしは海軍の従軍にきめました。軍艦に乗って、わたくしの鈍っている四十七歳の官能を潮風が吹き清めて生きかえらせてくれるであろう」

この意気軒昂ぶりが、荷風は許せなかったのであろう。

荷風死後の昭和三十年代の後半、編集者としてわたくしは晩年の佐藤春夫邸をなんども訪ね、親しく話をうかがった。この人もまたなかなかに傑作な文士であった。ある日、こっちから荷風逝去の日に見たこと聞いたことをくわしく語ったことがある。老詩人は瞑目して聞いていたが、話し終るとぱっちりといたちのような目をひらいて、

「先師は寂しい人でしたよ。親しいだれにたいしても、愛のはてに憎悪しかみない人でしたからね」

と、ぽつんとそのような意味のことをいった。かえってこの人の寂しさがこっちに迫ってくるようであった。

●終日電話の鈴鳴響く

長く文藝春秋の編集者をしていた関係で、創業者である菊池寛について調べる機会がなんどかあった。その関連で、志賀直哉が「菊池君の印象」という短文を昭和二十三年七月号の「文藝春秋」に寄せていることも早くから知っていた。そのとり合せが面白く感じられて、ときになにかに引用したこともある。そしてこの一文で、志賀直哉が戦前に芸術院ができたときのことをやたらにこだわっていることに、妙に滑稽な感じを抱い

たりした。

日中戦争勃発の前後に、芸術院ができたとき、「私のところにも会員を云って来ると思っていた」のに、最初の会員のなかに志賀の名はなかった。そのことについて志賀は「恥をいうようだが」と断って、さきの短文につぎのように書いている。

「私は不愉快になった。これはいけないと思い、無心になろうとしたが、却々、無心になれず、そんな事を不愉快に感ずる自身にも嫌悪を感じ、二重に不愉快になった。そして、この次は必ず云って来るだろうが、今度は迷う事なく断ってやろうと決心した」

と、「文学の神様」が人間性をあけすけにだして書いている。それで戦前の芸術院なるものを調べてみる気になった。すなわち帝国芸術院は昭和十二年六月二十三日に勅令によって制定された。ときの内閣はできたてのほやほやの近衛文麿内閣で、文相は安井英二。初代院長は清水澄、と書くと、官製の、あやしげな衣の下の鎧が見え隠れしているようで、有難味はたちまちに失せてしまう……。

文芸部門でえらばれた芸術院会員はつぎのごとし。幸田露伴、徳田秋聲、岡本綺堂、泉鏡花、菊池寛、武者小路実篤、谷崎潤一郎、千葉亀明、井上通泰、佐佐木信綱、斎藤茂吉、高浜虚子、河井酔茗、国分青崖、三宅雪嶺、徳富蘇峰。なるほど、武者小路の名があって志賀の名のないのはおかしな話。志賀が「不愉快に感」じたのも無理はない。

そして志賀がいう「この次は必ず云って来るだろう」というのは、昭和十六年の会員補充のときであった。案の定、このときには志賀の名は第一にあがり、武者小路実篤が説得にくるが、固い決心どおり志賀は断る。その後なにやかやとあって、志賀がどうしてもと三度断ったあとに、瀧井孝作と菊池寛が勧めにくる。そのときの菊池寛の「淡々とした無私な態度」に心を動かされ、ついに承諾の決心をした、というのがこの短文のテーマなのである。とり合せの妙のほかは別にどうということのない文章なのであるが、菊池の死を悼んでの特集とあって「文藝春秋」はことに有難がって載せている。

それはともかく、最初の芸術院会員は文部省が選ぶということもあって、志賀の例ばかりではなく、ちょっとした文壇的な騒ぎがあったようなのである。調べてみてわかったことは、はじめ谷崎潤一郎も電話一本の交渉に腹を立てて辞退。しかし、のち大学同期の文部官僚が出向いて、これを説得、翻意したらしい。ついに辞退し通したのが正宗白鳥、島崎藤村ら。もちろんわが永井荷風がいる。

『断腸亭日乗』昭和十二年六月十八日に出てくる。ところが、わが芸術院会員候補どのは、このとき、なんと六月六日より十夜連続して吉原の遊廓に宿して朝を迎え、十五日の日だけ《用事輻輳したれば家にかえる》という流連荒亡ぶりなのである。また翌十六日にも吉原へやってきて京町一丁目品川屋、十七日は江戸町二丁目山木屋どまり、という豪華さ。そしてかんじんの十八日の朝を迎える。六時過に大門をあとにし、今戸界隈を散策したあと、

《……八時銀座不二あいすに飾して、偏奇館にかえり直に眠る。午後朝日及読売新聞の記者来り、文芸院の会員たることを承諾せられたるや否やを問う。余は新聞を見ざる故文芸院の何たるを知らず、従って会員云々の如きはもとより与《あずか》り知らざるなり》

その夜は、こんどは洲崎遊廓へ足をのばす。夜半に偏奇館へ帰る。

《六月十九日。陰《くもり》。卯の花ちりて苔むす庭を蔽う。残雪のまばらなるが如し。枇杷熟し石榴《ざくろ》の花ひらき初む。終日電話の鈴鳴響くこと頻なり。文芸院に関することならむと思いて取合わず。晡下《ほか》榻《とう》に倚りて眠る。不図目ざめて時計を見れば夜十二時を過ぎたり》

『日乗』を読む楽しさはこういうところにある。栄誉勲功与り知らぬこと、というおのれの心を卯の花や枇杷や石榴の花の美しさに隠してしまう。静かな心境、うるさいのは電話の音ばかり。漢文読みくだし文のもつ格調、それでいて平明で、かつリズミカルで、ついついうちに秘められた批評性を見失いがちになるが、この一文ばかりはそれが明確に感じられて、すこぶるいい。わざわざかもしれないが「文芸院」と間違って記すあたりも、実にいい。

こうして荷風さんは戦前の芸術院に完全にそっぽを向いた。志賀直哉は菊池寛に勧められて昭和十六年には会員になった。同じときに、正宗白鳥、島崎藤村も会員になることを承諾した。またこの年の会員補充はかなりの大盤振舞いで、窪田空穂、北原白秋、山本有三が新会員に名をつらねている。軒なみ栄誉に圧しつぶされている。ひとり荷風さんだけはなんの肩書もなく、せっせと浅草に出かけている。

●夏目漱石

拙著『漱石先生ぞな、もし』（文藝春秋刊）に、永井荷風に関連してつぎのように書いた。

「漱石と荷風が生涯に一度、二時間あまり面談したことがあった。明治四十二年十一月下旬、場所は早稲田の漱石山房。フランス帰りの新進作家の荷風のほうが訪れた。用件は、朝日新聞文芸欄の責任者であった漱石が、荷風に寄稿を求めたことにかんする打ち合せであったと思われる」

実は、右の記載を一部訂正したい。まるで江戸の恥を長崎で告白するみたいなことで、まことに情けない仕儀ながら、漱石と荷風とが対面したのはこれ一回ではなく、このあともう一度、荷風が漱石を訪ねている。翌明治四十三年三月中旬のこと。慶応大学教授となった荷風は、漱石門下の小宮豊隆を同大学ドイツ文学科講師にいかがかと、こんどは打診のため訪ねた。荷風の書簡集をぺらぺらとくっていたら、三月十八日の漱石宛てのものがあった。

「拝呈　先日は御多忙中長座致し失礼仕り候。其の節お話し有之候小宮豊隆氏の事、昨日慶応義塾の方より是非とも近代独逸文学の講師として招聘致し度き旨申来り候に付き……」

これで迂闊さを思い知らされたわけで、もっとも、荒正人の大著『漱石研究年表』だってこのことに気づいていないのだからと、われとわが身を慰めている。

そしてあるいはこのとき、荷風から慶大教授就任の丁重なる挨拶もなされたのではないかと想像する。よく知られているように、森鷗外が慶応大学文学部刷新のために、新しく教授によぼうと、最初に白羽の矢を立てたのは漱石であった。漱石は朝日新聞を辞めにくいこと、かりに辞めえたとしても第一に京都帝大、第二に早稲田大学からの先口の教授依頼があるゆえ、といって断った。そのお鉢が荷風にまわったことを、恐らく荷風も存じていたことであろう。

ま、対面が一回でも二回でもさして変化があるまい。とするのはわれら凡俗の場合においてで、名人達人においては一瞥千金の値打ちがある。勝手な推量をもっとつづければ、漱石はきっと、ハイカラそのもののような当時の荷風のうちにある士大夫的な、時代にたいするきびしい批判精神を発見し、改めて高く評価し直したにちがいない。文明開化の近代日本というものに、非合理性、前近代性といううさんくささを感じたのは、漱石も荷風もおんなじである。

《日本は西洋から借金でもしなければ、到底立ち行かない国だ。それでいて、一等国を

以て任じている。……奥行を削って、一等国丈《だけ》の間口を張っちまった。なまじい張れるから、なお悲惨なものだ》
《考えられない程疲労しているんだから仕方がない。精神の困憊と、身体の衰弱とは不幸にして伴っている。のみならず、道徳の敗退も一所に来ている。日本国中どこを見渡したって、輝いている断面は一寸四方もないじゃないか。悉く暗黒だ》
と漱石が『それから』（明42・6〜10）でやれば、荷風は『新帰朝者日記』（明42・7）で、
《明治は已に半世紀に近い時間を過した。其れにも拘らず欧洲文明の完全な模倣すら為し得ない。明治は政治教育美術凡ての方面に欧洲文明の外形ばかりを極めて粗悪にして国民に紹介した》
《日本人は工業でも政治でも何に限らず、唯其の外形の方法ばかりを応用すれば、それで立派な文明は出来るものだと思って居る。形ばかり持って来ても内容がなければ何になるものか。これが日本の今日の文明だ》
《これで立派な世界の一等国になったつもりで、得意になって居るのか知ら、改良でも進歩でも建設でもない、明治は破壊だ。旧態の美を破壊して一夜作りの乱雑粗悪を以て此れに代えただけの事だ》
と近代日本の猿真似的な現状と未来にたいし、絶望をもって毒づいている。

漱石と荷風という、まったく素質の違うようにみえる二人が、同じ明治時代観をもっているのがよくわかる。ヨーロッパ文化や文明にたいして、日本帝国がしているこれらやみくもの受容にたいしては、はっきりと否定し、きびしく拒否し、西洋文明人ぶることを嫌い、むしろ日本（または東洋）の伝統文化への回帰を訴える。ほとんど同類項でくくれそうである。

しかも、ともに江戸ッ子。その時代へのこだわり方や反撥の仕方に、どちらも淡泊でないものをもっている。権勢富貴にたいする敵視と嫌悪感、徒党を厭い、自分の好みを貫こうとする。激しくねばり強く、二人ともどうやってもいい加減な世界に入れないでいる。あえて違いをいえば、漱石には怒りとともに悲しみがあるのに、荷風には侮蔑があるだけ。荷風には、漱石のように、にがい苦笑でまぎらわすような、やさしさはなかった。世から孤立しようとも微塵もたじろがぬ強さが荷風にはあったが、漱石は常に自分のうちに向けられたぎりぎりの懐疑からついに脱することはできなかった。

この項は、拙著の誤りをただすため、のつもりではじめたのに、なにやら漱石先生から荷風さんへと関心が移ったことへの、自己正当化にねらいがあるみたいになった。文明批評家としてはまったくおんなじだと強調しすぎたの感ありで、書かでものことであったか。それにつけても、漱石についに「荷風論」のなかったことは不思議である。いっぽう荷風は同じように「論」はなかったが、漱石にたいしてはきちんと敬意を払っている。昭和二年十一月記の中村武羅夫に「質する文」で、そのことはきわめて明瞭になっている。

「わたくしは日本現代の文学史に関して、もし問う人があったら、硯友社文学の後を受けて興った凡ての流派の文学はもっぱら森夏目両先生の感化を蒙って現れたものだと答える。わたくしは坪内逍遙、森鷗外、尾崎紅葉、幸田露伴、二葉亭四迷、夏目漱石の六家を挙げて現代の文学を代表するものとなしている」

『日乗』では大正八年三月二十六日に出てくる漱石がちょっと面白い。

《築地に蟄居してより筆意の如くならず。無聊甚し。此日糊を煮て枕屏風に鷗外先生及故人漱石翁の書簡を張りて娯しむ》

そりゃ娯しかったでしょうな。そしてまた、漱鷗二大家を隙間風よけにしたんだから、さぞ安眠できたでしょうな。ところで、こんな素晴らしい枕屏風が残っていたら、いまは安眠どころの話ではないな。

●鷗外記念館にて

《　沙羅の木
褐色の根府川石に

白き花はたと落ちたり
ありしとも青葉がくれに
見えざりし沙羅の木の花
　森林太郎先生詩
　　昭和廿五年六月
　　　永井荷風書　》

数年前、文京区千駄木の観潮楼址に建つ鷗外記念本郷図書館を訪れたとき、その玄関正面にはめこまれたこの詩碑を前に、鷗外好きの友人とこんな会話をかわしたことがあった。

詩碑は昭和二十九年六月に完成とある。わたくしにいわせれば、荷風の字は見事というほかはないのであるが、彼氏はかなり不満そうにいう。

「オレが不服なのは文字の出来がどうのということじゃないんだ。おかしいと思わんかね。鷗外先生にたいしては森林太郎先生詩として本名にしているのに、荷風は永井荷風書と雅号を用いている。これはどうみたっておかしい。チグハグすぎるよ」

「しかし永井壮吉としたんじゃ、どこのだれかわからん人も将来に出てくると考えたんじゃないか」

「それならいっぽうも森鷗外先生とすればよかったんだ。だいたいはじめに書いたものは詩句に脱字があって、事務方がそれを発見し、新しく書き改めてもらったという話もある。キミの好きな荷風はこのころ大分耄碌《もうろく》しておったんと違うか」

「このころっていうと……昭和二十五年か。とんでもねぇ、まだ爺さんピンピン溌剌としていたぞ」

なぜなら浅草の峠という茶店でわたくしが出会ったのはこのころであるし、ロック座のストリッパーのため戯曲「渡り鳥いつかへる」を書き、初日にはみずから出演したのがこの年の五月のこと。老耄なんていう状況にはない。この芝居もわたくしはわざわざ向島の艇庫から観にいった。

そのあとで調べてみた。荷風がこの詩碑の揮毫を鷗外の遺児から依頼されたのは、『日乗』によると、昭和二十五年五月二十八日のこと、と思われる。

《日曜日。時に驟雨あり。午前森於菟《おと》氏同じく類《るい》氏来話。晡下ロック座。終演後座長松倉氏に招かれ座員某新聞記者某々氏と共に公園裏大坂屋に飯す。踊子二三名も来る》

そして、この前後の荷風は連日の浅草通い。ときには驟雨をおかして出かけ（五月二十六日）、またまっすぐ帰らず《帰途小岩》（六月三日）と赤線街小岩パラダイスに立寄ったりして、すこぶるつきの元気なのである。健全な心は健全な肉体に宿る？

なれば荷風が尊敬する師を森林太郎と本名とし、みずからはなぜ雅号としたのか。深く探索するまでもなく、鷗外が賀古鶴所に死の三日前に口述したるところの遺言を想い起こせば足る。荷風自身も昭和八年十二月十七日の『日乗』にそれを写している。《森林太郎として死せんとす。墓は森林太郎墓の外一字ホル（仮名でも好いよ）可からず。書は中村不折に依託し宮内省陸軍の栄典は絶対に取りやめを請う》

この、いっさいの世俗的虚飾、官権威力を拒絶する鷗外の強烈なる意志を、荷風はまたおのれのものと帯したに相違ない。もちろんそれよりずっと前に、鷗外が森林太郎として死んだことを荷風は存じていた。大正十二年七月、つまり二周忌のとき、荷風は向島の弘福寺に建立された鷗外の墓石をみている。

「鷗外先生が墓碑は……趺石二層を加えてその高五尺を超えざるべし。中村不折翁書するところの姓名と忌日とを刻するのみにして、位階勲等学位の如きものを附せず。この一事を以てするも先生が為人を知るに足るべし」（「七月九日の記」）

したがって、鷗外の人となりを追慕する記念の館のための揮毫であるなら、当然のことながら荷風は森林太郎先生と記すべきと考えたのである。それが鷗外の意志であると感じとったのである。荷風さんの頭脳は少しも衰えてなんぞいなかった。そして自分の名を記す段になって、これまた遠い昔に信念として自分で選んだ自分の墓碑銘を、荷風は想起したのである。それは第六章の浄閑寺の項でもふれたが、昭和十二年六月二十二日のこと。

《余死するの時、後人もし余が墓など建てむと思わば、この浄閑寺の塋域《えいいき》娼妓の墓乱れ

倒れたる間を選びて一片の石を建てよ。石の高さ五尺を超ゆべからず、名は荷風散人墓の五字を以て足れりとすべし》

これが鷗外の遺言を念頭にして綴られたものであることは、一目瞭然であろう。墓石の高さ《五尺を超ゆべからず》なんて、三尺退いて師の影踏まずで、写しているこっちの口もとが自然とゆるんできてしまう。

記念館の詩碑の文字を書くとき、荷風は傾倒してやまない鷗外と一緒の墓に入るつもりであったのである。師の墓碑はその遺志どおり森林太郎、そして自分の碑名は弟子としての分限をわきまえ永井の姓を付し永井荷風。ごくごく自然な気持ですらすらと筆を運んだ。

鷗外好きのわが友よ、貴公の老耄論は荷風さんを冒瀆すること甚だしきものがあるぞ。荷風散人にたいし深く陳謝すべし。そして、わたくしにも。

第九章　「八紘一宇」の名のもとに

——昭和十五年〜十六年——

●臣道実践の正体

なにが面白くないかといって、滔々たる政治論議を聞かされるほど阿呆くさいものはない。およそ人類史はじまってこのかた、といっていいくらい政治家というものは、主義主張も節操も信義も、明日になればそっちの都合でころころ変える。それを大真面目に論じているのをテレビなんかで眺めていると、これらの人たちはみんな別世界の人間なんじゃないかと思えてくる。

やれ新党打ちあげだ、やれ政界再編だ、やれ龍馬を気どっての船中八策だ、と権力争奪で血眼になり、政治家たちは相も変らぬ私利私略で動いている。それを暗然とした想いで遠望しているうちに、昔も似たような構図があったなと、無理にも類似項をさがしだして、ああ歴史はくり返すと蛇足をつけ加えたくなってくる。とくに、いまになると古い話となったけれど、細川なにがしが首相に奉られたときには真から仰天した。歴史探偵はいやでも二重写しして近衛文麿を想起しないわけにはいかなかったからである。

昭和戦前の日本にも、五五年体制打破にごく似たような大きな動きがあった。第一次大戦後の〝ヴェルサイユ＝ワシントン体制〟を打破しようという革新運動である。この列強による均衡維持体制は、「英米本位の平和主義」を日本に強いるものである、日本は英米に顎で使われる、これの変更を要求し〝世界新秩序〟の建設を新たな国家目標とすべきである、と主張する一派がしだいに穏健派をおしのけて力をえてくる。のみならず軍部がその尻を強力に押しあげた。

昭和史とは、底流としてあったこの現状打破の革新グループが、おもむろに政治の表舞台へ姿を現わしてくる過程そのものであるといえる。

その象徴的な人物が第七十九代首相細川護熙《もりひろ》の祖父にあたる近衛文麿ということになる。当時四十五歳の新宰相近衛を岡義武はこう書いている。

「彼の出馬はこの言葉が示すような一種颯爽たる印象を多くのひとに与えたといえよう。そして、ひとびとは同時に、近衛について皇室とゆかりのふかいその家柄を思い浮べ、彼の若さの中にそれにふさわしい清新な時代感覚を想定し、その悠揚迫らない態度に沈着、思慮ぶかさを連想し、そして、かねて噂されて来たその良識に信頼を寄せようとした。ひとびとは、近衛の手によって多難な将来が打開され、国家を破滅させるごとき事態の到来を回避しうることを期待したのである」

ここには当時の近衛登場にたいする国民的期待が過不足なく語られている。またそのいちいちは、細川登場のときも同様、なんて書くことはもう聞きあきた贅言ということになろう。

さて、「昭和」を荷風さんと歩きはじめたのに、この大事な、時代を誤まらせた公爵家の御曹子と『日乗』のなかで容易には出っくわさないので、いっときはひどく落胆したものであった。せっかく荷風さんの文明批評を一流と脱帽しているのに、昭和十二年の政界初登場のときの超人気ぶりにたいする冷たい目が一行もないのには、爺さんどこを見ていたのかとついつい舌打ちを重ねたものなのである。そのころの『日乗』をみると、すでに書いたように、せっせと浅草や向島に通っている。そんなときに上《うえ》つ方の政治に目が向くはずもないであろうけれど……。

ところが昭和十五年の、近衛第二次内閣のときとなると、がぜん違ってきた。この年の六月、近衛は枢密院議長を辞して新体制運動にのりだす。これに追随して政・財・言論界とも「バスに乗り遅れるな」の大合唱となり、七月二十二日に近衛がまたしても大きな期待を受けて首相となる。そして十月には新体制運動の中核といえる大政翼賛会が発足する。

ところが、このとき、近衛は総裁となって挨拶でいってのけた。

「大政翼賛会の綱領は大政翼賛・臣道実践につきる。これ以外には綱領も宣言も不要である」

聞いていた革新派は呆然とした。君子豹変どころではない。いったい近衛は何を考えているのか。この結果、翌十六年三月には、希望を失った幹部の辞職が相ついで、かわりに内務省の官僚や右翼や軍人がどんどん入ってきて翼賛会の主要ポストを独占する。

なんのことはない戦争協力のための御用機関になりはてたのである。

万事において徒党を組むことを嫌悪する荷風さんが、この阿呆くさい臣道実践機関に白い目を向けないはずはない、と思ったら、ものの見事にこれを一刀両断、すっかりわたくしは気をよくした。すなわち昭和十六年三月三日。荷風は日本橋蠣殻町の待合の現状についての話を聞く。

《住込みの女三四人あり。いずれもいそがしく一日ならし二拾円のかせぎあり。この待合の客筋には警視庁特高課の重立ちし役人、また翼賛会の大立物其名は秘して言わずあれば、手入れの心配は決して無しと語れり。新体制の腐敗早くも帝都の裏面にまで瀰《び》漫《まん》せしなり。痛快なりと謂うべし》

いつの世にだって特権階級はいるものとわかっていても、やっぱり歴史探偵としては情けなさが先に立つ。そのうえに、荷風のように、眼前の世相社会はつねに醜悪であり、過ぎ去ったものはつねに美しい、との徹底した処世観は、いまの世ではどう考えたって許されない。なぜなら過ぎ去ったものだって、昭和の時代にあってはかくの如くに少しも美しくはないからである。荷風は《痛快なり》と笑えるが、わたくしには「怒るべし」という言葉しか浮かんでこない。

〈付記〉

翼賛会については『日乗』のほかのところでも《慾纂怪《よくさんかい》という化物》として、荷風さんは嗤笑《ししよう》哄笑している。昭和十六年五月三十一日のところにある。

《この化物は時平公のような公卿《くげ》の衣裳に大太刀をつるし魯西亜《ロシア》風の橇に乗りて自由自在に空中を飛廻るなり。（中略）日本紀元二千六百年頃突然臼井《うすい》峠の辺より現れ出で忽ちの中に日本中の米綿甘蔗バタ牛肉等を食尽し追々人民百姓の血を吸うに至れり。（中略）その吠る声コーアコーアと聞ゆることもありセイセンと響くこともあり一定せず。その中に亦何とか変るべしという》

荷風は、これを郵送されてきた戯文としているが、もちろんそんなことはウソで、自分の感懐を記したものにほかならない。さすがに戯作家を自任するだけのことはあり、大政翼賛会の本質をよくついている。その吠え声がのちにキチクベイエイに変ったのは、ご存知のとおり。

●ナチス・ドイツ嫌い

昭和十五年の流行語に「バスに乗り遅れるな」があった。第二次世界大戦のナチス・ドイツ国防軍の電撃作戦は、日本人全体の目をくらませた。五月十四日、オランダ降伏、十七日にはベルギーの首都ブリュッセルが陥ちた。フランスの防衛線であるマジノラインを突破したドイツ軍は、英仏連合軍をドーバー海峡に追いつめ、ダンケルクから撤退させた。そして六月十四日、パリを無血占領。二十二日、フランスは第一次大戦の勝利の思い出の地コンピエーヌの森で、ヒトラーの軍門に下った。この世界情勢の激変が、日中戦争の泥沼化にあえぐ日本の国策を根もとからゆさぶった。それが日常の挨拶語のようにいわれだした「バスに乗り遅れるな」であった。

ナチスばりの「強力な一元政治」を実現すべし。そして、フランス、オランダの敗北にともなうアジアの資源地帯へ進出すべし。いまこそチャンスである。そのためにも日独伊三国の軍事同盟が絶対条件である。

こうして三国同盟締結の国策は、九月十九日の御前会議において決定されることになる。その三日前の九月十六日、閣議で承認された同盟案を奏上のため参内した首相近衛文麿に、反対の気持を抱いていた昭和天皇はがっかりしたようにいった。

「ドイツやイタリアのごとき国家と、このような緊密な同盟を結ばねばならぬことで、この国の前途はやはり心配である。私の代はよろしいが、私の子孫の代が思いやられる。ほんとうに大丈夫なのか」

天皇の反対論もそれまでなのである。ナチスかぶれしていた近衛は力強く「ご心配ありません」と肯《うべな》った。駐日アメリカ大使グルーの日記に、いくらか誤伝もまじっているけれど、興味あることが記されている（十月二十二日付）。

「きわめて権威ある話として聞いたところでは、天皇と近衛公は、二人とも三国同盟には絶対反対だった。しかし天皇が拒絶した場合、皇室が危うくなるかもしれぬと告げるものがあり、天皇は、近衛公に〝死なばもろともだね〟と話されたという。この話は皇族の一人から間接的に伝わってきたものだ」

——と、長々と三国同盟にまつわる歴史的うら話を書いてきたけれど、主題はわが荷風さんである。荷風がなにほどかフランス贔屓の御仁であるかは、前に書いたとおり。されば盾の両面で仇敵たるドイツ嫌いならん、と予想していたらあまりにも図星で、いささかあっけにとられた。昭和天皇が「ドイツやイタリアのごとき国家」といいきった以上のことを、荷風さんは日記に書きつけていた。それも九月二十八日、といえば前日の二十七日に同盟締結が正式に公表され、それをうけて朝日新聞の朝刊が「いまぞ成れり〝歴史の誓〟／めぐる酒盃、万歳の怒濤」などと特大の活字で祝った日のことである。

《晴。世の噂によれば日本は独逸伊太利《ドイツイタリア》両国と盟約を結びしと云う。愛国者は常に言えり、日本には世界無類の日本精神なるものあり、外国の真似をするに及ばずと、然るに自ら辞を低くし腰を屈して、侵略不仁の国と盟約をなす、国家の恥辱之より大なるは無し、其原因は種々なるべしと雖《いえども》、余は畢竟儒教の衰滅したるに因るものと思うなり。燈刻漫歩。池の端揚出しに夕飯を喫し、浅草を過ぎて玉の井に至る》

引用の「燈刻漫歩」以下の一行はちょっと余分であるが、実はわたくしの大いに気に入っているところ。国家、政策、世論、ジャーナリズムに踊らされることなき荷風さんの生き方はまことに結構この上ない。独伊を侵略国家かつ仁義なき国家ととらえている点も、結構結構。良識ある人びとならそれが共通の認識ではなかったか、と書きたいところであるが、昭和十五年の日本はとてもそんな素敵な国にあらず。これは極少の少数意見でしかなかった。だれも「国家の恥辱」などと思ってもいなかったのである。

昭和十六年七月十七日、政策に行きづまった近衛は松岡洋右外相を追いだすため内閣総辞職。翌十八日の荷風はこれを《初より計画したる八百長》と笑い、《以後軍部の専横益々甚しく世間一層暗鬱に陥るなるべし》と先見の明を示した上で、日記に書いている。

《摸倣ナチス政治の如きは老後の今日余の身には甚しく痛痒を感ぜしむることなし。米《こめ》は悪しく砂糖は少けれど、罪なくして配所の月を見ると思えばあきらめはつくべし》

開戦前からこんな調子であるから、太平洋戦争はじまってよりの荷風さんのドイツ嫌いは、加速度的に強度をます。いちいち書くのも面倒なれば、そのいとおかしきところを抜粋、ということにする。

《侵魯〔ロシア侵攻〕の独逸軍甚振わず。また北阿〔アフリカ〕遠征の米軍地中海より伊国をおびやかしつつありと。願くばこの流言真実ならんことを》（昭18・1・19）

《伯林《ベルリン》の市街再び英国空軍に襲撃せられしと云う。帰途月おぼろなり》（昭18・12・6）

《木戸氏の話に仏蘭西《フランス》占領地に在りし独逸軍悉くラインの北岸に退却し、英国の各市街は五年ぶりにて燈火を点じたる由……》（昭19・9・17）

そして昭和二十年五月三日の記。

《新聞紙ヒトラームソリニの二兇戦敗れて死したる由を報ず、天網疎ならず平和恢復の日も遠きに非らざるべし》

ドイツ嫌いもここにきわまって、その首魁の死の報に、天網恢恢と快哉を叫んでいる。ただし、天網……以下の一行は岩波版の全集では削られている。戦後の、平和回復のときを迎え、人の死に対してこの喜びようはあるまい、とでも荷風さんは思ったのであろうか。まさかとは思うけれども。

●薩長嫌い

兵庫県加西市にある県フラワーセンターの職員滝口洋佑氏が、椿の花がなぜ嫌われるか、という研究成果をまとめた、という新聞記事（神戸新聞一九九三年一月八日夕刊）を読んで大いに自得するところがあった。「武士の首がぽとりと落ちるようで縁起が悪い」との俗説から、まず一般に疎まれはじめたという。そして、この俗説は明治時代につくられ広まった。滝口氏は「幕末から明治初めにかけて、薩摩や長州の侍に〝やられっぱなし〟だった江戸ッ子が、ツバキの好きな薩長の政府高官や士族らに投げかけた皮肉」がそもそものはじまりであった、と説いている。

それ以後、大手を振ってまかり通っている薩長閥にたいする鬱憤ばらしのひとつとして、江戸ッ子に嫌われて、椿の花の旗色はぐんぐん悪くなっていった。江戸ッ子のひとり夏目漱石が『草枕』のなかで「余は深山椿を見る度にいつでも妖女の姿を連想する。黒い眼で人を釣り寄せて、しらぬ間に、嫣然たる毒を血管に吹く。欺かれたと悟った頃はすでに遅い」とか「(椿は)落ちてもかたまっている処、何となく毒々しい」とか書いているのも、そうかそれでか、とごくごく自然にわかった。椿を薩長人とおきかえて読んで、精一杯の拍手を送りたくなってくる。

向島生まれ、空襲で焼かれ都落ちして越後長岡の中学校卒、と自己紹介すれば、わたくしのうちの薩長嫌いは申さずともわかっていただけよう。幕末における薩長は暴力組織以外のなにものでもないと思っている。祖母からは幼いときから「高位高官だの将軍や提督になっておるが、薩長なんてのは泥棒そのものだて。七万五千石の長岡藩に無理やり喧嘩をしかけ、五万石を奪いとってしもうた。尊王だなんて、泥棒の一分の理そのもんよ」とさんざん耳に吹きこまれて成人した。

そんなわたくしであるから、漱石先生と同じように、江戸ッ子荷風さんの薩長嫌いの弁のことごとくに、大いに溜飲を下げている。枚挙にいとまのない、その藩閥政府への憎悪と侮辱と嘲罵のことば。早い話が、荷風が心からなつかしむ江戸文化を、遠慮会釈なく叩きこわした連中にたいする怒りなのである。文化の華ひらいた城下町であった江戸が、けばけばしい模倣文明の、近代国家の首都としての東京になったことが、荷風にとっては生涯を決するほどの許せざる椿事であった。荷風は開化への逆行というコースをとり、一生かけてそのことへの呪咀を吐きつづけねばならなかった。

こっちは所詮は昭和の子、荷風さんの胸の底の底にある薩長観とはずいぶんと距離のある浅いところでの反撥ながら、三つ子の魂とやらで、かなりの感情的な薩長嫌いで通している。小学校六年生のとき「天皇陛下、天皇陛下と有難がるが、徳川《とくせん》様の江戸城の間借人か、せいぜい借家人にすぎないんだ」とやって、危うく転校させられそうになったほどである。

で、荷風さんの薩長論ひいては明治論を、いちばん好んで読む次第となるわけで、たとえそれが偏狭なものと評されようと、わたくしはびくともしない。成り上りどもが権勢を笠にすることにたいする拒絶反応はいまもある。「野暮は嫌だねえー」を信条としている。

「薩長土肥の浪士は実行すべからざる攘夷論を称え、巧みに錦旗を擁して江戸幕府を顚覆したれど、原《もと》これ文華を有せざる蛮族なり」(「東京の夏の趣味」)

「明治十年から二十二三年に至る間の世のありさまである。此時代に在って、社会の上層に立っていたものは官吏である。官吏の中その勲功を誇っていたものは薩長の士族である。薩長の士族に随従することを屑《いさぎよ》しとしなかったものは、悉く失意の淵に沈んだ。失意の人々の中には董狐《とうこ》の筆を振って縲紲《るいせつ》の辱《はずかしめ》に会うものもあり、又淵明の態度を学んで、東籬に菊を見る道を求めたもののもあった。わたくしが人より教えられざるに、夙《と》く学生のころから帰去来の賦を誦し、又楚辞をよまむことを冀《こいねが》ったのは、明治時代の裏面を流れていた或思潮の為すところであろう」（「西瓜」）

「江戸三百年の事業は崩壊した。そして浮浪の士と辺陬《へんすう》の書生に名と富と権力とを与えた。彼等のつくった国家と社会とは百年を保たずして滅びた。徳川氏の治世より短きこと三分の一に過ぎない。徳川氏の世を覆したものは米利堅《メリケン》の黒船であった。浪士をして華族とならしめた新日本の軍国は北米合衆国の飛行機に粉砕されてしまった。儒教を基礎となした江戸時代の文化は滅びた後まで国民の木鐸《ぼくたく》となった。薩長浪士の構成した新国家は我々に何を残していったろう。まさか闇相場と豹変主義のみでもないだろう」（「冬日の窓」）

このように、作品においては荷風はさすがに知的武装をして論じているが、これが『日乗』となると、もっとナマな声となって出てくる。昭和十五年のところでみてみる。

《東京従来の美風、小ぎれい、小ざっぱりしたる都会の風俗は、紀元二千六百年に至り

て全くほろび失せたり》（三月三日）

《石が浮んで木の葉の沈むが如し。世態人情のすさみ行くに従い人の心の奥底、別に見届けむともせざるにおのずから鏡に照して見るが如き思をなせしこと幾度なるを知らず。此の度の変乱にて戊辰の革命の真相も始めて洞察し得たるが如き心地せり。之を要するに世の中はつまらなきものなり。名声富貴は浮雲よりもはかなきものなる事を身にしみじみと思い知りたるに過ぎず》（十二月三十一日）

つまりそのように情けない国家を形成してしまったのは、すなわち、

《明治以後日本人の悪るくなりし原因は、権謀に富みし薩長人の天下を取りし為なること、今更のように痛歎せらるるなり》（昭和19・11・21）

と荷風は結論するのである。歴史探偵としては、この荷風の一種のカンによる痛論はかなり正しいと考えている。いや、昭和史を学べば学ぶほどその通りと叫びたくなる。これを具体例をもって示すとなれば本を一冊書かなければならないが、ここではごく簡単にわかりやすい例をひとつ示すこととする。

戦後、海軍贔屓の作家や評論家が大いにもちあげたゆえ、やたらと海軍善玉説がはやっている。それはとんでもないことで、昭和十五年晩夏の日独伊三国同盟締結からのち、対米英戦辞せずと日本の国策をひっぱったのは、薩長閥中心の海軍中央で、いわゆる米内光政・山本五十六・井上成美のトリオなど傍流もいいところであった。

既然たらざるをえない対米英戦争直前の陣容をみると——軍令部総長の永野修身《おさみ》の高知をはじめ、沢本頼雄《よりお》（海軍次官）、岡敬純《たかずみ》（軍務局長）、中原義正（人事課長）、石川信吾（軍務第二課長）、藤井茂（軍務第二課員）が山口県出身、高田利種《としかず》（軍務第一課長）、前田稔《みのる》（軍令部情報部長）、神重徳《かみしげのり》（作戦課員）、山本祐二（作戦課員）が鹿児島県出身。これに父が鹿児島出身の大野竹二（戦争指導班員）を加えれば、薩長閥の佐官クラスのそろい踏みなのである。

この連中は人眼をはばからず昂然としていうのを常とした。

「金と人をもっておれば、このさき何でもできる。予算をにぎる軍務局が方針をきめてその線で押しこめば、人事局がやってくれる。自分たちがこうしようとするとき、政策に適した同志を必要なポストにつけうる」

荷風がいうように、大日本帝国は薩長がつくり、薩長が滅ぼしたといえるのである。〝孤掌は鳴らず、単糸は絃を成さず〟という。「文華を有せざる蛮族」の人間的結びつきによる封建性や排他性によって、昭和はあらぬ方へと動かされていったのである。わたくしの薩長嫌いを、幾分かはおわかりいただけたであろうか。なお米内・山本・井上はすべて戊辰戦争のときの賊軍藩出身である。そして、これに鈴木貫太郎（関宿藩出身）もいれれば、戦争を終結へと国策を推進していったのは賊軍藩出身なのである。

●南進だ南進だ

昭和十六年六月二十二日、ナチス・ドイツがソ連に進攻した。

三国同盟締結時の目的である日独伊ソが一つになって、米英陣営に当るという夢は、この瞬間に崩壊し、いまやソ連も米英側にくみし、世界は二つにわかれた。理論的には、約束を破ったドイツと手を切り三国同盟から脱退、中立化して世界戦争の圏外に脱出できるチャンスが訪れたことになる。その道を日本は選ぼうとはしなかった。

前年の昭和十五年秋いらい、日本は「好機南進」「千載一遇の好機」あるいは「バスに乗り遅れるな」の大合唱にうめつくされていたからである。アジアの諸国を植民地化していたフランス、オランダ、ポルトガルの本国がドイツ軍によって席捲された。いってみれば家主が破産したのである。アジア植民地の財産はだれの手に。ドイツにすべて領有されてはたまらない。日本も東南アジアには発言権があるはずであるゆえに、一刻も早く地歩をそこに固めなければならない。マーシャル群島とかマリアナ諸島しか知らなかった日本人のイメージのなかに、急速に「南方」が浮かび上ってきた。

泥沼の日中戦争にはもううんざりしていた。そのときに南十字星、豊富な油田、ゴム・錫、そしてバナナやマンゴスチンといった言葉が、なんとも魅惑的に日本人の心にしみこんできたのである。

『断腸亭日乗』には、そうした日本人の熱狂を皮肉る言葉が、このころから多く見られるようになってくる。まず昭和十五年――。

《日本人の教育を受くれば人皆野卑粗暴となる……余が日本人の支那朝鮮に進出することを好まざるは、悪しき影響を亜西亜洲《アジア》の他邦人に及ぼすことを恐るるが故なり》（10・18）

《現代日本人の愛国排外の行動はこの一小事を以て全斑を推知するに難しとせず。八紘一宇などという言葉はどこを押せば出るものならむ。お臍が茶をわかすはなしなり》（11・25）

この年の十一月十日、「紀元二千六百年」奉祝の式典があり、総理大臣の近衛文麿は、天皇の「臣」を代表し、「八紘一宇」の「皇謨」を「翼賛」する、と宣言した。八紘（あめのした＝天下）を掩って宇（家）としたい、という『日本書紀』いらいの皇国日本の大方針――これを荷風はちゃんちゃらおかしいと一笑に付す。

つづいて昭和十六年。

《街頭宣伝の立札このごろは南進とやら太平洋政策とやら言う文字を用い出したり。支那は思うように行かぬ故今度は馬来《マレー》人を征伏せむとする心ならんか。彼方をあらし此方をかじり台処中《だいどころ》あらし廻る老鼠の悪戯にも似たらずや》（1・28）

《余は日本人の海外発展に対して歓喜の情を催すこと能わず。むしろ嫌悪と恐怖とを感

じてやまざるなり》（2・4）
《新橋橋上のビラにもう一押だ我慢しろ南進だ南進だとあり。車夫の喧嘩の如し。日本語の下賤今は矯正するに道なし》（4・4）
《余は斯くの如き傲慢無礼なる民族が武力を以て鄰国に寇《こう》することを痛歎して措かざるなり。米国よ。速《すみやか》に起ってこの狂暴なる民族に改悛の機会を与えしめよ》（6・20）
この六月二十日の項なんか、荷風の国際情勢にかんする観察のあざやかさにびっくりしてしまう。南進だ南進だと声高に叫んでいるが、それを実際にやったらどうなるか、米国との戦争はもう決定的と荷風は観じていたようである。希望的観測いっさい抜きの、この認識をどこから得ていたのであろうか。なぜかといえば、たとえば海軍中央にいた軍事の専門家ですら、幻影幻想に流され、まだまだアメリカとの戦争にはなるまいと判断しているときであったからである。
荷風が「米国よ、速に起て」と書いてほぼ十日後の七月二日の御前会議で、日本は八紘一宇の精神にもとづく「大東亜共栄圏の建設」「南方進出」の国策を決定する。この『帝国国策要綱』は「目的達成のため対米英戦を辞さず」を明文化した最初のものとなった。
軍部はこの国策にそって行動を起こした。しかし暗号解読に成功していたアメリカは、日本の政策を察知し、ただちに戦争政策をもって応じてきた。七月二十三日の日本の南部仏印進駐の決定、二十五日にアメリカは日本の在外資産凍結を発表。二十八日の日本軍第一陣の南部仏印上陸、待っていたとばかりアメリカは、八月一日に石油の対日輸出を全面禁止する。

この現実に直面したとき、海軍中央は省部の中堅士官を夜間非常呼集した。石油なくば〝浮かべる城〟はものの役にも立たなくなる。あまりに峻烈なアメリカの対抗措置に、だれもが「しまった」と一声、ほぞを噛んだという。平和進駐ならば、ただちに石油禁輸はあるまいと一様に楽観視していたのである。

軍務局長の岡敬純少将はいった。

「米英の態度がシリアスになると考えたが、まさか全面禁輸をやるとは思わなかった」

まことにお粗末な判断。つまりはそのくらい井の中の蛙で国際感覚に鈍かったのである。

これにくらべれば、なんと荷風さんの観察の正常であったことか。

《七月廿五日。くもりて蒸暑し。……此夜或人のはなしをきくに日本軍は既に仏領印度と蘭領印度の二個所に侵入せり。この度の動員は蓋しこれが為なりと。此の風説果して事実なりとすれば、日軍の為す所は欧洲の戦乱に乗じたる火事場泥棒に異らず。人の弱味につけ込んで私欲を逞しくするものにして仁愛の心全く無きものなり》

日本陸海軍中央の〝火事場泥棒〟たちに、荷風さんの爪のあかでも煎じて飲ませてやりたかった。救われないのは、この夜郎自大の連中が日本国民はこぞってそれを望んでいると考えていたことなのである。

●カントクエン

前項の七月二日の御前会議で決定された『帝国国策要綱』には、もうひとつ大事な方針が秘められていた。海軍中央が主張した〝対米英戦を辞さず〟の南進論にたいして、陸軍中央は対ソ開戦論を頑強に主張したのである。そこで日本流の、あちらも立ててこちらも立てるの国策決定となり、南進と北進の二正面作戦と相なった。

大した国力もないのによくもまあ、という感想がすぐに浮かぶが、考えてみれば、両案併記・検討勘案なんてことは、われわれの日常でもよくやっている。ただし、これが検討案としてだけなら意味もあろうが、軍部の場合にはただちに実行となるのであるから、始末が悪い。陸軍中央は北進論の具体化のために民衆への大動員をかける。七月中旬の厖大な赤紙（召集令状）の発行がこれである。

『断腸亭日乗』はその事実をしっかりと書きとめている。

《七月廿四日。晴れて涼し。……下谷外神田辺の民家には昨今出征兵士宿泊す。いずれも冬仕度なれば南洋に行くにはあらず、蒙古か西伯利亜《シベリア》に送らるるならんと云。三十代の者のみにして其中には一度戦地へ送られ帰還後除隊せられたるものもありと云う。市中は物資食糧の欠乏甚しき折からこの度多数の召集に人心頗《すこぶる》恟々たるが如し》

荷風さんの見聞はよく的を射ていた。召集されたのは三十代、なかには除隊したばかりのものの再召集がふくまれていた。当時慶応商工の教員をしていた池田弥三郎（のち慶大教授）も召集兵のひとり。そのときの回想を書いている。赤紙がきたのが七月十一日夜、「どんなことがあっても、一週間の余裕はあったのに」中三日おいての入隊にびっくりする。それほどあわただしい動員であった。

ときの海軍次官沢本頼雄中将の日記が、それに符合する事実を残している。七月五日に参謀本部要員と懇談し、陸軍側の方針を聞いた。

「7―13動員、7―20運輸始、8月中旬終了、兵数は現在の三〇万より七〇～八〇万となり、徴用船九〇万頓を要す（十六師団体制）、……対蘇《ソ》戦決意せば更に8D〔師団〕を増し、在満一〇〇万兵となる（24D体制）」

つまり荷風日記にあるように、人心すこぶる戦々兢々となるほどの大動員であったことがわかる。これを陸軍は関東軍特種大演習と呼称した。略して関特演。池田弥三郎氏の回顧をちょっと長く引用すると、

「それから（七月）十九日ごろまで、毎日毎日続々と召集兵がはいって来る。グリグリ坊主にして同じ服装をしていると、一寸見ては年齢がわからない。ある兵が二人、私の

そばにいて、私は十二年兵ですよ。私もそうです。たまりませんなあ、おたがいに、と言っているので、つい口を出して、私も十二年兵です。と言ったら、その二人の中の一人が、ジロリと私をみて、

俺たちゃ、大正十二年兵だよ。

と言った。私は昭和十二年兵である。つまらぬ口を出してはじをかいた。しかし、カントクエンの召集では、大正十二年兵、数え年で三十九歳ぐらいの人が、兵では最年長者であったようである。カントクエンは、そういう点でも、幅の広い年齢層で、手あたり次第にといった具合に、兵を集めたらしい」

関特演とあるから、陸軍が単なる演習、ないしはソ連にたいする示威行動、と考えていたように思われやすい。事実は違う。池田氏も書いているが、支給されたのは第一軍装（一装）で、それを着せたということは威嚇のための動員などというのん気なものではなく、敵と戦わせるための動員を意味していた。

これは戦後の手記になるが、元大本営参謀瀬島龍三氏証言の『北方戦備』（未刊行）には、ソビエト軍にたいする武力行使の場合の作戦構想がはっきりと書かれている。「武力行使は、極東ソ連軍の戦力半減し、在満鮮十六箇師団（新に増派せる二師団を加えた）を以て攻勢の初動を切り、後続四箇師団を逐次加入し、約二十師団基幹を以て第一年度の作戦を遂行し得る場合であること。但し大本営としては総予備として更に約五

箇師団を準備し、之を満洲に推進する如く腹案す」

結果的には、予想に反して、訓練十分の強兵をヨーロッパ戦線に送ったものの、ソ連はそれに相当する新兵力で、すぐにソ満国境を固めた。武力行使の第一要件たる「極東ソ連軍の半減」は成立せず、積極攻勢を陸軍は断念せざるをえないことになる。しかも南仏印進駐によるアメリカの超強硬政策で、太平洋の波がいっきょに荒くなり、北進など夢のまた夢となった。

九月十日、対ソ連侵攻作戦は放棄された。七〇万人の関東軍の「精鋭」は、この日以後、駐留態勢をとり、北満警備に任務が変更された。

同じころの『断腸亭日乗』には皮肉な文字が書きつらねられている。

《九月七日日曜日。秋風涼爽。銀座夜歩。街頭の集会広告にこの頃は新に殉国精神なる文字を用出《もちいだ》したり。愛国だの御奉公だの御国のためなぞでは一向きき目なかりし故ならん歟《か》。人民悉く殉死せば残るものは老人と女のみとなるべし。呵々》

荷風さんはおのれを生き残るほうの、老人と女ばかり組にいれているのである。呵呵。

●後世史家の資料

『断腸亭日乗』は一言でいえば慷慨の書ということになる。世を憤り人心の頼りなさを軽蔑し流行を憎悪し交友の背信をせめた。ご当人の気持からすれば逃げ隠れする要は毫もないのであるが、時代が悪かった。戦争遂行のための官憲の弾圧はおのれの身辺に迫っていると思わざるをえなかった。荷風流にいうと「ファッショ政府の手先」による身辺捜査がいつあるかわからない。なにしろ非国民をもって自認している身である。それで自分が思考したことをさも市井の噂のごとくに書き、文章の抹消切り取り訂正などを、あとになっても、細心の注意をはらってやっている。歴史探偵の関心からすると、いくらかはやりすぎにも思われるところもあって、せっかくの痛烈な国家批判や文明批評がもったいなくもある。されど荷風の当時の時勢観からすれば、やむをえないことでもあったであろう。

しかも困ったことは、手に入りやすい岩波文庫の『日乗』では、編集上から反時代的意見がかなり落とされてしまっている。編者の亡き磯田光一君にちょっぴり文句をつけるべく、岩波の全集のほうでそれをみると、たとえば文庫にはない昭和十年十月十五日のところ、

《くもりて風なし。軍部対政府の国体問題今に至るも猶囂々《ごうごう》たり。〔以下四行弱抹消〕》

となって、以下はさっさと婦人公論の新聞広告の話にとんでいる。さらにたとえばまた、昭和十四年九月十二日、

《……枕上たまたま商子をよむ。その説くところ国家の基礎を兵と農との二者に置き、

儒者と商估とを有害のものとなしたり。これ軍部の最喜ぶべきものなるべきに、彼等は今日に至るも何故これを広告せざるにや。〔以下一行弱切取〕》

というふうに、こっちも抹消または切り取られたままなんである。

磯田君が文庫編集のさいにこれらの項をカットのほうに組みいれたのも、十分にわかる気がする。それがいまになると、荷風が何を揶揄し、何事を恐れていたかがわかるところもあって、それなりに資料的価値がある。

すなわち前者〔四行弱抹消〕の中身はつぎのごとし。

《維新前薩軍と幕府と衝突せし時、薩軍は幕府会桑の兵が錦旗に向って発砲したりとて俄に賊名を冠らしめたり。今回の国体問題之に能く似たり》

岡田内閣のときの、天皇機関説と国体明徴をめぐっての大ゆれを、天皇の奪いあい、勝てば官軍の比喩をもって一刀両断、荷風の啖呵は実にあっぱれなのである。しかし、やはり皇室問題であるからお上を恐れて抹消した。また後者の〔一行弱切取〕は、《商子は支那人にて独逸人にあらざるが故にや。呵々》

と、当時の陸軍のナチス・ドイツ一辺倒を豪快に笑いとばしたもの。これも陸軍の暴圧を危惧して切り取り。

ところで、なぜ削除された部分がわかるのかというと、これらは荷風生前刊行の中央公論社版全集の『日乗』で復元されているからである。まことにややこしい。であるから荷風の戦中日本論を知るためには、あっちをみたりこっちをみたり。その上に、荷風日記研究の第一人者大野茂男氏によると、昭和十六年以降十九年までとなると、岩波版の『日乗』のほうに、中央公論社版のそれにない「反時代的言辞が多くなり、これが日乗を生彩あらしめ」ていることになる。まったく手のかかる人騒がせな爺さんであるな、ということになる。

それというのも、これはもう荷風を論じて書かれざることとなし、というほど有名な『日乗』の一文の、昭和十六年六月十五日の記。それは荷風の壮烈なる覚悟、というよりは〝あっけらかん〟のひらき直りといったほうがいい覚悟なのであるが、荷風はこの日以後はもはや後難を恐れなくなる。思うところをありのままに書こうと腹をくくった。それあって、太平洋戦争下の『日乗』がそれこそがぜん痛快になってくるのである。

荷風はこの日、病床の退屈まぎれに喜多村筠庭《いんてい》の『筠庭雑録』という本をぱらぱらとめくった。そのなかに、安永から天明にかけての文学者の神沢杜口《とこう》が書いた『翁草』について、筠庭が書いていることがあり、それを読んで荷風はえらいショックを受けた。杜口はものを書くものの信念としてこう語ったというのである。

「平生の事は随分柔和にて遠慮がちなるよし。但し筆をとりては聊《いささか》も遠慮の心を起すべからず。遠慮して世間に憚りて実事を失うこと多し。翁が著す書は天子将軍の御事にてもいささか遠慮することなく、実事の儘に直筆に記し……此一事は親類朋友の諫に従いがたく強て申切て居れり」

荷風はこの江戸時代の文人の果敢なる言を読んで、これまでおっかなびっくりしながら時局批判を書きつけてきたことをはげしく慚愧した。おのれの怯懦を大いに恥じるところがあった。ゆえに、以下にこう書き記したのである。

《余これを読みて心中大に慚《はず》るところあり。……余は万々一の場合を憂慮し、一夜深更に起きて日誌中不平憤慨の文字を切去りたり。又外出の際には日誌を下駄箱の中にかくしたり。今翁草の文をよみて慚愧すること甚し。今日以後余の思うところは寸毫も憚り恐るる事なく、之を筆にして後世史家の資料に供すべし》

いやいや、なんと、荷風さんにしては珍しいこの激語。読んでいるこっちも自然と心機昂揚するのを感じるほどである。ただし、よくよく『日乗』を読めば、これ以前から、より正確には昭和十六年に入るやもう《不平憤慨の文字》がびっしり。かなり荷風は平気で書きつらねている。削除はぐんと少なくなっている。つまり六月十五日は、意識的に荷風が時勢にたいする怒りを真率に語ろうと決意した記念の日、というよりも、ようやくに固めてきた自分の覚悟を先人の書に仮託して再確認した日、とすべきであるかもしれない。わたくしはそう観測している。

なぜこんなことをいうかというと、病中のつれづれに『筠庭雑録』を読んで荷風がはじめて『翁草』を知ったわけじゃない、と勝手に推量するからである。神沢杜口の『翁草』は少なくとも荷風にとっては、これまでにちょっとなりと目を通したことのある書であった、と思いたい。そして荷風は、神沢貞幹（杜口）がものを書くにさいしての、ぴんと背筋をのばした正しい姿勢のことを、とうに知っていた。

その証明として提示したいのは鷗外の小説。荷風が畏敬する森鷗外は短篇『高瀬舟』を草するにあたって、「高瀬舟縁起」を附し、神沢貞幹の『翁草』にヒントをえたことを明らかにしているのである。

「此の話は『翁草』に出ている。池辺義象さんの校訂した活字本で一ペエジ余に書いてある。私はこれを読んで、其中に二つの大きい問題が含まれていると思った。一つは財産と云うものの観念である。（中略）今一つは死に掛かっていて死なれずに苦しんでいる人を、死なせて遣ると云う事である。人を死なせて遣れば、即ち殺すと云うことになる」

荷風がこれを読んで『翁草』に目を通していた、と考えても、それほどの無理はあるまい。とうの昔にもう国家のなりゆきに愛想をつかしていたのに、勝負事でいう投げ場を求めていて『翁草』にぶつかったのを幸いとした。多分そんなところではないかと思う。

〈付記〉

わたくしは実際に原本を見たことはないが、『日乗』原本の扉の表記が、昭和十六年八月以降から「昭和」が追放され、西暦で統一されているという。荷風の魂はもはや日本から離れ、西欧とくにフランスこそが自分の精神の故郷と、この扉の表記で示したのであろうか。ふたたび「昭和」が原本の扉に記されるのは昭和二十一年、日本占領がはじまってからである。おおかたの日本人が日本の過去をぶざまにののしりだしたとき、荷風の心はかえって日本へ向いたというのであろう。この壮大なへそ曲りを見よ、である。

第十章　月すみだ川の秋暮れて

●向島の雪見

明治四十二年八月十七日の「東京毎日新聞」の「好きな土地」というアンケートに寄せて、

「外国の事は申上げず候。国内にては東京が一番好きにて候。山の手よりも書生軍人等の姿を見ざる下町を愛し候。隅田川は到る処、少年時代の幸福なる記憶を呼起し候えば、いつ見てもなつかしく御座候。萩寺、百花園の如きは日比谷公園よりも遥に詩趣を覚え申候」

と荷風さんはまったく嬉しいことを言ってくれている。

その向島は百花園のそばで生まれ、大きくいやあ隅田川の水を産湯に使って育ち、長じて大学生時代にはボートの選手として隅田川の上に生涯を浮かべたような気分になっていたこっちには、真実隅田川の東岸は到る処、青少年時代の幸福なる記憶のいっぱいつまった「一番好きにて候」土地なのである。すなわち「月の武蔵の開けてより、花の吾妻の賑いたるや、花の上野に立並ぶ、土手の桜も春過ぎて、夏は涼みの舟遊び、月すみだ川の秋暮れて、雪を三囲待乳山《みめぐりまつちやま》、……」などと、筆をつくしてでも、向島の宣伝を相つとめたくなってくる。それでとくにこの章をもうけることにする。

向島の地名は、浅草側からみて隅田川の向こうという意味で、江戸時代からの呼び名であった。そのむかしは東京湾がずっと北のほうまでひろがっていて、岸というより島の様相が強かった。向島、柳島、寺島、牛島、それに曳舟、中の郷、須崎など水に縁のある地名がいっぱい。たとえば『江戸名所図会』の「蓮華寺」の項にある。

「寺記に云く、昔この地は海原なり。後世漸く干潟となりし頃、当寺を創建ありし故に、寺島の称ありといえり。小田原北条家の所領役帳に、行方《なめかた》与次郎葛西《かさい》寺島の地を領すとあり」

蓮華寺（現蓮花寺）はいまでも墨田川高校（旧府立七中）の前にある古寺。また『濹東綺譚』の「作後贅言」には、

「明治の初年詩文の流行を極めた頃、小野湖山は向島の文字を雅馴《がじゅん》ならずとなし、其音によって夢香洲《むこうしゅう》の三字を考出したが、これも久しからずして忘れられてしまった」

とわが向島を美しくよぶ法を示し、『日乗』でも夢香洲として荷風さん自身もしきりに使っている。坪内逍遙『当世書生気質』にはまた、

「鳥がなく、東《あずま》の京《みやこ》広しといえども、夏の炎暑《あつさ》を凌がんには、向洲《むこうじま》にまされる場所は稀なり。向洲の堤ながしと雖も山媚水明兼ねそなわり、且納涼に便利よきは、彼の八百松の楼上なるべし。……中には絃妓《げいしゃ》を携えつつ、月を待乳《まつち》の山を望み、夏白髯《しらひげ》の森をこえて、隅田の流れを溯《のぼ》るもあり」

と向洲と書き、「山媚水明」の美しさをたたえているのである。

そして荷風さんは四季それぞれに詩趣にあふれた向島を書いた作品を残しているが、なかでも「雪の日」（昭和十九年二月）をわたくしはもっとも好んでいる。向島とくれば桜、であるところを雪ときたところがまた、格別にいい。小説『すみだ川』を書いていた明治四十一、二年のころの想い出である。竹馬の友井上唖々《ああ》とふたりで百花園から隅田川畔の長命寺までやってきて、門前の掛茶屋でひと休み。と、

「川づら一帯早くも立ちまよう夕靄の中から、対岸の灯がちらつき、まだ暮れきらぬ空から音もせずに雪がふって来た」

対岸の浅草の灯をみつめながら、胸いっぱいに浄瑠璃を聞くような軟らかい情味がわいてくるのを覚える。焼のりに銚子が出る、それと置火燵《ごたつ》。親切で、いや味がなく、機転のきいているのも、下町らしさといえようか。酒の飲めない荷風をみやりながら、手酌の一杯を口に運んで、唖々は、さっそくの風流で、

雪の日や飲まぬお方のふところ手

と、よんでいる。荷風がこれにかえした句は、

酒飲まぬ人は案山子《かかし》の雪見哉

雪はしきりにふる。酒のおかわりをもってきたおかみに、渡し舟のことをきくと、もう渡しはないという。ならばと腰をすえて荷風はまた、一句、二句、

舟なくば雪見がへりのころぶまで
舟足を借りておちつく雪見かな

店の前、暮色につつまれた長命寺は芭蕉の雪見の旧跡という。境内に「いざさらば雪見にころぶところまで」の句碑がある。ふりこめられて向島で、軟らかくあたたかい心の風景に荷風はどっぷりひたり、芭蕉翁と会話をかわしていたのかもしれない。

●墨堤の桜

荷風さんが昭和二年に書いた「向嶋」には、花のお江戸の春は隅田川から、とばかりに、墨堤の桜のこともくわしくふれられている。その日記をくると、とくに桜やそれにともなうお花見が好きとはみえないのに、いまも言問団子の前に立つ「植桜之碑」の碑文にそって、「幕府が始て隅田堤に桜樹を植えさせたのは享保二年である」とそもそもから説くあたり、荷風さんの向島に寄せる情熱と愛情とが感じとれる。

荷風さんが書いていないところを補足して、少々講釈すると、享保二年（一七一七）といえば八代将軍吉宗の治世である。「桜の花折るべからず」の禁札をたてたのもこの将軍、決して「暴れん坊将軍」だけではなかった。豪雨で堤がくずれ、桜の木が根こそぎ流されることのなきよう、名主に管理を委嘱し特別予算をつけたりしている。

当時から上野の山にも桜はあったが、寛永寺の寺領・境内には酔っぱらいは入れない。墨堤はむしろ酒のもちこみ大歓迎。それが江戸町人には大受けで、刀をさして向島へ花見にくるサムライの野暮ったさは、川柳や狂歌で大いに皮肉られた。

その桜も十一代将軍家斉のときに（一七八七〜一八三七）、枯死しかかったことがあるという。百花園をつくった佐原鞠塢《きくう》がこれではならじと立上った。よかろうと応援にのりだしたのが亀田鵬斎、大田蜀山人、酒井抱一、谷文晁、大窪詩仏らの文人墨客。この面々のおだてにのった名主の坂田三七郎ら気のいい江戸ッ子が持ちよった桜が百三十本。さらに天保二年（一八三一）に寺島、須崎、小梅の三カ村が三百余本、これで墨堤の桜はもち直した。それからまた……といろいろあるが、以下の江戸時代のことは略。

そして、この伝統は明治になってもひきつがれた。『柳橋新誌』の成島柳北が大倉喜八郎とともに、地域住民に働きかけ、さらにひろく東京市民にもよびかけて、明治十六年十月に千本の桜を植える。荷風は「向嶋」にこう書いている。

「向島居住の有志者は常に桜樹の培養を怠らず、時々これが補植をなし、永くこの堤上を以て都人観花の勝地たらしむべく、明治二十年に植桜之碑を建てて紀念となした。……かくの如く堤上の桜花が梅若塚の辺より枕橋に至るまで雲か霞の如く咲きつらなったのは、江戸時代ではなくしてかえって明治十年以後のことであった」

なにをいまさら、かくも長々と、植桜の碑で一目瞭然のわかりきったことを綴るのか。

つまり、この伝統は昭和になってもひきつがれた、とつづいて書けないことをわたくしは大いに歎きたいばかりに、である。いまの墨堤を歩みてたれか昔を想わざる。百五十億もかけて造った高いコンクリートの防潮堤でもはや川面《かわも》が見えない。公害に汚染されたくさく黒い川と、恐竜のように頭上をのたうち回る高速道路と車の轟音、墨堤は見るかげもない。市民には打ち捨てられ、わずかに春の花見のとき、つながりを求めて酔っぱらいが集うが、慰めともならぬ気散じにすぎぬ。

隅田川の景観を滅ぼすことなしに高度成長なく、高度成長なくして戦後日本の存立がありえなかった、とでもいうのであろうか。

それは長い間の政治の不在と、経済効率第一と、つくった人間たちの低い知性とを物語っている。そして抗議しなかった地域に住む人びとの無気力と怠惰とを。また、東京都民のそれを。

荷風さんもついに、戦後も昭和三十年になってエッセイ「水のながれ」で、

「百花園は白鬚神社の背後にあるが、貧し気な裏町の小道を辿って、わざわざ見に行くにも及ばぬであろう。……長命寺の堂宇も今はセメント造の小家となり、……」

と見捨てた。そしてわたくしはこれを読むたびに、荷風節がそのまま移ってきて、悵然として隅田の川面に涙を落としはべりぬ、という状態になっている。

さて、お立合い。ご用とお急ぎのない方は聞いておいで。明治時代、鹿鳴館の仮装舞踏会で七福神の扮装が人気をよんだという記録がある。もともとこの信仰は室町時代からあったと申します。そも人間の七福とは何ぞや。寿命、有福、人望、清廉《せいれん》、愛敬、威光、大量。これを七人の神に結びつけ、上から寿《じゅ》老人、大黒《だいこく》天、福禄寿《ふくろくじゅ》、恵比寿、弁財天、毘沙門《びしゃもん》天、布袋《ほてい》の順になる。

この七神の選び方はまことバラエティに富んでるな。恵比寿だけが日本土着の神で、あとはインド産が大黒と毘沙門、唯一の女神としての弁天さん、中国産が福禄寿と寿老人、そして布袋にいたっては中国は後梁の時代の実在の和尚だ。神道、仏教、道教をすべて総合。外来文化と土着文化が習合して独自のものとなる、これ、日本文化の典型なんであるな。

江戸の末期、さらにこれが神社寺院とくっついて、信仰というより一種の行楽としてこの巡行が盛んになった。さてお立合い、何といってもピカ一は隅田川の七福神。近頃はとみに人気が高まっておる……。

最近は七福神研究家を勝手に自称しているためもあって、ついつい張り扇の講釈になったが、向島を語ってこれをはずすわけにはいくまい。

すなわち、三囲神社の恵比寿と大黒、弘福寺の布袋、長命寺の弁財天、白鬚神社の寿老人、多聞《たもん》寺の毘沙門天、それに百花園の福禄寿。これが隅田川の七福神である。言問橋からずっと北の方へと川沿いに鎮座している。ここを訪ね歩いて、それぞれで陶器製の小さな福神を購って、七神ぜんぶそろったところで、宝船を買って乗合船を仕立てるという趣向なのである。久し振りに自転車をこいで巡ってみた。見どころあり、途中、桜もちあり、団子あり、草餅ありで、美味にも困らず、蕭条たる冬の隅田川べりに、にわかにほのぼのと豊かな心持を味わった。

ところで最近は、年が改まるたびに東京のあちらこちらで七福神詣でが盛んになり、やたらに年末の電車のポスターなどでお目にかかる。谷中、亀戸、麻布、品川、浅草……とふえるいっぽう。不景気ないし騒乱の世ともなると福神詣でかと、ご同情申しあげるほかはない。

しかし本家本元はわが向島の七福神サマ。『断腸亭日乗』昭和十一年十二月二十九日がそれを証明する。

《晴。午後玉之井散歩。燈刻銀座に飰してかえる。電車内に市中諸処七福神詣の案内を掲げたるを見るに、寿老人の事を寿老神となし、福禄寿星を寿尊となしたるは何に拠れるにや。また向嶋七福神詣の事は従来耳にする所なれど、浅草麻布山の手の七福神詣は、余の曾《かつ》て知らざる所なり》

と荷風さんはあっさり斬り捨てる。あとはくどくど書かないところがいい。

〈付記〉

隅田川七福神めぐりでは、百花園には福禄寿が祀られていることになっている。ところが百花園は東京都がいま管理する公園。都の公園には宗教的なものがあってはいけない、ということで、お堂はあってもご本尊はそこにいられない。やむなく福禄寿どのはご近所の白鬚神社の一隅に引っ越している。ただ毎年元旦から七日間だけ自家の百花園にもどって、いつもそこにいるような顔をしているのである。

もっとも七福神詣では元旦から七草までの行事。その折に働きすぎるので、残りの期間は七神とも休憩中であるから、福禄寿がよそに下宿仮睡中であっても問題はない。

●露伴「春の墨堤」

大正二年八月二十三日に書かれた随筆「大窪だより」に、

「ふと隅田川原に蘆の葉のそよぐ音聞きたくなり候まま、日脚傾きかけし頃急ぎ家を出候。いかほど破壊せらるるとも矢張夕暮の景色は向島にかぎり申候」

とあって、荷風は向島の夕景のあれこれを箇条書にしている。それを読んで少しく思うところがあった。見たことをそのまま記したにすぎないのであろうが、詠歎しないところがかえってユーモラスでもある。

「一、川中にて摺《すれ》違う渡船に女客なきは掛物なき床の間を見るが如し、

一、夕暮の渡船に鬢の毛吹きなびかす女と、川添の二階より水を眺むる女には、無理にも言葉が掛けて見たし。

一、水溜りに咲く水草の花の色淡きは薗《その》八の果敢《はかな》き節廻しの如し。

一、夕暮の上潮に帆上げて走る船の姿と江戸ッ子の巻舌ほど、せいせいするものはなし」

と、ここには荷風がほめているところだけを引いてみた。「気の毒なる」とか「閉口というの外なし」などとマイナスの部分は、直接原文でみられたい。

そして強調したいのは、この万事に落ちついたよきたたずまいの向島風景は、なにも大正二年ごろだけのものではなく、わたくしがボートを漕いでいた戦後すぐの時代にも共通したものであったということである。帆かけ船もゆっくり走っていたし、そよぐ蘆や水草の花もあちらこちらにみられた。墨堤を少し離れれば鐘ヶ淵の渡しが健在で、乗客の姐さんかぶりの手拭の白さがまぶしく、老船頭くわえ煙草や春の風、といった風情がまだあったのである。と、古きよき時代を想い返して、どうしても感傷的に一席やりたくなってくるが……。

話を元に戻して、幸田露伴の登場である。やや思うところありと書いたのは、「大窪だより」の荷風の筆趣結構は、どうみても露伴の随筆「春の墨堤」によっているのではないか。露伴が墨堤下の南葛飾郡寺島村新田（現・墨田区東向島一丁目）に借家ながら居を定めたのは明治三十年のこと。十畳の書斎、六畳の茶の間に奥の間、それに四畳半、四畳の二部屋があって庭つき。家賃は五円三十銭。なぜこんなにくわしく書くのかといえば、この家はいまそっくり明治村に保存されているからである。のちの明治四十一年にはすぐ近くに家を新築して移ったが、こっちは戦災で焼けてその跡が露伴児童公園になっている。というわけで「蝸牛庵」は向島に二つあったことになる。

こうして露伴は大正の終りまで向島に住んでいた。それほどこの地が気に入っていた。その大いに好んでいるあたりの機微をそのままに示したのが「春の墨堤」の一篇なのである。

「一、塵いまだたたず土なお湿りある暁方、花の下行く風の襟に冷やかなる頃のそぞろ歩き

一、何心もなくあるき居たる夜、あたり物淋しきにふと初蛙の声ききつけたる

一、雨に名所の春も悲しき闇の中を、街灯遠く吾妻橋まで花かくれに連《つら》なれるが見えたる

一、裏道づたいに、いずくとも無く行くに、生垣のさま、折戸のかかりもいやしげな

らず、また物々しくもあらぬ一ト構えの、奥に物の音したる（以下略）」

　それらはいずれも何ともいい風情がある、と露伴はいうのである。

　荷風は露伴のエッセイを高く評価し、なんどか読み返していることが『日乗』からも知れる。大正十三年三月十八日には、

《明治の文学者にしてその文章思想古人に比すべきもの露伴鷗外の二家のみなるべし》

　とまで記している。そうみれば「大窪だより」のスタイルが「春の墨堤」と通いあうところがあってもなにも不思議とは申せまい。

　昭和二十二年七月三十日、露伴死去。八月二日に市川市菅野の自宅で葬儀が行われた日、荷風は「蝸牛庵」へ曲る角のところでよそながら回向した。「礼服がないし、生前会ったこともない人のところへお焼香だけしにいくのは変だから」という理由であった。その日の荷風のいでたちは、麦藁《むぎわら》帽子に白いシャツ、黒ズボンに下駄ばきという例によって例のもの。

　そしてその日の『断腸亭日乗』にはこうある。

《晴。午後二時露伴先生告別式。小西小滝の二氏と共に行く。但し余は礼服なきを以て式場に入らず門外に佇立してあたりの光景を看るのみ》

　傾倒する人への荷風らしいひそかな弔意の示し方である。

●吾妻橋・再説

拙著『続・漱石先生ぞな、もし』にも登場させたが、もう一度、吾妻橋について書いてみたい。

『断腸亭日乗』には、嬉しいことに、関東大震災後に帝都復興の大事業としての六大橋架橋のさまが、ところどころに記されている。このとき建設された六大橋とは川上から言問、駒形、蔵前、清洲、永代、相生のそれぞれの橋。大正十一年のワシントン軍縮条約調印で激越をきわめた建艦競争が急停止、おかげで鉄が多量に余った。そこへ大地震で東京壊滅、橋がないため逃げ道を奪われ、多数の死者を出した。ちょうどいい、橋を造れで、戦艦や空母のかわりに名もうるわしい橋をどんどん造った。平和的利用とはまこと民衆のためになる。

六大橋ばかりではない。東京市内の震災復興橋はなんと百十五橋を数える。大へんな平和事業である。このとき隅田川の右岸すなわち浅草・日本橋・築地側、要するに皇居よりの地域に架けられた橋五十七の約八〇パーセント弱が、見た目も美しい曲線美のアーチ橋。左岸すなわち向島・両国・深川側は三十七橋のうちの七割は道路の延長みたいなトラス橋と、松井覺進氏の著書で教えられた。いわれてみればわれらが左岸の源森川や小名木川に架かる橋はすべて、優美さや環境との調和なんか無視した無粋なものばかり。こん畜生め、お上はわれら下町ッ子を差別し馬鹿にしたんだと、いまにして大いに地団駄をふんでいる。

そんな差別ばなしはともかく、『日乗』から橋の話を――。

《十二月廿六日。……白鬚祠畔に乗合自動車の来るを待つ。日は既に没して水烟模糊。対岸の人家影の如くに黒く白帆夢よりも淡し。三囲駒形二橋の工事漸く進渉《ママ》するを見る》（昭和元年）

三囲の橋とは三囲神社のやや川下の言問橋のこと、まだ名がつけられていなかったとみえる。

《七月九日。……花川戸より三囲に渡る橋は未成らず、駒形には粗末なる鉄の釣橋出来上りたり》（昭和二年）

駒形橋なんかいま見るとなかなかに堂々たるものとみえるのに、工事中ゆえ《粗末なる》と荷風の眼には映ったのか。少し飛ばして昭和三年――、

《四月廿五日。……中洲河岸より深川にわたる新鉄橋既に工事落成せるを見たり》

永代橋である。

《六月四日。……新大橋に出るに、雨後の河水滔々として流行くさま山の手に住む我等には物珍しく見えたり。……汽船に乗りて河を溯り行くに、横網辺の岸より浅草蔵前へかけて新しき鉄橋架せられたり。吾妻橋より又別の汽船に乗り言問に至りて岸に登る。

向嶋の土手七八間程の道幅となり、三囲稲荷土手下の水田は平地となり、牛の御前の社殿は他所へ移されて其跡もなし。墨堤旧時の光景今は全く痕跡を留めざるに至れり。三囲の新橋を渡れば直に山の宿の電車通に出ず》

震災後の墨堤付近の拡張工事でこの周辺に大変化が起こったのは、荷風日記の示すとおり。弘福寺も墓域の一部が召しあげられ、せっかくそこにあった森林太郎之墓がやむなく三鷹の禅林寺に移らざるをえなくなり、わが古里の向島は大事な文学遺跡を失った。荷風さんは旧時の光景がなくなったのを例の如くに慨嘆しているが、度合いからいえば戦後のわれわれのほうがはるかにひどい。われらが青春の象徴たる艇庫は全く痕跡をとどめない。そして、何事であるか、あのコンクリの高い壁と大蛇のようにのたうつ高速道路は。慟哭したくなってくる。

このことについては別項で声を大にして歎いたからこれ以上は略すとして、本題の吾妻橋。この橋がはじめて架かったのは安永三年（一七七四）、『武江年表』のその年の項に「大川に橋始めて掛る（俗に吾妻橋と云う）。十月十七日、渡り始め」とあるという。以下、すっ飛ばして、明治九年に架けかえられたとき、吾妻橋が俗称から昇格して正式の名となった。九年後に洪水で流失、明治二十年十二月に本格的な鉄橋（ただし床は板）として生まれ変った。漱石先生の『吾輩は猫である』にある寒月君の身投げ事件は、この鉄橋での話。

これが大正十二年の大震災で、床部の材木が焼け落ちてしまったので、言問橋や駒形橋の完成をまって、改めて架け直された。完成が昭和六年というから、わが生誕の翌年である。『濹東綺譚』の第四章で、作中小説「失踪」の主人公種田順平が橋のまん中ごろの欄干で女を待つ、これがこの吾妻橋。荷風さんが川と橋があれば待合せの舞台という、ごく基本的な恋愛小説の約束をそのまま使っているのにびっくりする。ダンテとベアトリーチェが九年ぶりに再会するポンテ・ベッキョ（ベッキョ橋）、アポリネールのミラボー橋、『源平盛衰記』の盛遠と袈裟御前の摂津渡辺橋、桂小五郎と幾松の三条大橋、ロバート・テイラー大尉とヴィヴィアン・リーの会う映画「哀愁」のワーテルロー橋。荷風ご自身もすでに『すみだ川』で一度、ヒロインお糸とヒーロー長吉の出逢いで今戸橋を使っている。

いい加減にせいといわれそうであるからやめるが、長さ百五十メートル、幅二十メートルの吾妻橋には、わたくしにもあまりにも古典的な女との出会いを含めて数限りない想い出がある。

ところで、この橋がなぜ吾妻橋とよばれるようになったのか。原名大川橋が江戸市中から吾嬬権現社《あづまごんげん》への参道にあたる、そこからその名がついた、という説がいちばん有力なのである。権現社の祭神は弟橘媛《おとたちばなひめ》。『日本書紀』の英雄日本武尊《やまとたけるのみこと》の夫人で、相模灘で身を投じて夫の危難を救った。英雄は足柄峠でそのことを偲び、思わず「吾嬬はや」

〈ああわが妻よ〉と一言、その叫びからこの神社の名がつけられた。

昔は、この境内に日本武尊が弟橘媛の霊を鎮めようと、使った樟《くす》の箸を「末代平天下ならんには、この箸二本ともに栄うべし」といって地面にさしたところ、のちに一根二幹の大木となった、という見上げるような樟の木があった。子供のころは恭々《うやうや》しく三拝九拝させられたものであったが、空襲で焼けた。愚かな昭和の政治家、軍人、官僚のお蔭で、戦争などという愚挙をやり、〝末代平天下〟とはいかなかったのである。

これほど由緒あるこの神社は、亀戸駅から明治通りを北へ、北十間川にかかる福神橋を渡ってすぐ右に曲がったところにある。密集した人家にかこまれて、川に面してぽつんととり残されたように寂しく鎮座ましましている。とても浅草観音にまけないくらい繁盛した古い歴史のある神社とは思えない。ちなみに墨田区立花というこのあたりの地番は、実は例の破壊的住居表示改悪のとき、橘としようとしたら当用漢字にない。やむなく同音のやさしい二文字に分解したものであるという。馬鹿馬鹿しくて話にもならぬ。

荷風日記を叮嚀にみたが、吾妻橋の名の起こりとなったこの神社は、完璧なまでに無視されている。荷風はいちども境内に足跡を刻していないのであろうか。


〈付記〉

現代の隅田川は、過去の愚劣な政策の罪ほろぼしのためか、やたらにけばけばしく飾りたてられている。橋はそれぞれ違った色にぬられた。吾妻橋はライトブルー、駒形橋はブルー、厩橋は濃いグリーン、両国橋は朱色、新大橋は黄色、清洲橋はダークブルー、永代橋はグレイ、勝鬨橋はシルバー、といった具合なんである。夜にはこれにイルミネーションがあてられ、さあ、当局はいろいろと考えてますよ、といわんばかり。にぎやかなことである。なんのことはない、いままで見捨てていたままっ子が、よくみたらなかなかの美形と気づいて、一大商品として売りだし中というところなのである。過ぎたるは及ばざるがごとし、にならなければよいが……。

●亀田鵬斎のこと

『濹東綺譚』の「作後贅言」で、荷風は書いている。

「天明の頃には墨田堤を葛坡《かつは》となした詩人もあった」

向島は葛飾の地にあることから「葛」、それに堤の意の「坡」をつけたものとすぐわかるが、この詩人はだれなるか。については、知る人ぞ知るといわんばかりに、荷風さんは突っぱねているから、長いこと気になっていた。あるとき百花園にいって、入口のすぐそこにある「墨沱《すみだ》梅荘記」の碑をひと眺めしたら、たちまち疑問は氷解した。

「墨沱の瀕《ほとり》、葛坡の傍、荒園鋤《す》きて新園成り、之《これ》に梅一百株を植う。毎歳、立春伝信の

候より二月啓蟄《けいちつ》の節に渉《わた》り樹々花を着け満園雪の如し（以下略）」（原文は漢文）

この碑ならこれまでだって何度となく眺めた覚えがあるのに、ついぞ「贅言」とは結びつかなかった。なるほど、心ここにあらざればか、とその愚をいやというほど思いしらされた。作者は亀田鵬斎、とくれば、昭和はじめのころの『断腸亭日乗』などでおなじみの江戸の文人である。その好むところ詩文だけでなく、

「わたくしは唯墨堤の処々に今猶残存している石碑の文字を見る時、鵬斎米庵等が書風の支那古今の名家に比して遜色なきが如くなるに反して、東京市中に立てる銅像の製作、西洋の市街に見る彫刻に比して遥に劣れるが如き思をなすのみである」（「向嶋」）

といった具合に荷風はその書も大いに好んだものらしい。昭和十二年三月二十一日の日記で、

《写真機を提げて墨陀の木母《もくぼ》寺に至り、鵬斎が観花碑をうつす》

と、わざわざ向島も白鬚橋の北の木母寺に出かけ、その字をカメラに収めている。

荷風さんとの関連で、わたくしなりに鵬斎なる文人をちょっと調べてみたら、これがまた見事なる御仁でびっくりした。

江戸は寛政のころ（十八世紀末）の学者で、江戸に生まれ、神田駿河台や下谷に住んだ生っ粋の江戸っ子。であるから、それにふさわしくとてつもない遊び人で、たとえば門弟を前に講義中に、吉原から使いがきた。なじみの遊女からのお誘い。とたんに本を

パタンと閉じ「自分はこれから都内某所にいってくる。諸君はゆっくり休憩していてくれ」といい残し、旗本や御家人の子弟を放ったらかして、すこたら吉原へ、なんていう挿話はくさるほどもある。

しかも出世栄達なんかこれっぽっちも考えない。寛政異学の禁で、門人の数は激減したが意に介さない。そして時勢を批判し、憤慨することをやめようともしなかった。いかにも荷風好みである。

それにまた前述したように、その書が時代を超えた値打ちものであり、大いにもてはやされた。ただし、鵬斎は、むやみには書こうとはせず、一筆一筆丹念に筆を走らせ、気に入らないとたちまちに破り捨てた。荷風がカメラをぶらさげ碑文をパチリとやりにいきたくなるのも、むべなるかな、なのである。

その鵬斎がなんとも身近に思えるのは、これが酒好き。かつ酔ってへらへらにならざる酒豪の誉れを高くしている傑物、というから楽しくなる。

肩書や地位や金銭などという世間智なんぞに執する心を、酒に酔うことによって軽々とのり超えてしまう。鵬斎の真骨頂であるが、痛快な歌もある。題して「酒徳教」。

吉野竜田也隅田川（吉野も竜田山も隅田川も
酒賀無礼婆只之処（酒がなければただのとこ）
劉伯倫也李太白（有名な劉伯倫や李白だって）

酒乎飲爾婆只之人（酒をのまねばただの人）
酔酔酔酔酔薩阿（よいよいよいよい、よいやさあ）

また、こんな詩もつくっている。

酔客飲レ酒酔来寝　此法不レ仙又不レ禅
百両黄金何可レ換　従来此是我家伝

酔っぱらったら、また酒をのんで酔って寝る、浮世にあってこれが最高の生き方である。金あらば酒に換える、これぞわが家の家伝である。

酒とともに生きるおのれを自賛し、酒仙に徹している。この辺のところは下戸の荷風さんとは大分違っているが……。それでも鵬斎は長命を保ち、文政九年（一八二六）七十四歳で死んだ。達筆で「もはや是迄」の一書を残して。

●つばたれ下る古帽子

わが漱石先生は生涯に二千四百三十一句つくった（和田利男氏の著書による）。うち大半の千六百四十七句を松山・熊本時代にものした。小説家になる前の、一種の専門俳人であったときである。それでも生前に句集は一冊。

荷風さんは、同じく生涯に句集は一冊しかもたなかったが、その句数は六百句を越えるという。

小説家としてはかなりの句数である。作家荷風は漱石なみに、俳句にもう一人の自分の吐け口をみつけていたのかもしれない。実のところ、踊り子やストリッパーや芸人に所望されると気楽に筆をとったから、もっとはるかに多いという説もある。なるほど、『断腸亭日乗』をみると、そんな場面がよく出てくる。たとえば、《……俳優川公一《かわこういち》に句を請わる。左の駄句を色紙に書す》（昭和13・6・14）とあって「焼鳥や夜寒の町のまかり角」などあまり上手でない五句がならんでいる。また戦後も《……独《ひとり》浅草大都座に往く。女優由美子停電上演紀念にとて短冊に句を請いければ》（昭和24・3・27）とて、

・停電の夜はふけ易し虫の声

・窓にほす襦袢なまめけ日永哉

と、こっちは自作の芝居「停電の夜の出来事」を思わせるあでやかな句がならんでいる。ただし、いずれにせよ、軽い手すさび、つまり余技というほかはない。

余技とはいえ、荷風句となると、どうしてもこうした情緒的な、柳暗花明の地をしのばせる艶美な句にわたくしの目がいってしまう。いうなれば助平っぽいやつ。そっちのほうに名句があるとは思えねども、ほかの文人はあまり作りたがらない江戸趣味の境地を、荷風さんは餅は餅屋でさらりと詠んでいる。

・色町や真昼しづかに猫の恋
・垣越しの一中節や冬の雨
・青竹のしのび返しや春の雪
・葉ざくらや人に知られぬ昼あそび
すべて連句でいうところの「恋の座」においてみると、ウムと唸らせるところがある。

しかも勝手にわたくしはすべて向島を詠んだものとして鑑賞している。

実際は荷風句の真骨頂は、やっぱり世のすねもの、世捨て人、その名のとおり市隠の偏奇館主人そのものを示すような句にあるのであろう。
・稲妻や世をすねてすむ竹の奥
・かくれ住む門に目立つや葉鶏頭
・昼間から錠さす門の落葉哉
・落る葉は残らず落ちて昼の月
それとそれに関連して、亡命者の寂寥感や孤独感。
・風きいて老行く身なり竹の秋
・秋雨やひとり飯くふ窓のそば
・秋雨や夕餉の箸の手くらがり
・襟まきやしのぶ浮世の裏通り

・粉薬《こぐすり》やあふむく口に秋の風（病中の吟）

と、書きならべてくると、なんとなくきちんとした行儀のいい句ばかり、ということに気がついた。うまいことはうまいが物足りない。漱石流の天衣無縫というか、放胆というか、稚拙なれど発想でびっくりさせられるのが余りに少ない。あれだけ敢然として世捨て人になり無用の人たらんとしている人が、五七五を意識すると、とたんに歳時記用にぴたりのようなお手本の句を吐くというのは、ちょっと奇異でもあった。穏健で円満すぎるのじゃあるまいか。

しかし、よくよく考えるまでもなく『断腸亭日乗』はまるで花鳥風月を地でいくような、季節の風物ではじまっている。小説だって歳時記風である。『濹東綺譚』の背景は、蚊のなくドブぎわの家、夕立の雨やどり、稲妻の宵、白玉氷、残暑そして法師蟬と季題がずらり。それに『日和下駄』で象徴されるような荷風の日々の散策、これすべて吟行といえないこともない。吟行の大事なところは写生である。漱石は『草枕』や『虞美人草』で俳句の世界を小説にする挑戦をやったが、荷風は小説世界を俳句にしてみたまでであるから俳句がとりすましている。

それに荷風独得の俳句観もある。『荷風俳句集』の序でも当りさわりのないことをいっている荷風が、『日乗』昭和十五年十二月二十二日、時局にあわせて俳人たちが「日本俳家協会」という御用団体をつくったことを痛罵し、こう書いている。

《反社会的また廃頽的傾向を有する発句を禁止する規約をつくりし由。この人々は発句の根本に反社会的のものあるを知らざるが如し。俳諧には特有なる隠遁の風致あり。隠遁と云い閑適と称するものは是即ち発句独特のさびし味なり。即ちさびなり。若しこれを除かば発句の妙味の大半は失われ終るべし》

俳句の本道たる「さび」とは遁世のさびしさであると説く荷風に、滑稽や奇想を求めるのは求めるほうが悪いということになる。なるほどそういわれてしまうと、自分自身をうたったような句にも、自嘲や卑下や自讃なんかより、ひたすら寂しさだけがにじみでている。

・永き日やつばたれ下る古帽子
・行春やゆるむ鼻緒の日和下駄
・下駄買うて簞笥の上や年の暮

なかで、ひとつだけ愉快な句を見つけた。ちょっと荷風らしくないが、句の内容は荷風ならではのものであった。

・木枯にぶつかって行く車かな

車は円タク。場所は向島は玉の井の里。東武電車の終電が終ると、この歓楽の里めざして吹きすさぶ木枯しのなか円タクが殺到する。説明はそれで十分であろう。

第十一章　〝すべて狂気〟の中の正気

―昭和十六年〜二十年―

●十二月八日のこと

話を永井荷風から離れて、いきなり遠くかつ大きなところからはじめたい。すなわち猛烈な外圧が押しかぶさってきて、集団が危機に直面するとき、あるいは既存のシステムが大いに揺らぐとき、日本人は突破口を見出そうと高揚し、急激に一つの方向に意思を統一する。きまってそれは〝攘夷〟の精神となってあらわれる。そんな大それたことについて、すでにいっぺん書いたことではあるけれど、改めてもう一度、えらそうに語ってみることにする。

話のスタートは、申すまでもなく、ペルリ提督の黒船四隻によって象徴される幕末である。

幕末日本が、開国を強要する米英蘭仏露の圧倒的な武力を目の前にしながら、行動の基点として〝攘夷〟を考えたことを、今日の視点からみて唯我独尊、偏狭な反撥と感情論があるのみ、と評することは容易である。しかし、あのとき、われわれの父祖が声をそろえて攘夷をとなえたのは、迫りくる列強の圧力に抗して、その誇りにかけて独立した国家であろうとする強烈な意志の表明であった。幕末の日本はひとしく、外圧に抗して独立国家たらんとするために、攘夷に時代の理性がある、と認めたのである。

しかし、おかれた現実は攘夷など夢のまた夢、あまりに国全体が弱すぎた。迫りくる西洋国家群にたいし、拮抗しうるだけの強い国家を形成しなければ、攘夷は完遂できない。とりも直さず、西洋文明をぞくぞくとりいれ、軍事対決に応じうる軍事国家建設を、ということになる。やんぬるかな「開国」せざるをえない。攘夷と開国の論理的な連鎖がここにあり、スローガンはたちまちに変る。「攘夷せんがための開国」と。

こうして天皇を頂点にいただく明治国家がつくられたが、西欧文明との接触は否応なしに国家の近代化を強いた。スタートでしきりにとなえられた天皇親政というような古代感覚は、すべて近代合理性へとモデル・チェンジし、やがてそれに成功する。志士たちが希求した王政復古は「百事御一新」になり、いつか明治御維新と変った。もともと王政復古と明治維新とは、別の概念のはずであった。

明治日本人は「攘夷のための開国」を大真面目に大目標として開国し、古代の神《かん》ながらの道を実現することをこれも真剣に理想としながら、しかも鎖国二百六十年の落差をいっぺんに埋める近代的大飛躍をあえてした。混乱は当然で、結果は、現実の歴史の歩みと、日本人の心奥にある理念とは、いつか逆方向になる。

国家は近代化しヨーロッパ型に完成されていった。ところで、多くの日本人の心奥に育まれていた王政復古と攘夷の精神は、このときに死滅してしまったのであろうか。いや、近代日本は、たしかに合理的にすべて開国論的に転換したが、攘夷という、天皇親政の王政復古という、非合理な情念の面は、日本人の心のうちに底流として死なずに残ったのである。

いささかくたびれる議論となったようであるし、既知のことをくどくどと書いたようでもある。いいたいのは、以上を前提とし、この死なずに残った攘夷の精神が、なんと日本の近現代史のさまざまな局面で、思いもかけないような型で顕現化するという事実について、なんである。

日本国民は対西洋諸国との外交問題で、日本の自尊心が問われるような事態がくると、異常に過敏な反応を呈するのである。奇妙に落着きを失い、奇妙な強がりの叫びをあげるのを常とする。文明開化をとなえつつ、西洋文化の摂取によって帝国主義列強から日本の生存を守るためには、みずからが戦闘的にならざるをえなくなった。帝国主義列強の一員になり拮抗することによって、国家の維持をはかる。そのため明治・大正・昭和と大日本帝国は、国力不相応な威信を求めるオオカミ的国家となった。

明治時代の「富国強兵」「臥薪嘗胆」につづいて、大正では、第一次大戦で西欧列強の目がアジアを離れた機をみて、武力威嚇をもって二十一ケ条条約を中国に強要するまでになる。昭和になって西洋文化との協調路線が崩れると、攘夷の精神的地肌をあらわにする。尊王の志士は、壮士となり、革新官僚や青年将校や行動右翼となっていった。二・二六事件はその旗じるし「尊王討奸」「昭和維新」が示すように、〝志士〟たちが希求したのは天皇親政の王政復古であった。

それ以後の「月月火水木金金」「満蒙権益擁護」「栄光ある孤立」「東亜新秩序」「ABCD包囲網」……一連のスローガンは日本国民が対外関係で興奮した攘夷の精神を反映している。そして「尊王攘夷」は「鬼畜米英撃滅」となって蘇り、最後の「尊王攘夷の決戦」としての〝大東亜戦争〟へとつながっていった。

痛烈に想いだすのである——、昭和十六年十二月八日朝、まだ小学校の五年生であったわたくしは、ほとんどの大人たちが、小学校の先生たちが、晴れ晴れとした顔をしていることに奇異を感じたものであったことを。

この日、中島健蔵は「ヨーロッパ文化というものに対する一つの戦争だと思う」と述べ、本多顕彰は「対米英宣戦が布告されて、からっとした気持です。……聖戦という意味も、これではっきりしますし、戦争目的も簡単明瞭となり、新しい勇気も出て来たし、万事やりよくなりました」と記した。小林秀雄も語った、「大戦争が丁度いい時に始ってくれたという気持なのだ。戦争は思想のいろいろな無駄なものを一挙に無くしてくれた。無駄なものがいろいろあればこそ無駄な口を利かねばならなかった」。

亀井勝一郎はもっとはっきりと書いている。

「勝利は、日本民族にとって実に長いあいだの夢であったと思う。即ち嘗てペルリによって武力的に開国を迫られた我が国の、これこそ最初にして最大の苛烈極まる返答であり、復讐だったのである。維新以来我ら祖先の抱いた無念の思いを、一挙にして晴すべきときが来たのである」

横光利一も日記に躍動の文字をしたためた。

「戦いはついに始まった。そして大勝した。先祖を神だと信じた民族が勝ったのだ。自分は不思議以上のものを感じた。出るものが出たのだ。それはもっとも自然なことだ。自分がパリにいるとき、毎夜念じて伊勢の大廟を拝したことが、ついに顕れてしまったのである」

この人たちにしてこの感ありで、少なくともほとんどすべての日本人が同様の気も遠くなるような痛快感を抱いたのであり、まさしく攘夷民族の名に恥じない感動の朝であったといえる。

さて荷風さんである。この人の国家観もしくは戦争観というものが、明確かつ鞏固《きょうこ》な全面的な近代否定の上に立っていることは、すでになんども書いた。その文明批評は、あまりに時代に背を向けすぎていて、たしかに現実にたいする有効性を、まったく欠いているものであった。としても、残されたこの日の日記をみると、これまた当然すぎるくらい当然なのであるけれど、やっぱり三歎し脱帽するほかはなくなってくる。

《十二月八日。褥中《じょくちゅう》小説浮沈第一回起草。晡下土州橋に至る。日米開戦の号外出づ。帰途銀座食堂にて食事中燈火管制となる。街頭商店の灯は追々に消え行きしが電車自動

車は灯を消さず、省線は如何にや。余が乗りたる電車乗客雑沓せるが中に黄いろい声を張上げて演舌をなすものあり》

これが全文である。その前日までの記述と文句ないほど変化なし。翌日がまた素敵である。

《十二月九日。くもりて午後より雨。開戦の号外出でてより近鄰物静になり来訪者もなければ半日心やすく午睡することを得たり。夜小説執筆。雨声瀟々たり》

さらに十二日がとびきりにいい。

《十二月十二日。開戦布告と共に街上電車其他到処に掲示せられし広告文を見るに、屠れ英米我等の敵だ、進め一億火の玉だとあり。或人戯にこれをもじり、むかし英米我等の師、困る億兆火の車とかきて、路傍の共同便処内に貼りしと云う。現代人のつくる広告文には、鉄だ力だ国力だ、何だかだとダの字にて調子を取るくせあり。寔《まこと》に是駄句駄字と謂う可し。晡下向嶋より玉の井を歩む。両処とも客足平日に異らずという。金兵衛に飰して初更にかえる》

もちろん《或人戯にこれをもじり》というある人は荷風その人にほかならない。ことによったら、ほんとうに公衆便所に貼りつけたのかもしれない。

この十二月八日に書きはじめられた小説は、『浮沈』というひとりの女の流転する半生を描いたものである。その冒頭は、

「毎月の十日、晴れても降っても、さだ子は死んだ良人《おっと》の命日には今もって怠らず、栃木県××町の家から東京まで墓参に来る」

と淡々としたもの。女給から人妻へ、さらに未亡人、ふたたび女給、人妻、待合の女というように、清島さだ子という女の変転する運命を追う。『つゆのあとさき』につづく女給ものといっていい。対英米開戦の興奮も熱狂もおよそ影ひとつ落としていない。なれど、この小説はそれほど面白くない。作中人物の越智孝一の口をとおしてせいぜい荷風その人の慷慨が語られていることと、昭和十二年秋から十五年秋までの激動の時代の暗澹たる世相が描かれていること、この二つくらいがわたくしの興味をひく。といったって、たとえばその風俗描写も、

「夏は早くも過ぎ、秋も十月になって二度目の燈火管制が行われる頃から、さだ子のみならず、アパートの女達は炊事をするのにマッチがなくて困ると言い出したが、つづいて砂糖がないと言って、朝早くから砂糖を買いに出かけるものが多くなる」

と、おおかたは『日乗』をタネ本においているから、『日乗』好きにはあまり価値はない。

そんなことより、一億国民が攘夷の精神でハッスルし狂い酔っている最中に、発表のあてもなくシコシコと書きつづけている荷風さんの強靭な精神のほうがよっぽど興味深い。いかに時代に背を向けようと、あの殺伐たる時代には、時代のほうから強引に押し

よせ背くものをなぎ倒しにくる。それをまた荷風は頑強にはねのけ、孤独に徹して、女給小説を書きつづけていく。頼るべきはおのれの芸にたいする誇りのみか。

そして終りに近い第二十二章で、市ヶ谷左内坂の越智の家で越智とさだ子が一夜をともにするところ、

「越智が暁方《あけがた》ちかく、ふと眼をさました時、さだ子はいつの間にか眠っていた。行儀よく口をむすび、閉《とぎ》した瞼のあいだから上下《うえした》の長い睫毛《まつげ》を一つに合せ、男の腕を枕に渦巻きみだれる髪の中に、半面を埋め、両手を胸の上に組合せていた。越智は愛憐の情に堪えやらぬが如く、さだ子が眼の上に縺《もつ》れかかった髪の毛を、一筋一筋、そっと耳の方へ撫でつけてやりながら、心の底にはいつも消去らぬむかしの恋人の姿を思いつづけていた――（略）。

窓のすき間から進入る夜明の冷気に眼をさましたさだ子は、越智がじっとその顔を眺めているのを知りながら、今はそれを避けようともせず、同じように男の顔を見まもっている。二人とも何とも言わない。互に目のつかれるまで顔と顔とを見合していたが、やがてまた静に瞼を合せた。

蚯蚓《みみず》の鳴音《なくね》はもう聞えない。窓の外には雀がさえずりはじめた」

こんな美しい恋愛描写の腕の冴えをみせられると、あの時代によくもまあ、とひたすら感じいってしまう。

荷風が『浮沈』を書きあげたのは、十七年三月十九日である。とすると、日記より察するにこの場面を書いたのは《三月初六。……帰宅後執筆暁三時に至る。筆持つ手先も凍らざればなり》か、《三月八日。……終日小説執筆》のいずれか。そのいずれであるにせよ、その直前の日記にある荷風のはげしいともいえる想いをみると、このラブシーンに、反骨の作家は全力を傾けたに間違いはないのである。

《三月初一。……上野地下鉄構内売店つづきたる処に若き男女二人相寄り別れんとして別れがたき様にて二人とも涙ぐみたるまま多く語らず立すくみたるを見たり。二人の服装容姿醜くからず。中流階級の子弟らしく見ゆ。余は暫くこれを傍観し今の世にも猶恋愛を忘れざるもののあるを思い喜び禁じ難きものあり。去年来筆とりつづけたる小説の題目は恋愛の描写なるを以て余の喜び殊に深し。余は二人の姿勢態度表情等を遠くより凝視し尾行したき心なりしかど……》

この《凝視》が、小説中の越智とさだ子と無言のみつめ合いの恋愛描写になったのかもしれない。それにしても《尾行したき心》とは例によって例の如しであるな。

●戦時下において

鮎川信夫氏の荷風論のひとつに好論「戦中の断腸亭日乗」がある。あるもの、さ、し、から、荷風がいかに日本人離れした人であったか書いてみようとしたものである。つまりそのものさしとは〝太平洋戦争下〟という国家敗亡への道程であった。いうまでもなくこの時代は、万事において戦争に勝つために規制されていた。人びとの生活も意見もまた然り。条件が同じであるから、それぞれの反応の違いがよく検別できる。鮎川氏は書く。

「どんな人の日記でも、あの大戦争で、特に初期の戦勝期にはそれに対するよろこびの念をもらした文章がある。武者小路実篤や高村光太郎はむろんのこと、谷崎潤一郎や志賀直哉だってそんな文章がある。戦時中活躍した作家に至ってはなおさらのことであり、それも当然である。敵側の作家だって同じことだ。ところが荷風に限っては一切ない。爪の垢ほどもない。／いま読むと、戦争に狂奔していた九十九パーセントの日本人のほうが異常であって、それを徹底的に冷眼視している荷風がまともに見える……」

　鮎川氏のこの方法をそっくりいただいて、鮎川氏が引用しなかったところで、わたくしも荷風さんがいかに日本人離れしているどころか、人間離れしていたかを戦中の『日乗』で検証してみることにする。

　昭和十八年十二月三十一日、連合軍の反攻はいよいよ急で、日本軍の防衛線はいたるところで突破され、敗退につぐ敗退を重ねていた。特殊潜航艇乗組の黒木博司中尉が、人間魚雷を着想し血書をしたためて海軍中央に請願したのが二日前。早くも全軍特攻の機運が醸成されはじめた。そのときの荷風の観察である。

《今は勝敗を問わず唯一日も早く戦争の終了をまつのみなり。然れども余窃《ひそか》に思うに戦争終局を告ぐるに至る時は、政治は今よりも猶甚しく横暴残忍となるべし。今日の軍人政府の為すところは秦の始皇の政治に似たり。国内の文学芸術の撲滅をなしたる後は、必ず劇場閉鎖を断行し債権を焼き私有財産の取上げをなさでは止まざるべし。斯くして日本の国家は滅亡するなるべし》

いまになってみると、荷風さんの予言がずばりと的を射ていたことにびっくりする。昭和二十年六月、沖縄失陥ののちの本土決戦を指向した軍部の意思のもと、政府は戦時緊急措置法案と国民義勇兵法案を議会に提出した。この法案は法律なんていうものではなく、一億国民の生命財産をあげて生殺与奪の権を政治に一任するという白紙委任状そのもの。まこと《秦の始皇の政治に似たり》、しかし、本土決戦をすることなく、私有財産の取上げまでいかず、無条件降伏で《日本の国家は滅亡》してすべてが終ったのは、考えてみれば、不幸中の幸いであった。

翌十九年の三月二十四日——いよいよこの月いっぱいにて浅草オペラ館は閉鎖することになった。踊子たちが驚き悲しむことなく談笑しているのを、荷風はむしろ驚いている。

《凡そこの度《たび》開戦以来現代民衆の心情ほど解しがたきものはなし。多年従事せし職業を奪われて職工に徴集せらるるもさして悲しまず。空襲近しと言われても亦驚き騒がず。

何事の起り来るとも唯その成りゆきに任かせて寸毫の感激をも催すことなし。彼等は唯電車の乗降りに必死となりて先を争うのみ》

ここにはかなり意地悪な民衆侮蔑の眼が光っている。無気力無批判で、殺されるかもしれない政治の圧力に従順に従う日本人、体制組織に組みいれられたまま自我のかけらもみせない民衆、それらにたいして荷風はどうやら戦争開始いらい煮えたぎるように熱い苛立ちを抱きつづけているようなのである。民衆を〝衆愚〟ときめつける一種の唾棄感である。

《郵便受付箱に新年の賀状一枚もなきは法令の為なるべし。人民の従順驚くべく悲しむべし。野間五造翁ひとり賀正と印刷せし葉書を寄せらる。翁今尚健在にて旧習を改めず。喜ぶべきなり》（昭和17・1・1）

年賀状交換は昭和十六年いらい強制廃止されていた。

《白鬚神社のほとりに女供多く集りいたれば近づきて見るに、玉の井娼家の女、組合の男につれられ新嘉坡《シンガポール》陥落祝賀祈禱のため隊をなして参詣するなり。滑稽のきわみと謂うべし》（昭和17・2・18）〔ちなみにシンガポール攻略は二月十五日〕

これらでみても開戦いらい、民衆とは愚直にして憐れむべきもの、というよりも、愚にして信ずべからざるもの、と荷風は観じていたことがわかる。

十九年五月三十日、この夜、作家の伊藤整は出版報国団の講演会で、海軍の高瀬五郎大佐の話を聞いた。飛行機と船舶の生産がようやく上昇曲線を描きだしたので、押され放しの戦局にも間もなく一筋の光明を見ることができるようになる、と知り、日記にこう書いた。

「こういう事情であれば、大学、専門学校、中等学校の生徒まで動員して工場や農村の生産を増進しようとする政府の最近の方針は至極当然のことだ、そうしなければこの急場の人力を補って行けないのだ、と私は祖国の運命について、これまでにない急迫したものを感じた」

いっぽう荷風は、この日、偏奇館の天井に走り回っていた鼠がひっそりと音も立てなくなったことに気づいて、こんな愉快なことを書いた。

《鼠群の突然家を去るは天変地妖の来るべき予報なりとも言えり。果して然るや、暴風も歇《や》む時来れば歇むなり。軍閥の威勢も衰る時来れば衰うべし。其時早く来れかし。家の鼠の去りしが如くに》

この翌々日の六月一日、ビルマの西北部の要衝コヒマを包囲していた第三十一師団長佐藤幸徳中将は、作戦苦況ゆえをもって独断で全軍に退却を命じた。壮大な夢物語インパール作戦計画はこの日に崩壊を決定づけた。

七月七日、マリアナ諸島のサイパン島守備隊が全滅した。これで大日本帝国の勝機は百パーセントなくなった。その責を負って十八日に東条英機内閣は総辞職、ただし国民に知らされたのは二十日。同日夜、小磯国昭内閣の成立が伝えられる。あわただしい政権の交代である。

この日の、作家山田風太郎（当時二十二歳の大学生）の日記より。

「日本の苦悶——われわれはいかにすべきか。いかに祖国の難に応ずべきか？——一日中、このことが頭にこびりつく。／疎開の運搬作業中も『無責任な奴だなあ！』とみな東条さんを罵る。東条さんの苦しみはしかし一個人の責任無責任ではあるまい。（略）小磯米内両大将に大命降下の発表、（略）二人の人物に大命降下とは稀有のことだ。国難の容易ならざるを見る。しかし——しかし——ああ、天才出でよ、超人出でよ」

評論家清沢洌も長文を日記に残し、東条内閣をきびしく批判している。

「このくらい乱暴、無知をしつくした内閣は日本にはなかった。結局は、かれを引き廻した勢力の責任だけれども。その勢力の上に乗って戦争をしていた間は、どんな無理でも通った。しかるに参謀総長をかねて、掣肘をこの勢力の上に加えるに至って、ひとたまりもなく振り落されたのである」

このよく引用される清沢の『暗黒日記』については、鮎川信夫氏の評がある。「日本人を熱嘲痛罵しているけれど、あれすら日本人に対する可愛さ余って憎さ百倍という感じで」あると。けだし名評であると思う。

そしてこの二十日の荷風日記は、ただの一行。

《晡下雨。但し庭の石すこし濡れたるほどなり》

清沢日記には天候の記載なんかない。このへんのところをみても、「熱湯の中に一つごろんと転がっている冷たい石のような」荷風のあり方の特異さが浮かびあがってくる。荷風が東条内閣の辞職を記すのは七月二十三日になってから。それも欄外に《内閣更迭スト云》とあるのみなんである。

十一月一日にはじめて姿をみせていらい、十数回にわたる写真偵察ののち、マリアナ諸島からのB29による本格的な東京空襲が開始されたのは、その月の二十四日のこと。編隊は八機、十二機、二十三機と波をなして東京上空に侵入した。この日より東京は〝地獄〟となった。

十二月三日は荷風の誕生日であった。

《……昼飯して後外出の仕度する時警報発せられ砲声殷々《いんいん》たり。空しく家に留る。晡下警報解除となる。今日は余が六十六回目の誕生日なり。この夏より漁色の楽しみ尽きたれば徒《いたずら》に長命を歎ずるのみ。唯この二三年来かきつづりし小説の草稾《そうこう》と、大正六年以来の日誌二十余巻たげ《（ママ）》は世に残したしと手革包に入れて、枕頭に置くも思えば笑うべき事なるべし。夜半月佳し》

この日いらい、荷風は空襲警報のサイレンとともに、この手革包（カバン）を手にしていざという場合に備えた。

その年の十二月三十一日、めでたくも新しい年が来ようとするのに、この夜、東京都民は空襲でしばしば起こされた。作家海野十三は日記に年の変り目を記している。

「『一月ではない、十三月のような気がする』とうまいことをいった人がある。／○昨大みそか夜も三回の来襲。皆一機宛つ。しかも警報の出がおそく、壕まで出るか出ないかに焼夷弾投下、高射砲うなる。／敵機なお頭上に在りて年明くる／ちらちらと敵弾燃えて年明くる／焼夷弾ひりし敵機や月凍る」

荷風は句などひねらずひたすら憤る。

《夜半過また警報あり。砲声頻なり。かくの如くにして昭和十九年は尽きて落寞《らくばく》たる新年は来らむとするなり。我邦開闢《かいびやく》以来曾て無きことなるべし。是皆軍人輩のなすところ其罪永く記憶せざるべからず》

荷風によって罵倒された軍人どもは、まだ諦めてはいなかった。昭和二十年二月二十二、二十四、二十五日と三日間にわたる陸軍省と参謀本部の首脳合同会議で、「本土決戦完遂基本要綱」が決定された。本土防衛の兵備を三月末までに三十一個師団、七月末までに四十三個師団、八月末までに五十九個師団に拡大動員する。このほか国民義勇軍の編成も計画された。人海戦術によって上陸軍を海へ追い落とすのである。

それは、大本営機密日誌にあるように「実に十二、三歳の少女に子供を産めというに等しい」動員となった。合同会議の席上、陸相と参謀総長を中心に大激論が戦わされた。

陸軍次官柴山兼四郎中将は統帥部の要求にたいして大いに疑義を呈した。

「いったい兵備は数の多いのがよいのか、少数でも充実したものがよいのか」

作戦部長宮崎周一中将は顔を真ッ赤にして応じた。

「質よりも、この場合は数だ。数を第一とする」

参謀次長秦彦三郎中将もこれを援護した。

「本土上陸はあらゆる手段を講じてでも、第一波を撃摧するにある。もしこれに失敗せば、その後の計画は不可能になる。あとのことは考えない。全軍を投入し第一波を完全撃滅することが最重要である」

これでみるとおり、本土決戦と勇ましく呼号するが、最初の一撃が重要なのである。そのための人柱としての百五十万人の大動員であった。

この「基本要綱」が文書化された二月二十六日、前首相東条大将が宮城に参内した。かれは意気さかんに、日本の戦争遂行なお余力ありと徹底抗戦論をまくしたて、弱気になる天皇を叱咤した。

「敵は開戦前に四週間にして日本を屈服せしめることができると豪語しておりましたが、四年後の今日ようやく硫黄島にとりつくことができたといえようかと存じます。空爆の程度もドイツとくらぶれば、ほんの序の口であります。ドイツにたいしては四千機といいますが、わが日本にありましてはB29は二千数百キロの遠方より五日または七日に一回、百機内外のものがくるにすぎません。……わが本土空襲も、近代戦の観点からいたしますれば、これまた序の口にすぎません。これくらいのことで日本国民がへこたれるようでありますれば……」

この年の二月は、二・二六事件のあった昭和十一年を偲ばせるように、東京には雪がしばしば降った。荷風日記は連日その模様を描写する。

《二月廿二日。午に近く眠よりさむるに灰の如くこまかき雪降りいたり。折からサイレンの音聞えしが、近巷寂然として人の声もなく雪の音さえせず天地全く死せるが如し。昭和十一年二月内乱ありしより丁度十年目なれば、世の中再び変るべき前兆なるべし。夜半過、厠の窓より見るに月光昼よりも明く積れる雪を照したり。塀の上など五寸ほど積りたり》

《二月廿五日。日曜日。……鄰家のラジオにつづいて砲声起り硝子戸をゆすりしが、雪ふる中に戸外の穴には入るべくもあらず、夜具棚の下に入りてさまざまの事思うともなく思いつづくる中、門巷漸く静になりやがて警戒解除と呼ぶ人の声す。時計を見るに午後四時にて屋内既に暗し。窓外も雲低く空を蔽い音もなく雪のふるさま、常に見るものとは異り物凄さ限りなし。平和の世に雪を見ればおのずから芭蕉の句など想起し、又曾遊のむかしを思返すが常なるに、今日ばかりは世の終り、また身の終りの迫り来れるを感ずるのみ。……》

さすがは荷風さん、骨太い明治人らしく度胸をきめた。心細さなどを微塵も筆にしようとはしていない。

《二月廿六日。一天晴れわたりて雲翳なし。積雪二尺あまり風吹きつけしあたりは人の膝に達するほどなり。鄰家の植木屋に雪を払わせむとせしに数日前より埼玉県に行きたりというに、已むことを得ず手ずからシャベルをとりしが、手馴れぬ力役に疲労困憊するのみ。漸く人の歩むだけの道をつくりて歇む。晡時巴町電車通の混堂に浴す》

こうして戦中の『日乗』を読んでくると、荷風が平和裡も戦争下もかかわりなく、自分の人生をそのままに生きていたことがよくわかる。終戦を中学三年生で迎えたわたくしなりに、あの当時の殺気だった日本人を知っているだけに、ひとり正気を保っていた荷風さんの生きっぷりには驚嘆するほかはない。その生き方を自分の殻にとじこもっていた、と評する人がいる。そのいい方を使えば、外からいかに火にあぶられ住めなくなるほど殻が熱くなっても、荷風は悲鳴をあげず泣きごともいわず、底冷えするような視線をもって、この時代を傍観していた、ということになる。まったく人間離れしたあっぱれな生きっぷりであった。

首都東京の上空に、サイパン島基地から発進した爆撃機B29がはじめて姿をみせたのは、昭和十九年十一月一日であった。その一週間前、米軍のフィリピン諸島レイテ湾上陸にさいし、連合艦隊は「全軍突撃せよ」の命のもと夏の虫の灯に入るごとく突入して潰えている。同じとき十死零生の攻撃、すなわち神風特別攻撃隊の体当りが正式の作戦となっている。

もう大日本帝国の世は末の世、どこを見ても明るいところなど一点もなかった。物資的にも精神的にも荒廃し、日本中が休止状態に陥っていた。東京都民が腹をすかしながらも三度の食事がとれたのも前年の十月まで。このときから主食はもとより、肉も野菜も魚も、嗜好品も、すべて配給制になり、とたんに店頭から消えた。闇取引が日常となり、物価は国がきめた公定価格の三十倍近くにはね上った。

新聞に配給欄がつくられ、その日その日の地区別配給品目と数量が表示されたが、四人家族にイワシ二匹というひどい有様である。煙草も配給、それも十九年十一月からは成人男子一人一日六本。女性にはなし。六十歳以上の老人と十五歳未満の子供には一カ月に一回だけ菓子が配給された。

荷風日記にはこうある。

《十一月初三。烟雨濛濛たり。……たばこ飲むにも署名捺印を要するようになりては、いよいよ生きているかいもなき世になりぬ。晩来風雨はげし》

さりながら、巷にあって反戦や厭戦の言辞などとんでもないこと。「造言飛語」（憲兵隊）あるいは「不穏言動」（警察）の用語のもと、言論はもとより噂ばなしまで、びしびしと摘発された。憲兵隊は、民間の隣組や翼賛壮年団のなかに「憲兵連絡者」という名の協力者を組織し、多数の密告者と、好意的な通報者との協力をもとめ、徹底的に反戦反軍の言辞を取締まった。

宮城の前を通る電車やバスでは、現人神《あらひとがみ》の天皇への「最敬礼」が叫ばれ、乗客は立って敬礼しなければならない。強制的に、高い調子で愛国心だけが叫ばれ、「空に神風、地に肉弾」というスローガンのもと、すきっ腹をかかえて人びとはいっそう苛立った。それこそ一億一心で、だれもが国家の忠実な番犬としてよく任を果たし、親しい友がある日突然に密告者になった。だれもがだれをも信じられなくなり、「非国民」という言葉を浴びせられただけで、その人はほとんど市民生活から村八分にされる破目に追いこまれた。

と、くどくどと書く要もないほど、当時を知る人には容易に、われら日本人の狂態を思い返すことができる。知らぬ人にはいくら叮嚀に説明してみたところで想像もつかない。国亡ぶるさなかの人間の浅ましさは、ほんとうに情けないくらい。国難を思うあまりすべてが「神がかり」なのである。しかもその信念なるものを、軍に取り入る手段としたり、自己の栄達を策するためのものとする。《世人の狡猾・強慾・傲慢》はおよそ歴史上でもあまり例をみないひどさであった。いまだって、あの時代の日本人のことを考えると、われら日本人って上等な代物《しろもの》じゃないぜ、とてものこと世論の叡智なんていう甘い言葉は信じられんと思う。

この十九年十月から十一月のころを読むたびに、『断腸亭日乗』のものすごさをしみじみと味わわされる。言論の統制は、すでに沈黙すら許さぬ極点にまで達していたし、用紙の不足は底をついていたからジャーナリズムなんてほとんど存在していなかった。一言でいえばだれもがやけのやんぱち。そんな明日のくるのを信じられないときに、荷風さんだけが、字義どおり寝食を忘れて、発表できるかどうかわからない小説を書きつづけている。

《十月十四日。晴。……午睡一刻覚めて後今春四月頃筆とりかけし小説夢の夢の稿を次ぐ。このまま筆とり続くることを得なば幸なり。夜脚の冷ること甚し。老年悲しむべし》

《十月十五日。秋陰愛すべし。……燈下執筆深更に至る》

《十月十六日。陰晴定まりなし。……燈下小説執筆前夜の如し。この一編この分にて行けばやがて書上ることを得べし》

《十月十八日。陰。……小説執筆。暁二時就眠》

《十月二十日。晴。終日執筆。バレスの航空記 Elévation を読む》

《十月廿一日。陰晴不定。……小説の稿半成るを得たり》

《十月廿四日。晴れて風なし。……門外防火演習の人声喧し。午後より昼夜机に凭《よ》る。八日頃の月を見る》

《十月廿六日。快晴。庭に残蝶の飛ぶを見る。小説夢のゆめ初稿成る。改題して『ひとりこど〔ママ〕』となす》

《十月三十日。雨。……午後小説ひとりごと続篇起稿。雨徹宵歇まず》

《十月卅一日。昼晴れて夜くもる。執筆読書日課の如し》

《十一月八日。昼夜雨。小説執筆怠りなし》

《十一月九日。快晴。温暖春の如し。執筆夜半を過ぐ》

《十一月十日。陰。風なくて静なり。……家に帰れば正に五時。暮烟既に蒼茫たり。食後ひとりごと続篇の稿を脱す》

長い長い引用となったが、荷風さんのすさまじいばかりの文学者魂を感得するためには、やはり一字一句を叮嚀に追ったほうがよい。いまだって何人の作家がこれほどの情熱をそそいで、その日常を創作にうちこんでいるであろうか。くり返すが国家まさに亡びんとしているとき、そしてジャーナリズムが崩壊し発表のあてのまったくないとき、ひとり黙々として「燈下執筆深更に至る」であり「小説執筆怠りなし」であり「執筆夜半を過ぐ」なんである。そして荷風六十四歳。

勝海舟ではないが「行蔵はわれに存す」とばかり、荷風は暴虐な時代とまったく関係がなく書きつづけていた。これをどうみるか。虚無的なエゴイスト、時代に背を向けた偏屈者、へそ曲りの反抗、享楽主義者のひとりよがり、今日の平和な時代にあってはなんとでも評することはできる。しかも、この小説「ひとりごと」（戦後発表のさいに「問はずがたり」と改題）ははげしい愛欲生活が主題で、血のつながりはないものの娘とよぶものと、空襲下の押入れのなかで通じるなど、よくもあんなご時世にと仰天させられる。

「まだ九月にはならないけれど、一雨ごとに今年の秋は驚くばかり早くふけて行く。蟋《こお》蟀《ろぎ》は昼間から家の中でも鳴音を立てるようになった」

と荷風らしい清爽な自然描写からはじめられている。B29の本土空襲に象徴される国家敗亡が、日一日と確実になっていこうとも、小説家荷風の見るところはなんにも変っていない。男女の愛欲も自然の推移も、いってみれば万古不易のあるがままのこと。そのことのみが面白く、国家のことなど、我に関せず我にかかわらぬことである。徹底的な不同調の精神なんである。

こう書きながら、歴史探偵としては何やら心にひっかかるものを感じている。勝海舟の言葉を使って、いくらかごまかしてきたけれど、もっと適切に戦中の荷風の生き方を表現した言葉があったのではないか、というすっきりしない想いである。そしてハタと思い当るものがあった。藤原定家の日記『明月記』のはじめのほう、あの有名な、治承四年（一一八〇）九月の条。

「世上ノ乱逆追討、耳ニ満ツト雖モ、之ヲ注セズ。紅旗征戎《こうきせいじゆう》ハ吾ガ事ニ非ズ」

この治承四年といえば、源氏が以仁《もちひと》王の宣旨を奉じて平家追討のために所々で立上り、源三位頼政はさっそくに宇治川で平家軍と戦って敗れ、京都には辻風が吹き荒れ、福原遷都ありと、世上の騒擾はまさしく耳に満ちていた。そのような源平動乱には耳を傾けまいと、ときに十九歳の定家は固い意志を表明した。それが「紅旗征戎は吾が事に非ず」、荷風の生き方にピタリではないか。

紅旗とは賊を討つ征討将軍の赤い旗。征戎とは西戎（西の敵）をやっつけること。両方合わせるとかなめは源氏の白旗、平家の赤旗となろう。そんな戦いの旗幟など知ったこっちゃないと、定家はなかなか颯爽としている。

ところがよくよく調べてみたら、とここで大きく脱線してしまうことを許してもらえば、この言葉は唐の詩人白居易の詩句にあり、その内容を知って、いささかびっくりした。「紅旗破賊は吾が事に非ず、黄紙除書に我が名無し。ただ、嵩陽《すうよう》の劉処士と共に、囲碁し酒を賭けて天明に到る」というのがそれ。訳してみれば――征討将軍が賊を打ち破ったとてオレには関係ない。黄紙除書（黄色い紙に書かれる任官の辞令）にはオレの名は書かれていない。えい勝手にしろ。嵩陽（地名）の劉クンを相手に碁を打ち酒を賭けながら、夜明けまで過ごすだけのことさ。

定家が意気ばったほどには白居易の詩のほうはカッコよくはない。俗臭ふんぷん、「吾が事に非ず」ときっぱりといっておきながら、そのあとについつい本音を洩らしている。今回の勝ち戦さのご褒美に、しかるべき昇進の辞令をもらうものも多かろう、ところがオレには関係ないこと。という言葉の裏には、欲しくてたまらない浅ましい魂胆がちらりと見えている。

定家だって、よくよく質《ただ》せば平家一門のいわば外様。異母姉のうんだ娘（つまり姪）が平維盛夫人。治承五年六月に維盛が右中将に任ぜられたとき、定家は慶賀をのべに維盛卿を訪ねたりしている。それで『明月記』には、「之を注せず」といっておきながら、やっぱり平家一門の衰えゆくさまを注している。あまりに著名なこの文句だって、十九歳の定家がその時点で記したものであるか否か、疑問になっているという。平家一門につながるとあっては将来はさして明るくない。案外、定家は白居易の詩の真意を知りながら「吾が事に非ず」と威勢よくやったものか。

えらく脱線したが、もとへ戻すまでもなく、書くべきことは単純明快である。定家と違って荷風の覚悟には余分の魂胆などこれっぽっちもない。国家滅亡も「吾が事に非ず」に徹したのである。そして、昭和二十五年の「放談」で、

「復讐と反抗の気概は近代文学の根本的精神だと思うから、これはどうも致方《いたし》がない

ヨ」
そういって、ウフフフと荷風さんは笑うのである。

●繊月凄然

定家の『明月記』といえば鮮烈な読後感があったことで、堀田善衛氏の『定家明月記私抄』正続二冊の本が忘れられない。名著とはこういうものかとしばし感嘆を久しゅうした。

その名作のなかにあったことであるけれど、タイトルを『明月記』としながら月はあまり出てこない、ただ治承四、五年のくだりには月が何度も出てくる、と堀田氏は書いていた。そしてつぎの一文を引用される。

「九月十五日。甲子。夜ニ入リ、明月蒼然。故郷寂トシテ車馬ノ声ヲ聞カズ。歩ミ縦容トシテ六条院ノ辺リニ遊ブ。夜漸ク半バナラントス」

これを読んだとき、わたくしの連想はただちに『断腸亭日乗』の上に走っていった。どこでもいい、開いてみるとよい、『明月記』と違って荷風日記にはほんとうに月が頻繁にのぼっている。ここでは、あまりにも有名すぎる昭和二十年三月九日の、申すまでもなく東京大空襲の、偏奇館焼亡のところを引用する。

この夜、日誌および草稿を入れた鞄をさげて庭に出ると、火の粉がもう烈風に舞い紛々としてまわりに落ちてくる。もはや類焼をまぬかれまいと、荷風は家を捨てて避難の道を急ぐ。

途中で、焼けだされ逃げまどう少女と老人の二人に会い、彼らを溜池のほうへ逃がしてやったのち、

《余は山谷町の横町より霊南坂上に出で西班牙《スペイン》公使館側の空地に憩う。下弦の繊月《せんげつ》凄然として愛宕山の方に昇るを見る。荷物を背負いて逃来る人々の中に平生顔を見知りたる近鄰の人も多く打ちまじりたり》

と凄然たる月をのぼらせている。同じ三月九日（正しくは十日未明）向島で焼けだされ、わたくしも九死に一生という体験をしているが、とても月をみる余裕なんぞなかった。第一に、あの夜月が出ていたかどうかの記憶もない。大きな火柱がつぎつぎに地上から噴出し、強風にあおられて火流となって大通りを走った。火を消すべき消防自動車が火を噴いてころげた。九十五台が焼け、消防夫百二十五名が焼死。円形の炎と煙が数千メートル上空に達し、仰ぐ空はただ濛々としていた。爆撃する後続のB29搭乗員は、噴き昇る火焰の明かりで時計の文字盤が読めたという。そんななかで荷風は月をきっちりと認めている。

荷風小説の特色は自然の風物のたしかな描写であると、多くの評者はいう。まったく

そのとおりで、自然の移り変りを描きたいばかりに、荷風は小説を書いているのではないか、とそんな気さえする。

その自然の風物のなかでも月をもっとも好んだように思う。

「平家なり太平記には月もみず」

とは、宝井其角の句であるけれど、さすがは『平家物語』で、語りすすむにつれて月がいいところで浮かんでくる。ところが『太平記』にはそんな情緒たっぷりのところがない。

「旧き都を来て見れば、浅茅が原とぞ荒れにける、月の光はくまなくて秋風のみぞ身にはしむ」

という『平家物語』の今様なんか、荷風がもっとも好むところでもあったであろう。

そこで、印象深い荷風さんの月――、

《八月十六日。晴。郵書を奈良県生駒郡法隆寺村に避難せる島中雄作《ママ》に寄す。また礼状を勝山に送る。月佳なり》

昭和二十年敗戦の翌日のもの。また、亡くなる直前の、最後にみた三十四年の月。

《四月廿三日。風雨纔《わずか》に歇む。小林来る。晴。夜月よし》

そして名作『濹東綺譚』は六月末の夕月にはじまる。すなわち、

《……土手の向側は、トタン葺の陋屋が秩序もなく、端《はて》しもなく、ごたごたに建て込ん

だ間から湯屋の烟突が屹立して、その頂きに七八日《なのようか》頃の夕月が懸っている》

そして九月十五夜の月で小説は終る。

《前の夜もふけそめてから月が好かったが、十五夜の当夜には早くから一層曇りのない明月を見た。

わたくしがお雪の病んで入院していることを知ったのは其夜である》

秋の名月となると、唐の詩人白居易の詩が想いだされてくる。「三五夜中新月の色、二千里外故人の心」（十五夜の空に出たばかりの明月をみるにつけ、二千里も離れた配所にある友の心がそぞろ偲ばれる）。月は遠く離れた人の心と心とを自然に通わせるものであるようである。荷風が月に托す思いもそれ。醜悪きわまりない現代にあって、月を見ることでなつかしき過去に想いをはせる。時勢にたいする峻拒の心は月によってなぐさめられる。

落ちる葉は残らず落ちて昼の月

荷風の句である。おそらく叙景というよりは、おのれの心境を詠んだものか。裸木にかかったように浮かぶ昼の月——孤独なおのれの姿なんである。

終章　どこまでもつづく「正午浅草」

●観音堂の鬼瓦

戦後の、浅草の荷風さんとなれば、敷石のメトロ通りをちょっと東に入った洋食店アリゾナ、ということになるのであろうが、この店での荷風さんは知らない。わたくしは実物に三度、席を隣合わせて会っている。すべて公園六区の電気館の裏通りにあった峠という喫茶兼軽食堂にて、である。うち二度は荷風さんは踊子と一緒で、きまったように若鶏とレバーの煮込みをパクついていた。

峠のカミさん森田さんによると、調味料ではトマトケチャップが大好物よ、ということ。味なんかどうでもよく、ともかく腹にたまればいいんだな、とそのときは思ったものである。

荷風さんだなとすぐにわかるが、どうせ口も利いてもらえまいとハナから諦めていた。それでも、いつも屈託した表情でいるこの爺さんを、ひとつ笑わしてみようじゃないかと、悪友と語らって、ちょっとしたいたずら心をもったものである。なかなか機会がなかったが、偶然にも、人待ち顔の荷風さんひとりのときに出くわしたことがあった。峠のとまり木に、荷風さん、悪友、わたくしの順に肩をならべたとき、さっそくかねての作戦どおり、ハイボールをちびちびやりながら、にわか漫才を二人ではじめたのである。

「フランス語で、あれはわが妹です、というのを何というか知ってるか」

「……」

「サ・セ・マ・ス・ル」

「へえ、させてくれるのかい？」

荷風先生、眉ひとつ動かさない。

「じゃ、これを何と訳す？」と、You might or more head today's some fish と書いたかねて用意の紙片を爺さんに見えるように出す。荷風さんはチラリと目をくれた。

「ユー・マイト・オア・モア・ヘッド……なんだい、こりゃ」

「わからんだろう。いいか、耳の穴かっぽじってよく聞いとけよ。言うまいと思えど今日の寒さかな。サム・フィッシュ、すなわちサム・サカナ」

爺さん、ニコリともせず。

「よし、じゃオレのほうからだ。いいか」といって、やたら大きな字で書く。

To take let's no oh Papa !

「どうせいんちきなんだろ」と頭をひねる格好をして、「ウーム、何かヒントはないか」。

「お神楽のはやしを知ってるだろ、それと関係あり」

「……わからんなあ」

「いいか、うんと忙しく読んでみろ。一気呵成にだぞ。トッテッケレッツノオッパッパ、ってんだ」

やっぱり爺さん、無言、無表情。やけくそになってこっちは駄じゃれを連発する。ただし当時の作は忘れたので、ざっとこんなアホらしいものだの例として。


「登校をしたい時には籍はなし」

「三人酔えば文句の声」

「鮭は出る出る、すずこはふえる」

「松本過ぎれば暑さ忘れる」

「無地がはやれば格子引っ込む」

「天才は忘れたころに〝やあ！〟とくる」

「嵐が丘晴夫です」

「不覚、反省」

「鉢巻き起こる剣戟の響き」


笑わぬ。勝手にしやがれ。

「ようし、最後のとっておきのやつだ。いいか……我想う女《ひと》に彼あり」

やっぱり笑わない。ほとんど策に窮したとき、小学校時代に一席これをやるとだれもが大笑いした小ばなしを想いだした。

「二・二六のとき、高橋是清蔵相はちょうど風呂に入っていた、という話を知ってるかい」

「ホントか。朝の五時前だぜ」

という悪友をおさえて、わたくしはいった。

「叛乱軍が来たっていうんで、蔵相は素っ裸で逃げだした。おつきのお巡《まわ》りがあわてて、高橋さんの着物をかかえて追いかけて、コレキヨ、コレキヨ、コレキヨ」

ちょうどそのとき、扉があいて踊子が二人、「ニフウ先生、お待ちどお」と入ってきた。荷風さんの口許がたしかにややゆるんだように見えた。悪友と私は、荷風先生は「コレキヨ、コレキヨ」が気に入ったにちがいないと理解したのである。しかし、いま思うと、踊子のご入来を喜んだものであったかもしれなかった。

『日乗』の昭和二十五年八月五日に《燈刻雨の晴れ間浅草に行く。ロック座踊子と常磐座裏の喫茶店峠に少憩してかえる》とある。あるいはこの日ではなかったか。

この峠には、その死後も長いこと、

秋風や観音堂の鬼瓦

と鋭くとがるような筆致で自句を記した、荷風さんの色紙が、忘れられたようにかかっていた。

敬愛する先輩の巌谷大四氏に聞いた話である。

ある朝、最晩年の荷風を某社の編集者が印税をもって訪ねた。小切手はお断りの人だから、札束が入った相当に厚い封筒であった。それをぽんと無造作に万年床の上に放りなげ、荷風は「食事に行きましょう」といって、先に立って家を出た。カギなんかかけようともしなかった。編集者とともに例によって浅草へ。アリゾナだかナポリだかで、荷風はうまそうに肉料理を二皿平らげた。それから外へ出ると「おしるこを食べましょう」と梅園へ。一緒に歩きながら、編集者は枕元に放りぱなしの札束のことが気になってならなかった。そんなことお構いなしに、ゆっくりとおしるこを食べ終ると、荷風は立上って、

「じゃあ、これで。えッ、わたくしですか……？　このころはもうつまりませんね。これからまっすぐ帰ります。帰って日記をつけて、寝るだけですよ」

と前歯のぬけた口をあけて、うつろに笑った、という。

「――なあ、この話、生きていて化石となったような荷風を語って余りある、いい話じゃないか。それに荷風がどケチだなんて嘘っ八だよな」

と巌谷さんは酔余の大声で例によってご機嫌であったが、わたくしはちょっと寂しく

この話を聞いた。
《淫慾も亦全く排除すること能わず。是亦人生楽事の一なればなり。独居のさびしさも棄てがたく、蓄妾の楽しみも亦容易に廃すべからず。勉学もおもしろく、放蕩も亦更に愉快なりとは、さてさて楽しみ多きに過ぎたるわが身ならずや》（大正15・1・22）
と『日乗』に大気焔をあげた荷風さんはもういないの想いなのである。そして思うことは、楽しみをすべて失った老荷風には、日記をつけることだけが最後に残された楽しみであったのか……。

調べてわかったことであるけれど、最晩年の荷風は、毎日毎日を規則正しく送った。午前十時十分に家を出て、京成電車で押上へ。そこからバスか都電で浅草へ赴き、アリゾナかナポリかで朝・昼・夜を兼ねた食事をたらふく食った。一日一食である。そのあとはときに梅園へ。そして一時半ごろ逆のコースをとって帰宅し、戸締りをしっかりして、日記をしたため、すむと寝床へ。あとは読むか眠るかで一日を終える……。

それが昭和三十年代の『日乗』の、あのすさまじいばかりの記載となった。《日曜。雨。後に陰。正午浅草》《陰。後に晴。正午浅草》《晴。正午浅草。帰宅後菅野湯》《晴。正午浅草》《晴。後に陰。正午浅草》《旧十二月一日。陰。正午浅草》……どこまでもつづく「正午浅草」の文字の連続をみていると、悲傷長嘆の想いを深くする。

しかし、近ごろになって、何となくわかったような気になっている。日付と天気と正午浅草と書くことは、決して残された唯一の楽しみとしてなんかではなかった。それが文人としての仕事であり、書きつづけることが先人の文業におのれも殉じることを、荷風にとっては意味していたのではなかったか。

《十五日。木。晴。始不登衙》
《十六日。金。夜来雨。在家第二日。南弘来。不見》
《十七日。土。雨。在家第三日。賀古又至》
《十八日。日。陰。小金井君子至》
《十九日。月。雨。在家第五日。浜野知三郎至》

以下、曜日と在家第十五日、在家第十六日……とえんえんとつづく。森鷗外の大正十一年六月の日記である。没したのは同年七月九日。最後の日記七月五日は在家《第二十一日》となっている。荷風最晩年の『日乗』の原型はここにある。荷風さんは鷗外先生と命日を同じくすることを若いときから望んでいた。老いていよいよますますそれを希求し、それで鷗外にならって《陰。正午浅草》をえんえんと書きつづけたのである。

そういえば、『日乗』の文体は鷗外の日記にそっくりなのである。

あとがき

わたくしは今年の夏、四十余年間もつとめてきた編集者という職業をやめ、筆一本に今後を托すことにした。『漱石先生ぞな、もし』で新田次郎文学賞を戴いたのに、いつまでも二足のわらじをはいているつもりか、との声もあった。編集という仕事がほんとうに好きなのであるけれど、思い切ることにした。漱石先生の言葉をそのまま借りれば、「生涯はただ運命を頼むより致し方なく前途は惨怛たるものに候。……小生向後《こうご》何をやるやら何が出来るやら自分にも分らず。ただやるだけやる而已《のみ》に候」（明治40年3月23日付、野上豊一郎宛て書簡）という心境である。

本書は、暗鬱なるままに、ともかく前途に踏みだした第一歩のしるしということになる。難を捨てて易につき劇を厭うて閑に走るような腰抜けの文でないことを祈っている。

全体の五分の二ほどは「プレジデント」誌の本年一月号より十二月号まで連載した（それもかなり縮めて）が、大部分は書き下しである。中学生時代に『濹東綺譚』を読んでより、長年にわたって親しくつき合ってきた作家と一緒に、昭和史を散歩するような気分であったから、むしろ愉しい仕事となった。『断腸亭日乗』は読むたびに、探偵したくなることがとびだし、まだまだ書くことはある。欲張らずに一冊にまとめることにして、このたびは阿部佳代子さん、青田吉正氏に大へんな面倒をかけた。心から感謝したい。

＊

引用の荷風の日記は岩波版『断腸亭日乗』七冊に基本的に拠った。ただ引用の作品もふくめて、若い人にも読みやすいようにと考え、不作法ながら常用漢字、新カナに改めて、句読点をほどこしたところもある。文献的には参考にならぬことをお断りしておく。調査資料としての参考文献はつぎに掲げる。著者ならび出版社に、大いに参考にさせていただいたことにたいして、蕪雑ながらお礼を申しあげる。

一九九四年十一月

半藤一利

●主な参考文献（本文中に記した一部は除いた）

秋庭太郎『永井荷風伝』（春陽堂）
秋庭太郎『永井荷風外伝』（春陽堂）
飯島耕一『永井荷風論』（中央公論社）
伊藤隆『昭和史をさぐる』（朝日新聞社）
磯田光一『永井荷風』（講談社）
岩崎爾郎『物価の世相100年』（読売新聞社）
巌谷大四『昭和文壇史』（時事通信社）
遠藤一夫『おやじの昭和』（ダイヤモンド社）
大野茂男『荷風日記研究』（笠間書院）
大林清『玉の井挽歌』（青蛙房）
鹿児島徳治『隅田川の今昔』（有峰書店）
近藤富枝『永井荷風文がたみ』（宝文館出版）
坂上博一『永井荷風ノート』（桜楓社）
重友毅・高橋俊夫『濹東綺譚の世界』（笠間書院）
鈴木としお『浅草』（創林社）
杉森久英『大政翼賛会前後』（文藝春秋）
杉森久英『昭和史見たまま』（読売新聞社）

高見順『昭和文壇盛衰史』（文藝春秋）
鶴見俊輔ほか『日本の百年』3・4巻（筑摩書房）
豊島寛彰『隅田川とその両岸』上中下（芳洲書院）
野一色幹夫『浅草横丁』（潮流社）
野口冨士男『私のなかの東京』（文藝春秋）
永沢道雄ほか『昭和のことば』（朝日ソノラマ）
原田勝正編『昭和世相史』（小学館）
松井覺進『私たちの浅草』（朝日ソノラマ）
前田豊『玉の井という街があった』（立風書房）
三國一朗『戦中用語集』（岩波書店）
森安理文『永井荷風』（国書刊行会）
安田武『昭和東京私史』（新潮社）
山本七平『昭和東京ものがたり』（読売新聞社）
雑誌「文藝」永井荷風読本（河出書房）
雑誌「文芸読本・永井荷風」（河出書房）
雑誌「現代詩手帖・特集永井荷風」（思潮社）

ちくま文庫のためのあとがき

ちくま文庫には、すでに『荷風さんの戦後』という拙著がはいっている。昭和十六年八月十五日の敗戦の日から、荷風さんが亡くなった昭和三十四年四月三十日までの、この卓抜した作家の生活と意見を描いたものである。こんど本書がまた加わる。昭和三年六月の張作霖爆殺にはじまって、満洲事変（六年）、二・二六事件（十一年）、日中戦争（十二年）、日独伊三国同盟（十五年）、そして太平洋戦争（十六年）とつづく疾風怒濤の戦前昭和のなかで、荷風さんが何を考えどう暮していたかを描いたものである。ちくま文庫で〝永井荷風の昭和史〟がそろったことになる。

本書は単行本として初めて刊行されたとき『荷風さんと「昭和」を歩く』という表題であった。これが文春文庫になった折に『永井荷風の昭和』と改めた。こんどちくま文庫に再収録ときまったさいに、編集者の豊島洋一郎さんから「戦後篇と姉妹文庫になるから」との意見具申があって、なるほど、と大いに納得してまた改題した。前の本を買われた読者には申しわけない話であるが、こんどのタイトルのほうがピッタリで、最初からこうすべきであったといまは反省している。

というのも、お読みいただければ一目瞭然で、二冊とも永井荷風という作家についての文学論とか研究書とかいうしち面倒くさいものではない。大学生のとき、浅草のスナックで一杯やっていたとき、ストリッパーを相手にエロ話をして笑わせていた隣席のおっさんに興味をもったのがはじまりであった。これが荷風さんかと知って、最高の傑作といえる『断腸亭日乗』にその後ぞっこん惚れこんで読みふけるようになる。結果として、楽しく書きつづけて、姉妹文庫といえるこの二冊ができたのである。

生活人としての荷風さんは、一言でいえば、他人に迷惑をかけたくない、他人から迷惑をかけられたくない、ということのみを信条として生きた人であると思う。それだけに「進め一億火の玉だ」「欲しがりません勝つまでは」「国民精神総動員」だのの時代条件のなかで生きることは、さぞや難儀なことであったであろう。難儀を超克するためには風狂の人となるほかはない。そして風狂に徹したればこそ凡俗にはできぬするどい文明批評の可能なことともまた事実というものである。

なお文春文庫版の折にいただいた亡き吉野俊彦先生の過褒の解説を、ご遺族の許しをえて、今回もまたそのまま載せることとした。亡き先生とご遺族に心から感謝する。

二〇一二年三月

半藤　一利

解　説

吉野俊彦

（一）

著者の半藤一利さんと親しく話し合う機会をもつようになったのは、数年前スコッチウイスキーの一つオールドパーの十二年物が日本で売り出された時であった。販売促進のための手段として、文学に興味のありそうな財界人を招待し、ビュッフェ方式の夕食を供した後、ゲストとして来場した著名な文士から講演を聴くと共に質疑応答を楽しむというスキームが、東京と大阪で何回も実施されたが、その仲介をした広告社により、半藤さんと私が発起人にさせられたため、集会の度毎に二人は出席して開会の挨拶をした。私はその他には東京と大阪で一回づつ講演しただけで、大して役に立てたとは思わないが、半藤さんは、ゲストの選定や講演とその後の懇談会の司会をすべてとりしきるなど、大活躍であった。長年「文藝春秋」で編輯者として活躍してきたので、交遊範囲は広く、それに「歴史探偵」と自称しているだけに、大変な物知りで、司会にせよ応答にせよまことに見事であった。

このような次第で知り合った半藤さんの特質とでも云うべきものを列挙し、本書の中から、それに該当する箇所を示すと、次の通りである。

(1)東京の向島で生まれ、大学生時代には隅田川でボートを漕いだので、隅田川には特別の愛着を覚え、それに象徴される江戸文化を心からなつかしむ。(第四章、第十章)

(2)戦争末期の空襲で被災、都落ちして新潟県長岡市の中学校卒という経歴が影響し、極端な薩長藩閥嫌いとなる。(第九章中に「向島生まれ、空襲で焼かれ都落ちして越後長岡の中学校卒、と自己紹介すれば、わたくしのうちの薩長嫌いは申さずともわかっていただけよう」とある。)

(3)したがって薩長を中核として建設され、その伝統の下に育成された旧大日本帝国が推進する八紘一宇の軍国主義には大反対であった。(第九章)

(4)昭和五年生まれ故《ゆえ》、大正四年生まれの私より十五歳若いので、物ごころついた時から既に「非常時」のなかにいたため、戦前の平和時代を知らず、育ち盛りの時から泥沼のような戦争の被害を蒙った経験をもつ。(第三章)

(5)向島生まれ故に、玉の井は直ぐ近くであり、少年の頃から知っていたので、青年時代、玉の井や鳩の街に登楼するのにあまり抵抗感を覚えなかったらしく、またそのことをかくさず筆にする。(第四章)

(6)一部の特権階級の不正な行動をにくむこと甚しく、正義感の強い「慷慨」家である。(第九章)

(7)以上のような経歴から「昭和史好き」の「歴史探偵」になり、本職の傍ら多くの昭和史についての著述を公けにし、最近ではそれが本職になった。(第一章において「歴史探偵として昭和史のさまざまな資料を調べ」とある。)

(8)夏目漱石の娘婿である松岡譲のその又娘婿となった関係もあって、近代の日本文学者中では、漱石に最も深い関心をもち、漱石についての著述もある。(多くの章に「夏目漱石」「漱石先生」が出現し、終りに近い第十章に至って、「わが漱石先生」となる。)

(二)

本書は平成六年一月から十二月まで雑誌「プレジデント」に「荷風さんと『昭和』を歩く」という題名の下《もと》に連載されたものに、更にそれ以上の分量を書き足して出来上ったが、公刊されたときは、前記オールドパー普及会が活動中だったので、半藤さんから署名入りのものを頂戴し、早速一読したおぼえがある。今回解説執筆に当り再読してみたところ、本書はこれまで刊行済みの、また今後引続き刊行されるであろう一連の昭和史関係の著述の「序説」であるとの感をもつと同時に、半藤さんがその序説執筆に当り、永井荷風と共に歩くという方法をとったのは、適切だったということを確信した。何故ならば、先述した半藤さんの特質八項目は、最終の夏目漱石の項目の括弧内を森鷗外とおきかえると、ほとんどすべて永井荷風にそのままあてはまるからである。

すなわち⑴荷風は東京小石川の生まれで向島生まれではないが、「濹東」を愛し、隅田川に象徴される江戸文化を心からなつかしんだ。⑵戦争末期の大空襲で居宅が全焼している点でも、江戸文化の破壊者たる薩長藩閥中心の明治政府に対するにくしみの感情をもっていた点でも、荷風は半藤さんと同じである。⑶荷風は、明治政府の伝統を引継いだ旧大日本帝国の軍国主義には最後まで大反対だった。⑷明治十二年生まれの荷風は、半藤さんより五十歳ほど年長だが、戦後の昭和三十四年四月まで生き続けたため、悲惨な戦時下の生活体験をもった点では、変る所がない。⑸更に荷風は有名な女好きであり、その対象は半藤さんより遥かに広いが、玉の井に登楼したことを、隠さず筆にする点では共通性が認められる。⑹荷風は特権階級の不正にたびたび筆誅を加えている所からも分るように、半藤さん同様慷慨家であった。⑺荷風の日記『断腸亭日乗』は、日本人の書いた最も長期間に亘る日記文学であると共に、大正昭和にまたがる二十世紀を代表する文献であるが、社会風俗世相の変遷史としてだけでなく経済史の資料としても第一級の価値を有すると思われる。荷風を、半藤さんと同じ「歴史探偵」と呼ぶのは無理としても、少くとも自らの日記を同時代史として役立つよう意識的に書いた事実は、荷風が歴史を尊重する人だったことを示している。

以上のような半藤さんと荷風との対照から考えて、半藤さんが昭和史の序説とでも云うべき本書を執筆するに当り、荷風の『断腸亭日乗』を土台として利用したのは、必然的だったと云ってよい。それにもともと半藤さんは荷風文学が好きで、『濹東綺譚』その他の作品を愛読していた上、荷風の死が伝えられるや、創刊間もない「週刊文春」の編輯記者として、その現場である市川の荷風宅にかけつけ、遺体を納棺するのを見届け、特報記事を書いたという特別の思い出（序章）があることも、本書をこのような形で執筆する動機の一つであったろうと私は推測する。

（三）

本書は序章と終章とを別にすると、十一章に分たれ、第一章から第十章まで、到底勝てる能力もないのに、ひたすら日米開戦に向けてつっ走る乱世昭和の日本の姿を、節目ごとにエピソードを交えながら語り、第十一章において、日米開戦から終戦までの状況を一括して取り扱っている。

私のような大正も前期の生まれとなると、昭和改元の時には小学校五年であったから、諸事ハッキリ記憶に残っているし、あのいやでいやでたまらなかった戦争の終結した昭和二十年夏の光景は、つい昨日のように目に浮ぶので、「歴史派エコノミスト」などと自称しているくせに、昭和を、江戸期や明治大正時代と同じ程度の歴史の対象とは、あまり考えないで過してきた。しかし現在は、人数から云って戦後派が戦前派より遥かに多いのだし、肝心の昭和も十二年前に了って、既に平成期に入っていることを考えると、確かに昭和を歴史の対象として把え、正しい角度から昭和史を構成しておく必要があることは認めざるを得なくなっている。この意味で、つとに昭和史研究の必要を痛感し、それに関連した著作をどしどし刊行しつつある半藤さんのパイオニア的役割は、高く評価されなければならない。

このような半藤さんの昭和史研究の中心対象は、いうまでもなく昭和六年から二十年まで続いた戦争であり、それがいかなるところに淵源し、いかなる事件がその決定的契機であったか、またいかにして無謀な戦争がその結末を迎えたかを明らかにすることは最大の関心事であろうが、とりわけ半藤さんが力点をおくのは、これらの問題に関連し重要と思われる事項でありながら案外一般の人にはあまり知られていない点を指摘したり、また誤まった見方をされている点を正したりすることなのである。「昭和史好きの歴史探偵」と自称しているのはそのためであろうが、その半藤さんの半藤さんらしさが一番典型的に表れているのが本書であると云ってよいだろう。

半藤さんは荷風の日記をベースに話を進めるに当って、そこに登場する人物の日記があるかないかを探究し、それが利用可能な場合、日記と日記とを対照するという方法を、本書の多くの章で活用しているが、いかにも探偵らしい手法である。例えば、『断腸亭日乗』の昭和十三年七月十五日と十二月二十九日に、近世文芸史や近代文人伝に詳しい森銑三が来訪した記事があるが、たまたま古書展で手に入れた森銑三の『読書日記』には、それに該当する記事が見出され、しかも森銑三は、荷風が対談したことのみを記すのに対し、対談の内容まで書いていることを知って、半藤さんは同時代人の日記をつき合わせてのぞき見をするのは、スリルに近い楽しみだと云っている。

同様のつき合わせは、荷風日記と斎藤茂吉の日記についても行われている。昭和七年十一月八日の『断腸亭日乗』には、斎藤茂吉の主宰していた青山脳病院に診察をうけに赴いたことを記しているが、同日の斎藤茂吉日記（『斎藤茂吉全集』第三十巻）には、そのことが確認される記事が載せられている。しかしその三日後の十一月十一日の『断腸亭日乗』には、梅毒のワッセルマン氏反応が陰性結果を示したという血清反応検査証を、同病院で斎藤博士から受けとったと記しているのに、茂吉日記には何も記されていない。半藤さんは、荷風が茂吉によってすげなく扱われた気味がある、もしかしたら事が梅毒関連なので守秘義務があると考えたのかも知れないがとことわりつつも、茂吉側でもう少し何とか書きようがあってよかったのでは、と不満をもらしている。何はともあれ、二人の同時代人の日記を探し、そのつき合わせが楽しみでたまらないという域に達しなくては「歴史探偵」は勤まらない。

「歴史探偵」のつき合わせ趣味は、同時代の日記対日記だけでなく、もっと広汎な文書資料にまで及んでいる。例えば昭和十二年七月『断腸亭日乗』で「日支交戦」という言葉が使われているのに関連して、参謀本部の高級スタッフだった堀場一雄少佐の手記が引用され、戦争の無鉄砲な拡大に反対した有識の軍人も存在していたことを述べている。また『断腸亭日乗』が昭和十二年七月十七日千人針に言及したのに対し、昭和十五年日本の上海特務機関がひそかにキャッチした八路軍の秘密文書まであげて、千人針を八路軍が日本軍の性格分析の一材料としていたことを記している（第七章）が、この秘密文書のことなど、本書を読むまで私は全く知らなかった。このように、半藤さんの読破している戦争関係資料の範囲は、恐ろしい程広汎なのである。

（四）

半藤さんは、このように多くの文献資料を活用するが、本書において基礎資料の役割をになっているのは、何度も述べた通り、荷風の『断腸亭日乗』である。半藤さんによれば、荷風は戦前の「皇国」観念とも戦後の「解放」意識とも縁なき存在で終始し、「首尾一貫して、政治や社会の変容の背後の不気味な闇だけをみつめていた」人なので、「歴史の裏がよく見えた」（序章）し、その結果としてすべてが狂気になった時、ただ一人正気を保ち得た（第十一章）人であったから、その日記は信用できるというのである。

そして自分で選んでおきながら「『昭和』を歩くのに、思えば大変な人を相棒にえらんだものよ」と序章で述べている。そして本書の各章をみてゆくと、半藤さんの云いたいことを、荷風はちゃんと云ってくれて、半藤さんの思いが裏付けられ快哉を叫ぶような場面が続く。

その代表的事例は、昭和十六年七月二十三日における南部仏印進駐決定がもたらす影響についての荷風の的確な見通しである。米国はこの決定後間もない七月二十六日、日本の在米資産を凍結し、二十八日日本軍の第一陣が南部仏印に進駐するや、八月一日石油の対日輸出全面禁止を断行した。日本の軍部は、米国側の態度を甘くみて、仏印に無血で進駐する場合、直ちに石油の全面的禁輸措置をとることはあるまいとたかをくくっていたが、『断腸亭日乗』は既に七月二十五日、日本軍の行動は「欧洲の戦乱に乗じたる火事場泥棒に異らず。人の弱味につけ込んで私欲を逞しくするものにして仁愛の心全く無きもの」であるから、これに対しては必ず反撥があるべきものとしている。海軍の判断がまことにお粗末なのに対し「これにくらべれば、なんと荷風さんの観察の正常であったことか」、「日本陸海軍中央の〝火事場泥棒〟たちに、荷風さんの爪のあかでも煎じて飲ませてやりたかった。救われないのは、この夜郎自大の連中が日本国民はこぞってそれ（筆者註――南部仏印進駐）を望んでいると考えていたことなのである」と、半藤さんは荷風と共に歩いてよかったとその選択に自信を深める（第九章）。

しかし重要な事件について荷風が当然何かいやみ位は云ってくれているだろうと期待して『断腸亭日乗』を開いてみても、何も云っていない時は、半藤さんは怒りだし、「荷風さん」を突然「爺さん」扱いにしてしまう。例えば昭和十二年近衛文麿の政界初登場の際、彼に多くを期待するのは間違いだと一言でもよいから云ってもらいたかったのに、荷風は浅草や玉の井通いで、そちらの方面のことばかりしか書いていない。この件について半藤さんが「せっかく荷風さんの文明批評を一流と脱帽しているのに、昭和十二年の（近衛の）政界初登場のときの超人気ぶりにたいする冷たい目が一行もないのには、爺さんどこを見ていたのかとついつい舌打ちを重ねたもの」である、と書いている（第九章——傍点筆者）のを見て、私はフキだしてしまった。

『断腸亭日乗』は永井荷風の日記であって、特定の人の用途のために書いたものではないのだから、読む者利用する者の立場から云えば、この人ならこの日この件についてはは当然何か云っている筈だと思っても、その人の都合で書かないことだってあり得るので、私は仕方がないと思うのだが、半藤さんはムカッパラをたてる。本書は正規の論文調の間にベランメー口調のエピソードが混ざって、それだけで読んで面白いのだが、私にとっては、荷風さんが突然爺さん扱いに変身させられるこの箇所が一番興味があった。半藤さんと共に歩く荷風さんではなくて、半藤さんに手を引かれ共に歩かされる荷風さんの姿が頭に浮んだからである。私は荷風さんに、もう少し長生きしてもらって、「棺の中の荷風さん」を半藤さんに書かれるのではなくて、半藤さんと対談し、「昭和史に関連した質問に答える荷風さん」であってほしかったと今つくづく思うのである。

（五）

半藤さんの歴史探偵としての観察眼が鋭いことは、本書の各章に窺われるが、その一例は、第八章に述べられている鷗外記念館に所在する「沙羅の木」と題する詩碑の署名についての解釈である。この詩は鷗外作詩中の傑作だと私は思うのだが、その話は別として、問題は、詩碑の左端に「森林太郎先生詩　昭和廿五年六月永井荷風書」と彫られているのを見た鷗外好きの友人が、鷗外を森林太郎先生というのなら、書いた永井荷風の方も永井壮吉と書くべきではなかったのかという疑問を提出しただけでなく、こんなチグハグな書き方をするところからみて、昭和二十五年頃荷風が耄碌《もうろく》していたことは明らかと云ったことから生じた。

これに対し半藤さんは、こう解説する。此頃の『断腸亭日乗』を見ると、浅草ロック座の踊子たちのためオペラの台本を書いており、決して耄碌などしていないのみか、荷風は鷗外の遺言の中に「森林太郎として死せんとす　墓は森林太郎墓の外一字ほる可からず」とあるのを憶えていた。また昭和十二年六月二十二日の『断腸亭日乗』に、もし自分の墓を誰かが建てるなら「荷風散人墓」の五字を以て十分、と書いているのだから、荷風の気持としては、鷗外の方も遺言通り森林太郎、自分の方も遺言に従い荷風とした。但し恩師に対する弟子としての分限をわきまえ、永井の姓を付して永井荷風とし、散人は取り除いたのだと半藤さんは断定する。まことに優れた見識と云うべく、私も全面的にこの半藤説に同感である。なお半藤さんは第八章の終りに、面白半分にこうも云っている。「鷗外好きのわが友よ、貴公の老耄論は荷風さんを冒瀆すること甚だしきものがあるぞ。荷風散人にたいし深く陳謝すべし。そして、わたくしにも」と。いい加減な思い付きを述べると、半藤さんに、この調子でコテンパンにやられることを覚悟しなければならない。

（六）

半藤さんの著書は、昭和史関係を中心に数多いが、それらの中にあっても本書は特別の地位を占めている。「あとがき」に書いてあるように、四十余年にわたる文藝春秋の編輯者という本職を辞めた平成六年の夏、本書の五分の二を占める原稿は雑誌「プレジデント」に連載中であった。独立の文筆家でなく、著名な大出版社の役職員である以上は、定年や任期の問題もあったろうし、他社からの出版物への寄稿や単行本の出版は、二足のわらじということになる。私も日銀の役職員を三十六年勤めたため、定年や任期の問題と無縁ではあり得なかったし、またこの間かなりの数の書物を公刊したので、二足のわらじの問題を経験した。何はともあれ、どうせいつかは本職を辞めて、筆一本に己れの後半生を托する時は必ず来るのであり、半藤さんの「あとがき」に書いてある気持は、いたい程私にはよく理解できる積りである。半藤さんの場合は、夫人の祖父が夏目漱石であり、その漱石が明治四十年、第一高等学校、東京帝国大学等一切の教職を辞し、「朝日新聞」専属の文筆家となったについて、それだけの覚悟があったことは、野上豊一郎宛書簡によって明らかであり、身近の者の一人として、これを読むことを得たのは、一つの大きな心の支えであったろうと私は想像する。

森鷗外も三十五年勤務した陸軍軍医としての現役を離れた直後、筆一本で立った。但し鷗外はその後二年足らずで宮内省の高級役人として再就職しているが、しかし少くともそれまでの間、筆一本で立つ決心をした時期があったことは確かである。だから浪人期間中に書いた史伝の第二作と云うべき『伊沢蘭軒』は鷗外の全作品中最長篇となったとも云えるのだが、それより先、史伝の第一作として執筆した『澀江抽齋』は、大正五年一月十三日から五月二十四日まで「東京日日新聞」に連載され、その連載中の四月十三日、かねてからの願がきき入れられ、予備役編入を仰付けられる辞令が交付された。つまり『澀江抽齋』は、鷗外が三十五年勤務した陸軍軍医という本職から離れ、たとい短期間に了ったとはいえ筆一本で立つ積りになっていた時に執筆され、またその連載中にその通りになったという意味で紀念すべき史伝ものの第一作となった。

本書は、鷗外の例で云えば『澀江抽齋』に当るものであり、鷗外の場合と同じく半藤さんの後半生にとりその出発点を飾った紀念すべき第一作である。

（文春文庫版解説、二〇〇〇年六月刊より転載）

本書は一九九四年十二月、プレジデント社より『荷風さんと「昭和」を歩く』として出版され、二〇〇〇年六月、文春文庫に『永井荷風の昭和』と改題して収録された作品を、改題して収録した。

ちくま文庫

荷風《かふう》さんの昭和《しょうわ》

二〇一二年五月十日　第一刷発行
二〇二四年十月十日　第三刷発行

著　者　半藤一利（はんどう・かずとし）
発行者　増田健史
発行所　株式会社　筑摩書房
東京都台東区蔵前二―五―三　〒一一一―八七五五
電話番号　〇三―五六八七―二六〇一（代表）
装幀者　安野光雅
印刷所　三松堂印刷株式会社
製本所　三松堂印刷株式会社

ISBN978-4-480-42941-4　C0195